乙一

中田永一

山白朝子

安達寛高

With love, from the sinking ship

Phantasmal Story Collection

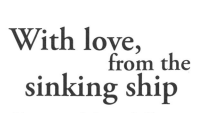

幻夢コレクション

沈みかけの船より、愛をこめて

來自沉船，帶著愛

乙一
中田永一
山白朝子
安達寬高——作品解說
高詹燦——譯

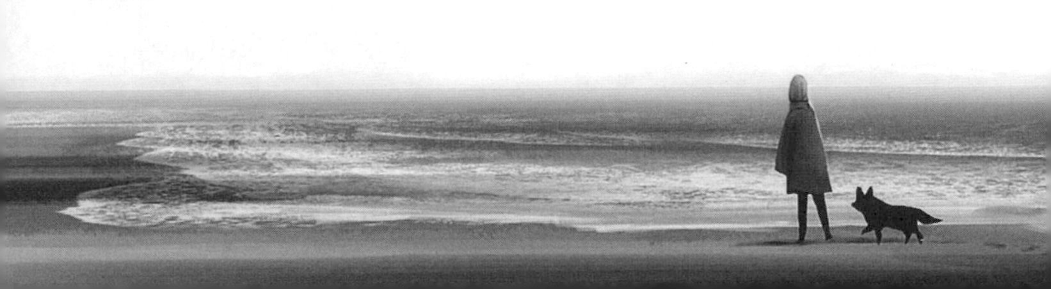

CONTENTS

五分鐘的永遠

乙一

解說

以時間為主題編纂的一部童書合集用的原稿。編輯部所給的題目是「五分鐘」，收錄在一本像是會擺在小學圖書室裡的書籍中。初稿的篇名為〈噁男少年〉，但後來更改篇名。描寫兩名小學男生之間互動的短篇小說。

（初刊載於《只當五分鐘的男朋友　Time Story》二〇一六年三月　偕成社發行）

1

小學時，我的班上有位名叫村田勉的同學，大家都叫他「噁男」。「噁男」這個稱呼，是從「噁心的男生」的表現方式變化而來，其實這種名稱不該用在同學身上。

村田勉長得很醜。他的眼睛和鼻子長得不太對稱，而且個子又矮，因為肥胖，特別容易出汗。每當他靠近，班上女生會轉身就跑。換座位時，要是有女生被安排坐他旁邊，就會開始啜泣。當有人橡皮擦掉地上，他幫忙撿起來，對方就會皺著眉頭說一句「誰叫你摸啊，醜八怪」，然後將橡皮擦扔進垃圾桶。

村田勉面對如此過分的對待，卻也毫不屈服。要是有人叫他「噁男」，他就會朝對方扮鬼臉應道：

「你要嘲笑我也只能趁現在了。等我長大後，出人頭地，就會好好鄙視你們。然後一一查出你們的上班地點和家人，用合法的方式報仇。」

大家都拿他說的話當耳邊風。因為他看不出半點聰明樣，而且也感覺不出日後會成為大人物。

他沒有朋友，在教室時總是自己一個人看書。一群霸凌他的男學生會拿走他的書，像在玩傳接球似的拋來拋去，最後扔向窗外。村田勉既不慌，也不鬧，就只是靜靜地走到外頭撿書。之所以沒流露出不甘心的神情，是因為他明白，那樣的表情只會讓對方看了覺得有趣。雖然他沒直接向霸凌他的那群學生抗議，但在他們聽不到的地方，他會自己念念有詞。

「你們做的事，我全記在筆記本裡了。將來等你們的孩子到這個年紀時，我會帶著筆記本，出現在你們的孩子面前，把你們以前幹過的事全部說出來。」

村田勉和我雖是同學，但在小五那年夏天前，我們沒說過幾句話。那年夏天某日的放學後，從學校返家的路上，村田勉叫住了我。

鐵路旁的馬路邊，是一路相連的生鏽鐵絲網，他似乎是躲在電線杆後方等我走來。在夏天豔陽的燻烤下，黑色的學生書包熱得幾乎會把人燙傷。他滿臉是汗地說道：

「我說你啊，我給你錢，你當我五分鐘的朋友，行嗎？」

我望著村田勉，開始思考。這幾乎可說是我們的第一次對話，但一開口就是奇怪的提議。見我沉默不語，他嘴角掛著卑微的笑意。

「根據我的觀察，你是可以用金錢使喚的那種人。」

「對，沒錯，用錢就可以使喚我。只要給我一百圓，叫我舔鞋子都行。」

我對錢就是這般執著。我老爸好賭，欠了一屁股債，所以家中經濟拮据，我幾乎沒有零用錢，沒辦法像大家一樣在便利超商買附贈貼紙的零食。在上下學的路上，我一定都會朝飲料自動販賣機底下窺望，看有沒有百圓硬幣掉在下面。曾經有同學看我這種舉動覺得有趣，對我說：「你要是撿得回來的話，就給你！」並把百圓硬幣拋進河裡。我當然是馬上跳進河裡撿了。

「我一直在找一個只要拿得到報酬，什麼事都肯做的人，就是像你這種沒用的人。只要五分鐘就行，如果你肯假裝是我的朋友，我就付你錢。」

「我能拿到多少錢？」

「五百圓如何？」

他從口袋裡掏出五百圓硬幣。那銀色的硬幣折射陽光，閃閃生輝。

2

村田勉的家位於神社旁，那是一棟老舊的木造民宅，似乎頗有歷史。我做了個深呼吸，讓自己保持平靜後，按下村田勉家的門鈴。五分鐘扮演朋友的戲碼就此展開。玄關有一扇拉門，村田勉的母親嘩啦一聲將門滑向一旁，出現在我的面前。她可能剛才忙著洗盤子，正以圍裙擦拭雙手。

「哎呀，歡迎歡迎。」

他母親很開心地說道。她和村田勉長得很像，應該是事前已從村田勉那裡聽聞我要來的事。

「勉在家嗎？我們約好要一起玩傳接球，待會就要去我們常去的那個地方。」

我讓她看我套在左手上的棒球手套。

「嗯，你等一下哦。」

他母親請我進門。寬敞的土間[1]彌漫著一股沁涼的空氣，是別人家的氣味。

「勉！你朋友來嘍！」

他母親朝屋內叫喚。黑色的木板地走廊一路向前延伸，高陡的階梯通往二樓。一個長相怪異的肥胖身軀，晃動著身上的肥肉走下階梯。村田勉朝我抬起手打招呼。

「嗨，這麼早啊。」

「會嗎？應該是照說好的時間吧？」

玄關的鞋櫃上擺著一個座鐘，指針指向十點。村田勉伸手指向二樓。

「要上去看看嗎？」

「還是算了，我們快走吧，我們常去的地方會被人搶走的。」

我轉身面向他母親。

「接下來我們會去常去的那個地方玩傳接球。」

「是啊，剛才聽你說過了。」

「我說過啦……」

事前準備好的臺詞說到哪兒了，我自己都搞不清楚。村田勉則是得意洋洋地說道：

「最近他都陪我減肥呢。」

「難怪你房間地上會有沾滿泥巴的棒球。」

「妳擅自進我房間啊？我不是叫妳別進去嗎！」

村田勉生氣了。不過，他也早料到母親會為了打掃而進他的房間。他早看準這點，才會事先將沾滿泥巴的棒球擺在房間地上，這是為了讓玩傳接球的謊言更有真實性所做的安排。

「你在那裡等著，我準備一下就來。」

「動作快點，我們常去的地方會被人搶走的。」

村田勉走上階梯，只剩他母親和我在玄關的土間上。他母親問我：

「要不要進來喝杯果汁？」

「不用，我們馬上就要走了。」

「哦，這樣啊。不過，那孩子也有朋友，真是太好了。」

我用右手拍打左手的手套，接著我看到了座鐘的長針向前推進一格的瞬間。十點零三分，我當村田勉朋友的時間，只剩兩分鐘了。他母親那張和兒子長得一模一樣的臉展露笑顏，溫柔地望著我。

1. 日式房子入門處沒鋪木板的黃土地面。

「我從沒看過那孩子跟別人一起玩，還以為他都沒朋友呢。」

鞋櫃上雜亂地擺放著木雕的熊玩偶、小飾品，以及相框，裡頭是家人的合影。應該是去旅遊時拍攝的吧，我第一次看到村田勉露出笑臉。還剩一分鐘。村田勉晃動著渾身肥肉，走下階梯，腋下夾著手套和棒球。

「動作真慢。」

「抱歉、抱歉。」

他一屁股坐向玄關的臺階，開始穿鞋。

「好了，我們走吧。」

村田勉向前邁步時，一腳踩到土間擺成一排的皮鞋，腳下一陣踉蹌。見他失去平衡，我馬上伸手抓住他的手，扶了他一把。因為他很容易出汗，他的手掌摸起來好滑。

「我出門囉——」

村田勉轉頭望向母親，走出玄關。我也向他母親點頭致意，轉身離開。外頭陽光明亮刺眼，教人睜不開眼睛。他母親穿著涼鞋，走到玄關來送我們出門。我和村田勉跑了起來，扮演著一對正準備去玩傳接球的少年。

跑過神社前面，繞過第一個轉角，我就此停步。五分鐘已過。

「好，演完了。」

我將手套還給村田勉，這原本就是他的。似乎是他瞞著沒讓家人發現，偷偷用壓歲錢買來的。之所以看起來很軟、感覺很常使用，是因為他事先很用心地穿著鞋子踩踏過。事實上，我們兩人都沒玩過傳接球。

村田勉那張醜臉擠出笑容。

「我很滿意你的敬業，我媽好像完全相信了。」

「太好了，唯一比較可惜的是我拒絕了那杯果汁。她邀我進你家喝果汁呢，不過如果我那麼做的話，大概就會超過五分鐘了吧。」

村田勉從口袋裡掏出五百圓硬幣拋向我，我伸手接住它，確認是不是真的硬幣。

「看來，今天可以靠它好好享受一下了。」

「對啊，只要有五百日圓，什麼都能買。不論是巧克力，還是口香糖，想買什麼就買什麼。也許日後哪天還會拜託你做同樣的事，可以嗎？」

「隨時都行，只要你肯付錢的話。」

我和村田勉就此道別。我拿著那筆鉅款朝便利商店走去，他應該會找個地方打發時間才回家吧，而且還要表現出一副充分享受過傳接球樂趣的模樣。

3

有一部分學生很流行打村田勉的腦袋，以此當遊戲。他也不抵抗，就只是以怨念深重的眼神瞪視著對方，然後走向陰暗處，以陰沉的聲音暗自念念有詞。

「看著吧，你們的所作所為，總有一天我會偷偷拍下來，然後上傳到網路的影片網站上，把這個問題鬧大。要是在早上的談話性節目中播出這個影片，當作現代社會的霸凌問題，肯定會影響你們以後的升學。我很期待那天的到來。」

眾人都無視他的詛咒，我同樣也漠不關心，忙著和自己圈子裡的朋友們互相使出摔角絕招。最近我特別投入雙飛踢的特訓中。

夏天結束，風中開始帶有涼意，便利超商的點心專區也開始擺出秋天當季的商品。

從學校返家的途中，我獨自走在鐵路旁的馬路上，發現有個東西躲在前方電線杆後面。那肥胖身軀的圓肚，隱隱露在外頭。我本想就這樣走過去，但村田勉走了出來。

「嗨，嚇了一跳嗎？」

「才沒呢，因為我早就看到你了。」

「先前的工作，可以再請你幫忙嗎？這次一樣五分鐘就好。只要你假裝是我朋友，我就付你五百日圓。」

這個禮拜天他找我出去，又要和上次一樣演戲了，但這次的地點不是在他家。

這天，他帶我搭巴士來到醫院。那是這附近規模最大的醫療設施，有好幾棟大樓，聽說他母親在這裡住院。我們已事先在巴士內討論過臺詞。

在病房前，村田勉說：

「你知道吧，這水果要說是大家一起出錢買的。」

我手中抱著裝有蘋果和橘子的籃子，是村田勉用自己的壓歲錢買的。

我們開始扮演五分鐘的朋友，一同來到病房。村田勉的母親與上次見面時相比瘦了許多，頭上戴著一頂布帽。她一看到我，整個臉為之一亮。

「謝謝你來看我，路途很遠吧。」

我朝他母親遞出手中的水果。

「這是大家一起出錢買的。」

「讓大家費心了。」

他母親想從床上起身，但村田勉阻止了她。

「躺著吧，我們一會兒就得離開了。」

「何必急著走呢？」

「接下來我們要一起去看電影。是一部動作場景很精采的電影，我們會買爆米花，一邊吃一邊沉醉在動作場景中。」

「那麼，你可以去幫忙買果汁來嗎？就買你的份、你朋友的份，還有媽媽的份。樓梯那裡有自動販賣機，媽媽要碳酸飲料。」

「我知道了，那你要喝什麼？」

村田勉從母親手中拿了錢，向我問道。

「我也喝碳酸飲料。」

他點點頭，走了出去。剩我和他母親兩人時，他母親一臉溫柔地對我說：

「你真是個好孩子，願意陪勉一起說謊。」

「說謊？我不懂妳的意思。」

「你大可不必跟我裝傻，因為我全都知道。不過，我發現你們說謊的事，請不要讓他知道。」

他母親注視著病房門口。

「是什麼時候穿幫的？」

「打從一開始。我好歹還看得出來，不過你放心，我不會生氣。雖然騙人是不對的，但我只想謝謝你。」

「為什麼？」

「因為世上也有善意的謊言。這就是善意的謊言。」

村田勉晃動他肚子那層肥油，走回病房。接過罐裝果汁後，我們便離開病房。

這時五分鐘已過，我們又不再是朋友。

4

秋去冬來，天降瑞雪。母親牽著我，前往舉辦喪禮的會場。我上完香，雙手合十，向村田勉問候。他雖然兩眼泛紅，卻沒哭。

他在教室裡從沒提過他母親的病情，所以他母親病逝的消息讓人感到很突然。聽人說，似乎早在幾個月前就知道她已來日無多。這麼一來我就明白了，夏天時他主動找我攀談，要我假裝是他的朋友，不就是為了要讓他母親心安嗎？

辦完喪禮過了一陣子，村田勉重回學校。那天返家的路上，我向他詢問此事，他回答道：

「對，沒錯，因為我媽一直都很擔心我。真是的，你不覺得這樣很蠢嗎？就算沒有朋友，我還是很自在啊。就算只有我自己一個人，還是能活得很好。她就是這樣，老愛瞎操心，因為拿她沒辦法，我才決定演這麼一齣戲。真是的，我媽就是這麼讓人操心，也因為這樣，我的壓歲錢全花光了。」

老師和同學很擔心他，但有幾名同學還是竊竊私語地嘲笑他。不管他們再怎麼說他「噁男」，他也都置若罔聞，只有一次他真的動怒。

那是某個冬日發生的事。某天上完課，在最後一堂班級時間前的短暫下課時間，事件發生了。有名男同學在課桌上單手托腮，故意以村田勉聽得到的音量說：

「那傢伙的那張怪臉，長得跟他母親一個樣。你們在喪禮時應該也看到了吧，原來那傢伙會變成『噁男』是來自於遺傳。真是可憐，我們以後就別再欺負他了吧。」

村田勉站起身。當我轉頭看時，他已衝向那名男同學。女同學發出尖叫，那名男同學被推倒在地上，一旁的桌椅翻倒，發出吵鬧聲響。村田勉跨坐在對方身上，一把揪住對方的衣領，大聲咆哮。

「沒錯！我這張臉是遺傳！但我很慶幸自己是長這個樣子！就算被人說『超噁』，我也不在意！不管再怎麼被瞧不起，我也不在乎！要把你們說的那些難聽話當耳邊風，再簡單不過了！但只有你嘲笑我媽這件事，我沒辦法忍受！快向我媽道歉！」

然而，空有體重卻運動量不足的村田勉，馬上便遭受反擊。對方就只是抓住他的手臂，便將他翻倒在地上。那名男同學脹紅了臉，臉上寫滿了屈辱。他的夥伴按住村田勉，打他耳光。「就知道會是這種結果」的冰冷視線，從教室裡各個地方朝村田勉投射而去。被霸凌的人展露自己的反抗心，最後只會更丟臉——視線當中還帶有這樣的嘲笑。接下來，當在場的所有同學發現我採取的行動時，紛紛露出驚訝的表情。

「打擾一下，可以看一下這邊嗎？」

我出聲叫喚那名攻擊村田勉的男同學。當他轉過頭來時，我賞了他一記雙飛踢。

放學後，天空飄下雪花。我獨自走在寒冷的鐵路旁馬路上，這時，村田勉從電線杆後面現身。

「我有好消息和壞消息，你要先聽哪一個？」

「就先聽壞消息吧。」

「我現在沒錢，你在教室裡扮演我的朋友，我可能會延遲付款。」

「下次再給就行了。因為今天是臨時演出，也沒空先談好細節。好消息是什麼？」

「你也被那群壞傢伙給盯上了。」

這哪是什麼好消息啊，我嘆了口氣。

「算了，不會有事的。」

我聳了聳肩說道。

冬去春來，季節更迭，漫長的時間過去。我和村田勉之後時常見面，雖然沒收取報酬，不過，他送了我手套和棒球。我們總是在約好的地方玩傳接球。

無人島和一本書

中田永一

解說

投稿到地方雜誌的一篇短篇故事。一名漂流到無人島的男子，遇見一群奇妙的猴子，就此展開交流的故事。內含宗教寓意，內容也許算是帶有基督教性質，也像是對電影《2001太空漫遊》中，黑石板與人類祖先相遇的場面致敬。是作者個人很喜歡的一則故事。

（初刊載於《隨心所欲》第六號 二〇一六年七月）

1

十九世紀的船員詹姆士．伯恩斯坦在沙灘上醒來。他不知道自己昏厥了多久，坐起身環視四周，但遍尋不著夥伴的身影。

無數的木片打在沙灘上，難道是他搭乘的北斗七星號[2]的殘骸？那是好大的一場暴風雨，只記得大浪打來，將船身撕裂，夥伴們都被打入海中，再來就不記得了。

眼前的大海無比平靜，詹姆士．伯恩斯坦走在雪白的沙灘上。

「喂——！有人嗎！有沒有人在！船長！你在哪裡！」

這時，他發現有一本書混在船隻的殘骸中被打上岸。是船長的百科全書，在航海期間，船長曾借他看過。焦褐色的皮革封面，相當厚實，八成價格不菲。得拿去還給船長才行，他決定帶著書，等它晾乾。

他一路走到沙灘邊緣，爬上岩地，沿著海岸線走，途中露宿野外，等天亮後又繼續走，喝岩地水窪裡的雨水解渴。到了傍晚時分，他回到了一開始的沙灘。竟然有這種事，這裡是一座島，他似乎已沿著島的外緣繞了一圈。

2. 原文為「Septentrion」，是拉丁語，早期的一款超任遊戲《沉船危機》，原文就是「Septentrion」。

這座島好像沒人居住，生活在這裡的只有動物。島的中央有座山，周邊是一大片熱帶植物生長茂密的森林。好像有猴子的聚落在裡頭，牠們對詹姆士・伯恩斯坦存有戒心，從樹叢間朝他投以觀察的視線。

他把百科全書擱一旁，在看得到大海的高地處抱膝而坐。接下來該怎麼辦才好？在繞島一圈的這段時間，他觀察了外海，在游泳到得了的距離下，看不到其他島或是大陸，也沒有行經的船隻，就只有他和一本書漂流到這座無人島。

「誰來——！救救我啊——！」

他試著朝大海喊叫，但這樣只是白白消耗體力。不行了，這樣只有死路一條。百科全書上會有呼救的方法嗎？話說回來，這座島是位在哪一帶呢？書本上有提到天文航海，是從天體位置來掌握自己目前所在地的一種方法，但那好像需要天文臺錶、六分儀、星曆表這類工具，也必須進行某種程度的計算。而詹姆士・伯恩斯坦對數字很不拿手，做不到，還是放棄吧。

他在岩地上發現一座洞窟，用它來遮風蔽雨，同時因孤獨、寂寞、飢餓，很想大哭一場。好想回家，回到故鄉所在的大陸。這時，他感覺到某種視線，於是望向洞窟入口處。有好幾個像孩童般嬌小的人影，是猴子，住在森林裡的猴子們似乎跑來看這位來到無人島上的新人。牠們戰戰兢兢地往洞窟內窺望，起初還不敢靠近。

詹姆士・伯恩斯坦餓得肚子咕嚕咕嚕叫。猴子們有了動作，牠們從洞口丟東西進來，正好滾到詹姆士·伯恩斯坦腳下，是紅色的水果。

「這是給我的嗎?!」

他咬了一口，果汁在口中滿滿擴散開來。他就此和聰明的猴子們展開了交流。

2

牠們有黑色的體毛，以及長長的尾巴，輕盈地在枝頭前飛躍前進，充滿好奇心。牠們聚在詹姆士·伯恩斯坦身邊，想碰觸他的衣服和那本皮革封面的百科全書。雖然不知道牠們正確的數目有多少，但似乎有一百隻左右生活在這片森林裡。

有的猴子肚子上掛著小猴子，有的猴子相當老邁。每隻猴子都和他很親近，這座島是猴子們的樂園，看不到猛禽或美洲豹這類會成為猴子天敵的生物。經這麼一提才發現，牠們裡頭好像沒有猴子老大，看起來似乎也沒有群聚的集團。由於沒有天敵，所以沒必要聚在一起保護自己。

這島上的猴子很聰明，遠比過去見過的任何動物都還要聰明得多。

那是下過雨的隔天發生的事。猴子們展開奇怪的行動，牠們以食指插進地面的泥巴中，寫著像是文字的東西。雖然形狀歪歪扭扭，但那肯定是英文字母。

「你們懂英語?!」

但後來他明白，猴子們只是看了詹姆士·伯恩斯坦帶在身上的書，照上面的文字寫著玩。可能是覺得字母的形狀很有趣吧，島上的猴子很熱中於這個遊戲。有隻猴子還不是用手指寫，牠想出拿樹枝在地上畫線的方法，其他猴子也都爭相模仿。

「我教你們拼字吧。『MONKEY』，這指的就是你們。」

他在地上寫字，然後指著牠們，另外也教牠們各種字彙。如果下雨，他就寫「RAIN」給牠們看；讓牠們看石頭，然後拼出「STONE」這個字。一開始是為了打發時間，但因為猴子們的記性很好，所以他也漸漸覺得有趣。不久，猴子們會一直盯著「MONKEY」這個字彙，然後指著自己。

猴子們開始能理解字彙的意思，以及手指指向某個東西這個動作所具有的含義。教牠們簡單的文法後，牠們馬上就會使用。

可能是身體結構不同的緣故，猴子們無法順利地發出英語的音，但猴子們之間開始使用自己的一套以英語作為原型的語言。聚在百科全書前的猴子們，慢慢解讀上面所寫的文章，加以朗讀。書本的內容以口耳相傳的方式在島上的猴子之間傳播開來，才半天不到的時間，牠們就已共享書中的知識。由於猴子們的語言是以英語作為原型，所以詹姆士·伯恩斯坦多少也隱約聽得懂。但猴子們為了更方便使用，而重新改編了文法，只有猴子之間才有的概念就反映在這種文法上，詹姆士·伯恩斯坦因而無法完全掌握他們的對話。

猴子們在百科全書中發現「創世記」這個項目，那是亞當和夏娃被逐出樂園的故事。吃了禁忌果實的亞當和夏娃，開始會對赤身露體感到羞恥，因而以無花果樹的葉子遮住重要部位。猴子們看到這一段，似乎學會了羞恥的概念，開始以樹葉或樹皮纏在腰間，遮住重要部位。有些猴子編織植物做成圍裙，母猴們則是以五顏六色的花朵來加以裝飾。

讀到「建築」這項目的猴子們，開始以樹枝組合在一起，建造小屋，但那似乎需要有砍伐木材的工具。詹姆士・伯恩斯坦因而為猴子們製作石斧，還準備了以植物編織而成的繩索，幫牠們將尖銳的石頭纏在樹枝上。猴子們加以模仿，也開始陸續做起了石斧。

「對了，來試著生火吧。只要有火，夜晚就不再可怕了。」

他以木片相互摩擦，趁摩擦生熱時，鋪上乾草。原本進行得不太順利，但不久後開始冒煙。他朝冒煙處吹氣，助長火勢。感覺真愉快，笑意從他的心底湧現。

「成功了！是火！」

他添加樹枝，讓篝火燒得更旺。火焰變得巨大，猴子們就只是在遠處觀望，不敢靠近。牠們似乎沒看過火，可能是對此存有戒心吧。牠們指著詹姆士・伯恩斯坦說出某個字彙，因為那發音很特別，所以詹姆士・伯恩斯坦不知道牠們叫他什麼。正當他偏著頭感到納悶時，一隻善解人意的猴子在地上寫下文字，牠指著詹姆士・伯恩斯坦說「GOD」。猴子們似乎將他看作敬畏的對象，詹姆士．伯恩斯坦就此想出某個計畫，或許能請猴子們幫忙，讓他重返故鄉……

3

猴子之間的打架並不罕見，詹姆士．伯恩斯坦漂流到這座島上後，平均一天就有幾次會看到猴子們互相威嚇。大部分情況是互咬、搔抓、拍打，把對方趕跑就算獲勝，但這天，一隻手持石斧的猴子在打架時，掄起它朝對方頭頂揮落。猴子們似乎就此發現，用石斧來當殺人工具相當有用。

島上的猴子原本都是摘樹果吃，不會進行狩獵，所以也沒有武器的概念，但百科全書上有矛和弓的項目。詹姆士．伯恩斯坦決定撕毀這些頁面，不讓牠們看。對於損毀昂貴的百科全書一事，等日後再向船長道歉吧。不過，前提是船長還在世，而且兩人能重逢。

猴子們替他在視野絕佳的高地上蓋了一座小屋，詹姆士．伯恩斯坦開始住在那裡。他睡的床上鋪有植物編織成的毯子，撕下的頁面就藏在毯子下。

百科全書由詹姆士．伯恩斯坦管理，一開始可讓猴子們自由閱覽，但許多猴子爭先恐後地伸手想翻頁，造成書本損毀嚴重。因此他決定訂下規則，挑出解讀能力高的猴子，由牠們代表朗讀文章，再傳達給其他猴子。猴子們也都理解這項規則和其必要性，不光如此，牠們還訂立了自己的一套規則，對違規者施予處罰。法律就此誕生。

牠們禁止殺害同族，也不能傷害彼此。違反的猴子不能住在森林裡，會被趕到山另一側的荒地去。那裡是寸草不生的不毛之地，岩地還會散發臭氣。野蠻兇狠的猴子陸續從森林中消失。

從百科全書上得知黏土的猴子們，揉捏在水邊發現的黏性泥土，做出像陶壺的容器。在燒陶時，詹姆士．伯恩斯坦幫牠們掌控火候，完成的作品雖然是厚實又脆弱的陶器，但可用來汲水，也能將採集來的樹果放進裡頭保存。

有猴子將黏土做成板狀，在上頭刻字，就成了黏土板製成的記錄媒介。但牠們很快就不在黏土板上記錄事情了，因為後來成功做出了紙。猴子們反覆地實驗後，研判香蕉樹莖的纖維適合造紙。牠們將香蕉的樹莖晾乾，磨成粉，以陶器熬煮後，取出紙漿。牠們對紙相當執著，因為牠們所崇拜的百科全書就是用紙做成的。猴子們想要造紙，是一種信仰的展現。

當時詹姆士．伯恩斯坦也理解到，猴子們雖然稱呼他為「GOD」，但其實是把他當作「MESSENGER OF GOD」。猴子們真正的神其實是百科全書，他不過只是一位使者，將百科全書送到牠們面前，教導神的語言，使其傳播開來，換言之，就像基督的立場一樣。

詹姆士・伯恩斯坦教育猴子們，陸續傳授牠們新的知識。他尤其熱中宣揚的是造船技術，他讓猴子們閱讀百科全書上關於船的項目，和猴子們一起試著造船。之前投入建築中的猴子們，現在成了厲害的船工，為他奔忙。最後他們打造出一艘一人座的小艇，但這可不像木筏那麼簡陋。為了讓船底呈現曲面，鋪設了橫板，上面甚至還有甲板。將船運往海上，果然成功地浮在水面上。

「很好！做得好！接下來要造更大的！」

必須盡可能多載運一些糧食，因為在抵達其他陸地之前，不知道得花上幾個月的時間。同時也要有可以承受大浪的強度，以及用來承受風力的風帆。

許多猴子幫忙製造帆船。當時還出現懂得計算結構的猴子，所以他請那隻猴子畫設計圖，計算方法好像也是從百科全書上學來。但也不是一切都一帆風順，島上來了一場暴風雨，將造到一半的船給吹跑了。造船的木材已耗盡，為了找尋可替代的植物，必須到島上探險。

「等帆船完成後，我會離開這座島。抱歉，我打算連同百科全書也一起帶走。那不是我的東西，我得拿去歸還才行。」

詹姆士・伯恩斯坦如此告訴猴子們。此事在猴子的社會裡掀起一片譁然，牠們馬上決定要製作百科全書的抄本，想把所有文章都抄下來，留在島上保存。牠們以磨尖的骨頭前端沾取從植物中抽取出的染料，將百科全書裡的文字抄寫在紙上。

猴子們也發現百科全書中有一部分的頁面被撕毀，但詹姆士·伯恩斯坦騙牠們說「一開始就是這樣了」。他對此感到在意，試著查探床鋪的毯子下方，但理應藏在那兒的頁面卻已不翼而飛。他心想，可能是被風吹跑了吧。

4

巨大的帆船大功告成，同時也裝上了以植物的葉子編成的風帆，以凜凜之姿漂浮在海上。猴子們以自己製作的繩索把船繫在陸地上，著手展開航行的準備。牠們參考百科全書的記載，替詹姆士·伯恩斯坦製作水果乾和魚乾這類不易腐壞的糧食，並運往船上。

造船耗費時日，但這段時間，猴子們從百科全書上學到了各種知識。猛然回神，牠們已懂得使用鐵器。似乎是從河川引來水路，讓水流向山的斜坡，再從下游的堆積物中擷取鐵砂。這是利用比重的差異，讓土石和鐵砂自動分離。猴子們加熱鐵砂，就這樣成功打造出第一塊鐵。牠們對燃燒反應的理解也一直在進步，所以已不會像以前那樣對火焰感到畏懼，就算沒有詹姆士·伯恩斯坦在場，牠們也能自己使用火。

在一個風強的日子，抄本完成了。這天海浪比平時還要高，發出低沉的隆隆聲。在詹姆士・伯恩斯坦起居的那間小屋裡，負責抄書的猴子抄完了百科全書的最後一頁。抄寫完成的消息傳出，聚集在小屋四周的猴子們頓時歡聲雷動，喧鬧不已。這座島上所造的紙特別厚，表面也很粗糙，將抄好的頁面疊在一起，足足有原先那本百科全書的數十倍厚。牠們將它分開來，以繩子裝訂。這時，一股焦臭順著風傳來。

「發生什麼事了？」

來到外頭一看，森林深處竄起火舌，從樹叢間可以望見飄飛的火星和橘色的火光。猴子們慌亂地鬼吼鬼叫。

是火災嗎？還是用火不慎？這時，有個東西飛快地從詹姆士・伯恩斯坦耳邊掠過。只聽見咻的一聲，那個東西刺進他身後一隻猴子的胸口。那隻猴子的衣服和猴毛滲血，就此倒臥，一動也不動。

森林深處發出長嗥，一群猴子出現。他們手持矛和弓箭，全副武裝。手持長矛的猴子朝附近一隻猴子的身軀刺下，那猴子口吐鮮血，仰頭倒下。

面對這突如其來的惡行，詹姆士・伯恩斯坦一時腦袋轉不過來。這島上有其他敵對的猴群嗎？是牠們來襲嗎？不，牠們是因為違反規定而被逐出森林，趕往那處不毛之地的猴子們。詹姆士・伯恩斯坦終於明白是怎麼回事了，牠們臉上的表情令詹姆士・伯恩斯坦大為震驚。那充滿憎恨的表情，不像猴子，反而更像人類。

為了傷害這些驅逐牠們的猴子，牠們應該是想盡辦法取得了百科全書裡頭被撕下來保管的那幾頁，詳讀武器的記載，才做出了弓箭和長矛吧，又或者是牠們自己發明了武器。

咻。弓箭飛來，插在猴子們身上，想前來相救的猴子也被刺成一串。待在這裡很危險，詹姆士．伯恩斯坦縱聲大喊。

「快逃！待在島上會被殺死的！快上船！」

他跑過沙灘，進入海中，朝湧來的波浪逆向游去。他一邊幫助抱著孩子的母猴，一邊往繫在岸邊的帆船靠近，爬上設在船身旁的梯子，最後終於登上甲板。

森林大火因風勢而蔓延擴大，這場火應該是那群武裝猴子幹的好事。群樹烈火熊熊，黑煙彌漫空中，蓋在高地上的小屋也陷入火海，百科全書和抄本肯定也都付諸一炬。

不知道該怎麼躲避攻擊的猴子們，也跟在詹姆士．伯恩斯坦身後游過來。途中，有的猴子被弓箭射中，就此喪命；有的猴子不擅長游泳，沉入海中。他等候猴子們游到船邊，爬上甲板，接著解開繩索，揚起風帆。

全副武裝的猴子們似乎沒朝船上追來。牠們從沙灘放箭，但射不到船身，箭矢落入海中。在牠們的目送下，帆船開始行進，很快就再也看不到那座島。

航海很順利。由於原先只準備了一人份的糧食，所以他將少量與猴子們分食。不久，猴子們取下其中一片帆布，做成捕魚用的網子。詹姆士．伯恩斯坦和猴子們一起吃生魚。猴子們發揮高超的身體技能，從這根船桅跳往另一根船桅。牠們很快便學會，只要改變風帆的方向，蜿蜒而行，就算逆風一樣能前進。

在航海的過程中，他們遇見各種光景。在清澈透明的寧靜晚霞下，聽見鯨魚歌唱；看見飛魚飛上高空，消失在雲間；濃霧前方出現一座島，但那竟是一隻巨大海龜的龜殼。他和猴子們聚在甲板上，共享眼前的驚奇。

然而某天，這趟航行的終點突然到來。那是個劇烈暴風雨的夜晚，船身順著大浪被高高地抬起，接著像滑入深邃的溪谷般一路墜落。詹姆士．伯恩斯坦在甲板上緊抓著船桅，極力站穩，不讓自己被甩飛出去，但沒想到那根船桅竟然從底部斷折。

他連同船桅一起被拋飛落海。他向猴子們求救，但無奈風強雨急，聲音傳不進甲板上的猴子們耳中。船就此遠去，拋下了他。

一陣幾欲高達天際的大浪湧來，撥開浮雲，重重打落。詹姆士．伯恩斯坦自知死劫難逃，就此合眼。

當他醒來時，人躺在醫院的病床上。有人在室內走動，不是猴子，是人。雖是語言不通的異國醫院，但護理師和醫生都是人類。外頭是一大片人類的市街，從參雜在風中的海潮氣味可以得知，這裡是一座港口城市。沒看到半隻猴子，到處都是人。有人帶來會講英語的人，詢問他的身分，他便請對方告知他獲救的經過。詹姆士·伯恩斯坦好像是緊抓著那根斷折的船桅，一路漂到了這裡的外海。一名船員發現了他，將他拉上船。

詹姆士·伯恩斯坦說明自己漂流到無人島，與猴子們展開交流的事，但沒人相信。不久，就連詹姆士·伯恩斯坦自己也覺得，那或許不是實際發生過的事。

北斗七星號的船長和夥伴們仍然下落不明，想必是已不在人世了吧。詹姆士·伯恩斯坦回到故鄉後，改為從事別的工作。

他結婚、生子，過著忙碌的日子。但有空閒的時候，他會想像，如果那不是夢的話，那艘載著猴子們的帆船現在不就還在某個海上航行嗎？一艘載著猴子們的船，至今仍航行在這片晚霞和星空之下，無人知曉。

去買麵包回來

中田永一

解說

當初因為要刊登在運動雜誌上，受委託要寫一篇以「跑步」為主題的小說，而執筆完成的作品。故事中的主角總是替不良少年跑腿。主角的價值觀有些扭曲，所以對跑腿抱持肯定態度，這樣的寫法可能會讓這篇稿子因為違反社會風氣而不被採用，但最後似乎還是順利刊登了。

（初刊載於《Number Do vol. 27》二〇一六年十月）
（文春文庫《跑？》收錄）

1

「喂，秋永，來一下。」

午休在教室裡被入間同學喚住時，我一度很想抵抗。我早就料到這天早晚會到來。入間同學是人們口中的不良少年，染著一頭金髮，制服散發濃濃的菸味。是惹不起的人物。

我惴惴不安，不知道他會對我怎樣，只能跟著他走。走出教室時，一些沒和我說過話的同學，紛紛朝我投以憐憫的目光。入間同學雙手插著口袋，以慵懶的姿態邊走邊說道：

「你去買麵包回來，什麼口味都行。我人就在體育館後面，限你五分鐘以內回來。敢晚到的話，我就宰了你。」

這句話的意思，是要我替他辦事嗎？也就是所謂的跑腿。這是強者半強制性地命令弱者辦事的一種權力騷擾，而我現在就接獲了這樣的命令。

要買麵包，要去福利社。我試著在腦中描繪教室、福利社、體育館後面這三者的位置關係。只有福利社離得比較遠，這樣我就稍微明白他想找人跑腿的心情了。

「還不快去，廢物。」

入間同學以像在看臭蟲般的眼神看了我一眼，我因為他的威嚇而全身僵硬。總之，我就這樣朝福利社奔去。為了遵守五分鐘以內的時間限制，我得全力飛奔才行。

之所以會被盯上，難道是因為我看起來很懦弱？我個子矮小，混在一群高中生當中，四周都是個頭高大的人，所以我總是感到很不安。要是我有哪方面比較出色的話，應該就會比較有自信，能堂堂正正地面對眾人了吧。但我完全沒有傲人之處，在教室裡也總是極力保持低調。

除了體育課外，我從來沒跑過步，因此馬上就氣喘吁吁。側腹隱隱作痛，我手扶走廊牆壁，步履踉蹌地走著。走下樓梯，朝校舍一樓深處的位置走去。那裡有一處空間設置了一整排自動販賣機，福利社的入口就在旁邊。

福利社的空間讓人聯想到小型超商，層架上陳列了文具和點心，中午會準備好滿滿便當、三明治、飯糰之類的食物。沒到食堂用餐也沒自己帶便當的學生，一般都是在這裡買午餐。

入間同學叫我來買麵包。我該買哪個好呢？我在麵包販售區為此傷腦筋。雖然他說什麼口味都行，但我反而希望他能指定商品。

麵包有兩種。一種是超商賣的商品，都是工廠製造，以透明塑膠袋密實包裝；另一種是這所高中的合作業者做的麵包，是在熱狗麵包裡夾進炒麵或蛋沙拉，以保鮮膜包覆。

到底買哪個才對？我想起入間同學的臉，然後拿起可樂餅麵包。為了保險起見，我決定連菠蘿麵包一起買，飲料也一起買比較好。雖然他沒叫我買飲料，但還是謹慎為上。

結完帳後，我朝體育館後面跑去。我上氣不接下氣地繞著體育館跑，入間同學就在那裡，他和模樣兇惡的學長們一起蹲在地上抽菸。我戰戰兢兢地走近後，他們馬上停止交談，朝我投以瞪視的目光，每個人的眼神都像殺人犯一樣。

「呃，這個……」

我怯縮地遞出裝有麵包和飲料的袋子。入間同學確認袋子裡頭的東西後，一臉無趣地從口袋裡掏出五百圓硬幣朝我拋來。硬幣滾落地面，我撿了起來。這比我買東西花的錢還多，我正準備從錢包裡找零時，入間同學對我說：

「不用找了，快滾吧你。」

去、去，他朝我甩手。第二天、第三天，入間同學仍舊叫住我，要我去幫他買麵包。

2

「秋永，去買麵包回來。」

入間同學的命令永遠都只有這句。福利社裡也賣炸雞便當、鮪魚飯糰，但他總是買麵包。幫他買回來的東西，似乎只要是麵包就行。不論買的是奶油麵包，還是巧克力螺旋麵包，他都不會刁難我。

說也奇怪，我一點都不會覺得不甘心，倒不如說，我在心裡盤算，只要讓他見識到我有用處的一面，我可能就不會成為他施暴的對象。這是藉由成為他的小弟，避免被霸凌的策略。我得使出全力跑到福利社才行，但我並不引以為苦。可能是因為每天持續的緣故，現在從教室到福利社的這段距離，我已經可以一次跑完，途中完全不用休息，也沒減速。我對此大感驚訝，我原本以為運動能力是與生俱來的，但看來並非如此。

我跑過走廊，飛也似的衝下樓梯，俐落地繞過轉角，從學生中間穿梭而過。雙腳跑得比以前流暢許多，身體也變輕盈了。也許是因為經常反覆這麼做，我的跑步能力大幅提升。

他總是丟五百圓硬幣給我，所以我得在這個金額範圍內挑選麵包和飲料。就算買的錢超出五百圓，我也不會向他追討，因為之前沒還他錢，這樣剛好互補。

買麵包和飲料所花費的金額，我全都記起來了。怎樣的組合花費會是五百圓左右，我一眼就能判斷。不過這都算簡單的，真正困難的問題牽涉到跑腿者的眼光好壞，也就是：「今天該買哪個麵包才對？」

只要是麵包就行。每次看到入間同學，我就會這麼想，但真的這樣就行了嗎？如果是我，每天都吃一樣的麵包一定會膩。

於是我很貼心地每天買不同種類的麵包。因為正值發育期，所以光吃一個應該不會飽，要一次多買幾個，也不能老是買甜麵包或是鹹麵包，要考慮營養均衡。我以這樣的原則來跑腿。

不過，這樣還不是最佳選擇。我於是展開調查，研究誰會買怎樣的麵包。我想讓他見識到我有用處的一面，所以我坐鎮在可以望見福利社麵包架的位置，觀察往來的人們。很快地，我便明白一個意外的事實。許多學生買的都是和前一天一樣的商品，甚至有的學生一個禮拜下來，每天都買咖哩麵包。這點醒了我，也許入間同學也和他們一樣，說不定他希望我總是買特定的商品就好？

因此，我決定從遠處觀察他吃麵包的模樣。替他跑完腿後，我假裝回教室，然後躲在草叢裡，手持雙筒望遠鏡望向體育館後方。入間同學一面和那些不良少年學長聊天，一面打開麵包的袋子吃了起來。我估算他吃完麵包的時間，記錄他的表情變化。我想知道他對麵包的喜好，甜麵包和鹹麵包，他吃哪一種麵包的時候表情會顯得比較柔和呢？

「喂，秋永，你在幹什麼，我宰了你哦。」

然而，某天我躲在草叢裡的時候，被入間同學發現了。

「我在看你，入間同學……就是，那個，我想知道你對麵包的喜好……」

我吞吞吐吐地解釋。說出理由後，入間同學露出覺得噁心的表情。去、去，他像平時一樣朝我甩手。

「這次就饒了你，快滾吧你。」

「請等一下！那個，我希望你能告訴我，你喜歡什麼麵包！想要我買怎樣的麵包回來給你！」

我跪在地上向他詢問。入間同學暗啐一聲，轉身背對我。

「只要是麵包，什麼都行。不過，說得也是，真要我說的話，還是剛出爐的麵包最好。」

剛出爐？這是我完全沒想過的回答。但經他這麼一說，確實如此，剛出爐的麵包特別好吃。但他想要我怎麼做？福利社裡賣的全都是出爐後隔了好一段時間的麵包。他一定是故意說這種不可能辦到的事，要讓我絕望。可惡！我感到很不甘心，一拳打向地面，但心中就此湧現鬥志。

3

我因為身材矮小，國小和國中常成為大家嘲笑的對象。一個班級的核心人物往往都是那些參加足球社、籃球社、棒球社，擅長運動的傢伙。對那些動作靈敏、跑步飛快的人，我從不覺得羨慕。他們是和我生活在不同次元的人，和我分屬不同的種族。他們的言行中傳達出，他們認為我是比他們低等的人，但這是事實，所以我向來也都認為無可奈何。而像我這樣的人，竟然也會開始慢跑、鍛鍊體力，人生真的很難預料。

從學校返家後，我便換上運動服。跑在被夕陽染成一片赤紅的河堤上，直到筋疲力竭為止。這段時間有很多人會出外遛狗，電車駛過遠處的鐵橋，天空無比遼闊，感覺真舒暢。

我開始慢跑是有原因的。車站前有一家大家都誇好吃的麵包店，他們剛出爐的麵包更是好吃得沒話說。如果我能跑腿去那裡買的話，一定能讓入間同學滿意。問題是學校到店家的距離，五分鐘趕不回來，需要二十分鐘的時間。如果是騎自行車呢？不，學校和那家店中間有一處陡坡，還有階梯。徒步的話能通過階梯，但如果是騎自行車，就非得繞遠路不可。

跑步是最好的辦法。來回二十分鐘的距離，我要藉由練習跑步，盡可能縮短時間。用更短的時間趕去，然後再趕回來。

放學返家時，我試著一邊看地圖，一邊走在校舍到店家的這段路上。走哪條路才是最短的捷徑呢？我苦思這個問題，一再地兩地往返。到車站前買剛出爐的麵包，這個策略我沒跟入間同學說。在一切準備完善前，我還是跟之前一樣到福利社買麵包，但我辛苦練跑確實有成效。

「秋永，去買麵包回來。」

我在教室裡接獲命令便飛奔而出。我在福利社買完麵包，前往體育館後方，但我抵達時，入間同學人不在那裡，隔了一分鐘後他才出現。我的腳程變快了，而且選的是最短的捷徑，最後終於比入間同學還快抵達。

「還真快呢。」

入間同學說。他搔抓著那頭金髮，朝地上吐了口唾沫，看起來不太高興。

「不過，還是沒有全盛時期的我快。」

聽班上同學說，入間同學國中時曾經是田徑社的一員，而且實力堅強，出賽過縣大賽。但後來因為受傷而放棄跑步，染了頭髮，成了不良少年。他學壞後，周遭的朋友都與他保持距離。要是他當初沒受傷的話，現在還會繼續參加田徑社嗎？我想起慢跑時看到的夕陽河堤、從遠方的鐵橋上駛過的電車，心裡想，他以前是否也都望著這樣的景致和天色呢？也許我現在看到的，就是他失去的昔日光景。

「喂，秋永，你來一下。」

放學後，有人在走廊上叫住我，不是入間同學，是班上的導師在向我招手。我在教職員室與導師交談。

「有人說你最近被霸凌了。」

「才沒有什麼霸凌呢，我沒事。」

「你可以坦白跟我說，沒關係，不必害怕。入間強迫你替他跑腿，大家都看到了。」

「他只是請我幫個小忙。」

「別逞強。秋永，如果很難受，大可向人求助，沒關係的。」

「我真的沒事。」

看在老師眼裡，我可能是個不願敞開心房的學生吧。很快地，導師似乎也放棄了。他嘆了口氣，讓我離開，但背地裡，這件事似乎被當作一件不能輕忽看待的案件。

4

午休時，入間同學直接從我面前走過。我叫住他。

「那個，麵包呢……？我不用去買麵包嗎……？」

「你很吵耶，別再跟我說話了。」

入間同學暗啐一聲，快步離去。後來我聽人說，好像是老師直接去警告入間同學，對他說，日後要是再有強迫別人跑腿，或是有人目擊疑似這樣的行為發生時，就會嚴厲懲罰。

入間同學似乎已不想再叫人跑腿，我也沒必要再全力飛奔趕去福利社，能像以前一樣過安穩的日子。我冷眼看著組成小圈子一起吃便當的同學們，自己一個人坐在課桌上單手托腮，度過午休時間。

雙腳靜不下來，因為那些日子我都在跑腿，每到這個時間，雙腳就很想自己動起來。過了幾個安穩的午休後，我再也按捺不住，前往體育館後方。

我看了一下時鐘，午休還剩十分鐘左右就要結束。入間同學和他的不良少年學長們都在體育館後方。入間同學嘴裡含著銀色的果凍飲料包，我主動向他搭話。

「我現在要去買麵包回來。」

「快滾吧你。」

「我要買，買我自己的份。不過如果你願意的話，我也可以分給你。是剛出爐的麵包哦。」

入間同學本想將手中的果凍飲料包朝我丟來，但他聽我把話說完後，停住動作。我轉身背對他，往前衝去。我之前計畫好的事，就在那天付諸執行。午休明明只剩最後十分鐘，我自己也知道這麼做太魯莽了。

我全力衝出校門。慢跑鞋的抓地力真是沒話說，自從開始跑步後，我便換了一雙鞋。因為是輕量鞋，所以鞋底的橡膠並不厚，也無法期待它發揮避震性，但感覺就像赤腳跑步一樣。

我蹬向柏油路面，飛快地繞過轉角處。原本感到痛苦的呼吸，起跑後過了一會兒，也變得輕鬆許多。肌肉從沉睡中醒來，感覺身體變得無比輕盈。

前方斑馬線的燈號轉為紅燈，車輛來往交錯。我沿著道路前進，更換路線，改走別的斑馬線。我因應狀況選擇最適合的路線，穿過連自行車也無法通行的矮牆間縫隙，抄近路而行。我奮力一跳，越過公園的樹叢，順著樓梯直奔而上。

愈來愈接近車站前了。雖然會稍微繞點路，但我還是選擇行人較少的巷弄，跨過非法亂停的腳踏車。

跑、跑、跑，不久，麵包店的招牌映入眼中。抵達後，我走進店內，做了個深呼吸，聞到麵包的香氣。裡頭有幾名午休中的女店員，這是與高中校舍截然不同的一處空間。之前放學後，我曾走進店裡調查，所以不覺得害怕。我以流暢的動作拿起托盤，夾起剛出爐的麵包放上去。這個時間剛出爐的麵包種類也都牢記我腦中，我全都各買一個，在收銀臺結帳時，我向她們確認時間。午休時間即將結束。

放進袋子裡的剛出爐麵包還熱呼呼的，我抱在懷裡跑，從那傳來暖烘烘的熱氣。我穩穩地踏向地面，全力使出肌肉的力量，將身體往前推進。不斷地向前，衝進空氣形成的牆壁裡。空氣化為風，輕撫肌膚表面，前方的景致往身後飛逝，接著又有新的景致從前方出現。拜訓練之賜，我的腳行動自如，彷彿不用大腦下達命令，雙腳便擁有自己的意志。我甚至覺得要是繼續加速，或許能飛上天空。

強迫人跑腿是不對的，這點確實沒錯。我不知道入間同學是因為什麼理由要我替他跑腿買東西，但我很感謝他，或許我就是需要這樣的契機。身體會藉由反覆練習變得如此流暢；人每天都會慢慢成長，今天比昨天進步，明天又比今天進步；機會公平地賜與每一個人；就算不是在教室裡低著頭度過也不錯；體格或是天生的能力，根本就微不足道……如果沒有這個契機，我可能一輩子都不會知道這些事。相較之下，憑自己的意思起身展開行動、持續做同一件事，如此練就的能力，才是真正了不起。

我抵達校門時，下午的課已經開始。如果是正經的學生，這個時間不會在體育館後面，但入間同學不是正經的學生。我跑進體育館後方，對鞋子的抓地力抱持信心，使出一個急煞。唰──我揚起一道塵煙，身體就此停住。入間同學和那群不良少年學長仍蹲坐在原地，他們看到我，全都發出「噢──」的驚呼聲。

「這是、麵包……雖然，是我的份……不過，可以、分給、大家吃……」

我呼吸凌亂，發不出聲音。大家一起分食著剛出爐的麵包。酥脆的表皮口感，以及裡頭仍保有熱度的溼潤Q彈口感，入間同學和他的不良少年學長們似乎都很滿意。我倚向體育館的牆壁，順勢朝地面坐下。

「喂，這給你。」

入間同學朝我拋來五百圓硬幣，我伸手接住那呈拋物線飛來的銀色硬幣，馬上又朝他拋了回去。

「我不需要。謝謝你，入間同學。」

我一直待在那裡，直到課堂結束。剛出爐的麵包已在我的胃中完全消化，麵包的芳香氣味也已消失。不過，體育館後方的地面還聞得到一絲氣味。鐘聲響起，我站起身，動起雙腳，朝教室走去。

電話逃走了

乙一

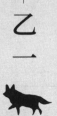

解說

為以「逆轉」為主題的選集執筆的作品。當初企劃提到，希望能像體育競賽一樣，在數頁的篇幅中做到「逆轉」。各類型的作家發表推理風格的作品，相互競技。本篇作品描寫的是電話會滑溜地從手中逃走的故事。

（初刊載於《STORY BOX》二〇一〇年三月號）
（收錄於小學館文庫《超短篇！大逆轉》）

電話滑走了——！

就像有生命似的，從我手中逃走——！

我的電話是所謂的智慧型手機，有著扁平的外觀。我想用它打電話，但不知為何，它竟然滑溜地逃走了。在掉落地板前，我像使出排球的接球一樣，伸手將它打了回去。從剛才起就一直反覆上演這齣戲碼，最後變得像在手上玩沙包似的。

我用手指碰觸螢幕解鎖，想輸入電話號碼。要進任何操作，都非得牢牢握住手機加以固定才行，但當我朝手中使勁想握住它時，它就像摩擦係數變為零似的，滑溜地從我手中逃走。難道是因為手機那講究的設計嗎？因為沒有多餘的稜角，手指沒有地方可以扣住。

今天早上之前，我原本都能很正常地操作。但猛一回神，已處於現在這種狀態。

電話滑走了——！

我怎麼辦才好——?!

在這種玩沙包的狀態下奮戰了好一會兒後，我的手機終於掉落地板。會不會因為這一撞而撞壞呢？要是故障的話，公公肯定會因為這筆修理費而損我一頓。我公公的毒舌是出了名的，說話傷人而且一點都不會內疚。結婚都十年了，卻仍膝下無子，我自己當然也很在意。為什麼像他那樣的人，可以生出我丈夫這麼溫柔的人呢？附帶一提，我婆婆已經過世。

我趴在地上，戰戰兢兢地試著用指尖輕戳落地後螢幕朝上的手機。解鎖畫面出現，太好了，似乎沒故障，就這樣操作手機吧。我想用指尖碰觸螢幕，輸入解鎖密碼。

但我的指尖卻從螢幕上滑過，跑往莫名的方向。因為是處在皮膚與螢幕似觸非觸的距離下，所以觸控感應依然有所反應，輸入了別的數字。就像在溜冰場上暴走的溜冰選手般，我的手指從螢幕上滑過，引發更多輸入錯誤的情況。

快停下來——！

我的手指——！

我用左手緊緊握住右手腕，阻止食指暴走。

明明是得快點打電話才行的時候啊。為什麼會發生這種事？我在玄關前雙手抱頭。這時，門鈴聲響起。

叮咚。

玄關處是一扇嵌了毛玻璃的拉門，所以看得出站在外面的人影。我馬上屏聲斂息，小心不發出聲響。從隔著毛玻璃看到的輪廓和顏色判斷，似乎是郵差。難道是需要蓋章領收的包裹？對方按了幾次門鈴，我繼續假裝不在家，於是對方朝玄關拉門插進一張紙片，似乎是招領通知單。隔著毛玻璃看到的人影遠去，我這才鬆了口氣。

我不能打開玄關與他對應。如果我那麼做，這幕光景就會映入郵差眼中。郵差想必會用奇怪的眼神看我，然後心想，倒在玄關內的這名男性是怎麼回事？如果是認識的郵差，應該會猜出那是我公公，也許還會搖晃他的身軀，確認他還有沒有微弱的呼吸。這樣就不妙了，要是在這種半死不活的狀態下獲救，就此留下後遺症，那就太悲慘了。我不就非得照顧他不可了嗎？

我的公公剛才疑似因為腦梗塞，倒臥在玄關。雖然失去了意識，但胸口仍微微起伏，還在呼吸。為了救他一命，得盡快打電話叫救護車才行。我心裡明白，可是卻出現手機從手中滑落的這種神秘現象，使我無法緊急通報。我真的搞不懂為什麼會發生這種現象。

為了先讓自己靜下來，我決定先喝杯麥茶。之後回到玄關時，公公已經嚥了氣。

家中變得一片悄靜，單車經過戶外馬路的車聲、小學生背著書包走過的聲響，微微傳進屋內。

我朝公公雙手合十，接著撿起手機打電話給丈夫。

東京

乙一

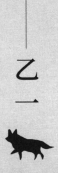

解說

從題名很難想像，不過這篇的內容被歸類為傳奇小說，是一名女性生下一個來路不明的男孩的故事。作者剛搬到東京時，曾經從編輯那裡得到一張「Sunny Day Service」[3]的專輯，名叫《東京》。聽說他很常聽，非常喜歡。似乎就是因為對那張專輯的回憶，才取了這個題名。

（初刊載於文鳥文庫《東京》二〇一六年十一月　文鳥社發行）

一

我站在東京鐵塔的觀景臺上時，突然感到一陣天旋地轉，急忙坐下。不知為何，我突然想起小時候聽曾祖母提到的東京大空襲。儘管後來搭電梯回到了地面，身體還是搖搖晃晃的。之後有好一陣子，我月經一直沒來，身體狀況也都不太好。我當自己是感冒了，而到內科醫院求診，結果在做過血液檢查後，醫生告訴我「您可能懷孕了」。懷孕後，會分泌ｈＣＧ[4]這種荷爾蒙，我的數值似乎相當高。請婦產科醫生重新檢查後，從腹部超音波影像中拍出了一顆跳動的小心臟。我懷孕了。

「孩子的父親是誰？」

我打電話跟鄉下的父母談這件事。面對家父的詢問，我無法回答。雖然婦產科醫生很肯定地說我肚子裡懷了寶寶，但我無法相信，認為一定是哪裡出了差錯。跑到別家婦產科檢查，但都得到同樣的結果。

「當初真不該讓妳去東京那種地方。」

3. 日本的搖滾樂團，成立於一九九二年。
4. 人絨毛膜促性腺激素。

家母哭了起來。三年前，為了上大學，我離開鄉下來到東京。我自己住的公寓房間，房租仍是父母出的錢。我一面跟父母講電話，一面想著自己的大學同學以及打工地點的年輕男性。

這孩子的父親到底會是誰呢？

我沒有男友。因為我在異性面前會緊張得說不出話來，所以根本沒機會和男生有親密關係。在我的記憶裡，我不曾和人發生過性關係，一次也沒有。但現在卻懷上了身孕，有這個可能嗎？

如果真有可能的話，大概就是我在酒局中失去記憶的那次吧。我向來不勝酒力，喝一口就醉，但還是很難拒絕朋友們的邀約，因此經常參加酒局。有幾次都被人灌酒而記憶模糊，待我回過神來，人已回到住處。難道是那時候，有某位一起參加酒局的人和我發生了關係？

和我發生關係的人會是誰呢？雖然害喜很難受，但我還是到大學上課，觀察班上的男生。我將酒局裡一同出席的人整理出一份名單，一一檢視他們的舉止。既然和我有過一夜情，在目光交會時，或許會有特別的反應，卻沒看到有這樣的人。雖然想直接逼問，我卻開不了口。就這樣在沒人可以商量的情況下，日子一天一天過去。

我決定針對幾名有可能的男生，偷偷蒐集他們的頭髮。上完課，我檢查他們用過的桌子，撿拾頭髮。應該可以從頭髮中萃取出當事人的ＤＮＡ，國內有幾間檢查機構能接受私人委託。我的計畫如下，首先是對我肚子裡的胎兒進行ＤＮＡ檢查，這似乎能從羊水中萃取。以此得知的胎兒ＤＮＡ，應該會是我和孩子父親的基因混合而成。這時候能從中得知孩子父親的核酸序列，再與從頭髮中萃取出的ＤＮＡ核酸序列進行對照，可藉此查明誰是胎兒的父親。

問題在於費用。要從頭髮中萃取ＤＮＡ，似乎得花上數十萬日圓。若需要對有可能是孩子父親的所有男生進行檢查，想必所費不貲，憑我打工賺的錢無法支付。

在我存錢的這段時間，肚子愈來愈大，後來已無法靠寬鬆的服裝來掩飾，我只好休學，同時也決定辭去打工。我的事被朋友們傳了開來，全是聽了令人生氣的不實謠言。我感覺到肚子裡有東西在動，這就是胎動嗎？決定是否要人工流產的時機漸漸逼近，能進行人工流產的時間，似乎是懷孕的二十二週內。考慮良久後，我決定要生下孩子。

墮胎手術有風險，而且我也想看這寶寶長什麼樣子，或許長大後就能從中看出父親的模樣，到時候應該就能查明他父親的身分。我想知道孩子的父親是誰，與我發生性關係的人到底是誰。我並不是想向他問罪，也不是生他的氣。我只是想了解，我的第一次到底是給了誰。

後來我生下了孩子，只為了查明孩子的父親。破水時我前往醫院，等候子宮口擴張後，爬上分娩臺。我痛得意識模糊，但還是努力使勁，寶寶就這樣從我肚子裡來到這個世界。是個男嬰。護理師馬上替嬰兒量頭圍，數他的手指。我哭了，心裡想，對不起，媽媽生下了你。

二

我替孩子取名晴都。一開始最頭疼的，是哺乳。起初他連乳頭都無法含進嘴裡，等到他含住乳頭後，又因為吸得太用力，讓我疼痛不堪，感覺乳頭都快掉了。不分白天還是晚上，晴都只要肚子一餓就哭，拜此之賜，我總是睡眠不足。好不容易他在我臂彎裡睡著了，才正準備將他放進被窩，他便馬上察覺異狀醒來，又開始大哭。我父母都來看晴都，但對於這位生父不詳的外孫，他們兩人完全無法接受。他們無法理解我這個單親媽媽，覺得我是個不檢點的女兒，對我投以冰冷的目光，就此回故鄉去，將我和晴都兩人留在東京的公寓裡。

話說，晴都似乎有著神奇的力量。例如當我公寓的窗戶敞開時，不知不覺間，窗邊總會站著一排小鳥，望著晴都的睡臉。有時候小鳥會叼著花草飛來，放在晴都的枕邊。另外，只要事先將快枯萎的盆栽放在晴都身邊，原本委靡的葉子或花莖就會復活，重現原本的翠綠。每當晴都因肚子餓而哭鬧，附近人家養的狗就會一起吠叫。只要晴都一笑，降雨就會突然停止，太陽從雲縫間露臉。難道只因為我是他的母親，才會覺得世界以晴都為中心在運轉嗎?不,似乎不是這樣。

可以兼顧育兒的工作很難找,我的存款已用罄,生活費見底。我前往區公所申請生活補助金,而就在回來的路上,我一邊等公車,一邊抱著晴都逗他開心。他突然毫無預警,像著火似的放聲大哭。這時公車剛好抵達,但如果在他現在這種狀態下上車,會造成其他乘客的困擾,所以我決定等下一班。公車走後,晴都馬上停止了哭鬧。搞什麼嘛,真是的。我嘆了口氣。

不過,以結果來看,沒坐上那班公車真的很幸運。那天,有輛闖紅燈的卡車引起追撞,公車翻覆,造成多人死傷。那就是我們原本要坐的公車,也許晴都早就知道搭上那班公車會有不幸降臨。

這孩子果然有著不可思議的力量。在公園裡有顆球飛來,眼看就要擊中晴都時,突然一陣強風吹來,改變了球的行進軌道;發生較大的地震時,不知為何,只有晴都四周完全沒搖晃。但當時我仍相信晴都是人類的孩子,不曾懷疑。

為了掌握他父親的身分,我仔細觀察晴都的長相。有些地方像我,有些地方不像,而長得不像我的地方,應該是強烈反映出了他父親的基因。例如眉形,他比我家人的眉毛都還要英挺。我測量他眉毛的角度,以及在整張臉所占的面積,然後試著與可能是他父親的那幾名男生的照片比較。還拿尺和量角器測量我以前的大學同學、打工地點認識的男生的照片,想找出眉形與晴都一致的人,卻還是看不出來。就等晴都長大，五官變得更鮮明之後再說吧。日後愈接近成人，他應該會愈像他父親。

季節轉換，為了不讓晴都感冒，我替他編毛帽。讓他坐在嬰兒車上，蓋上毛毯，前往連零歲兒童都能託育的託兒所參觀。我決定讓他上託兒所，為了賺生活費，我開始到餐飲店打工。白天工作，傍晚到託兒所接晴都回家。當我告訴認識的人我有孩子時，大家都大吃一驚，因為我才二十出頭，而且看起來不像當媽媽的人，肯定給人很大的印象落差。話說回來，我明明不記得自己和異性發生過性關係，卻有生產經驗，這實在很怪異。

令人眼花撩亂的日子一天一天過去，我沒有獨處的時間，為了謀生卯足了全力。晚上在我們的公寓住家裡，只有我和兒子兩人。晴都一哭，就算是深夜也得起床照料。隔壁的住戶會敲牆壁，抗議我們太吵。我拿著區公所發送的資料，仔細研讀孩子預防接種的相關事項，打電話到醫院預約。洗衣服、洗餐具、倒垃圾、買尿布，有事要外出時，也不能將晴都留在屋內，所以我都是用嬰兒背帶綁在身上。我不想請鄉下的父母幫忙，我要自己一個人在東京養大孩子。有時差點就要被強烈的不安壓垮，打開電視，映入眼中的全是負面的新聞。虐待兒童、搶劫殺人、交通事故、強姦、爆炸恐攻、天災、對政治的不信任、示威遊行、鄰近諸國不穩定的軍事情勢。我對晴都的罪惡感日漸高漲，將你生在這樣的世界，對不起。之所以沒有墮胎，就只是為了知道你父親的身分，如此任性的目的。即使如此，我也真的很愛你。

某天晚上，我抱著哭鬧不止的晴都，在附近的公園逗他開心。東京的夜空很明亮，只能隱隱看見星辰。我靠著攀爬架，晴都這才發出沉睡的呼吸聲。這時有人朝我叫喚，一名從公園前路過的年長女性，一直靜靜注視著我。她穿著一身像是剛下班的服裝，似乎是在回家的途中恰巧發現了我。她對我說：

「太好了，我一直很擔心妳呢。因為妳自從初診後，就沒再來了。」

她是當初替我檢查、認定我懷孕的婦產科醫生。雖然當時我因為不相信她的話，還去其他婦產科就診。醫生朝我走近，望著我抱在懷中的晴都的睡臉。

「妳平安生下他了呢。」

「是的，謝謝您。」

醫生詢問我的近況，接著她露出難以啟齒的神情，說出驚人的實情。我原本是為了查出孩子父親的身分才生下晴都，她的話卻完全顛覆了我的計畫。

三

「還記得嗎？妳一開始覺得自己是感冒，才去內科就診對吧。在做過血液檢查後，被告知可能是懷孕，所以妳當天便到我的診所來，還帶著內科醫生的介紹信。問診單上的回答有幾欄空著沒寫，可能是因為妳那時候吃了感冒藥，頭腦昏昏沉沉的緣故吧。」

婦產科醫生望著晴都說道。她到底想說什麼呢？我當時還不確定。

「我做超音波檢測，看到了這孩子的心臟。介紹信中有提到血液檢查的事，所以我沒懷疑過是不是懷孕，也沒在意問診單上的空白處，直接就進行超音波檢查，然後做了內診。」

原來是內診啊，當時很痛。好像是以檢查用的器具插入陰道，不過診療臺上的我和醫生之間以布幕阻隔，所以不清楚她在做什麼，就只感覺到疼痛。

「問診單上有一欄詢問有無發生過性關係，但妳那一欄空白。我當妳已有過性經驗，因而毫不猶豫就展開內診。我一直想對妳說聲抱歉，但從那之後，妳就沒再來了，因此一直沒機會說。妳很明顯是懷孕了，所以當時我沒細想。不過，後來我又仔細想了想，覺得搞不好有這個可能。我當時有碰到阻礙，而且還微微滲血出來。雖然我認為是自己誤會了，不過妳……」

婦產科醫生說，我還是處女。

如果真是這樣，那晴都到底是什麼？沒接受任何人提供的精子，就這樣從我肚裡生出的這個孩子，真的是人類嗎？婦產科醫生沒明確說出結論，就此離去。

開始會說話的晴都，對我來說，是個神秘的存在。他會使用我從沒教過他的複雜用語，我問他是從哪裡學來的，他指著房間深處的角落。

「那個人，說過。」

但那裡明明就沒人。

「沒有人啊。」

「有啊，妳看，他正在笑。」

晴都今年三歲，成了有張成熟臉孔的託兒所園童。早上他醒來後，鳥兒們便全都飛來，送他花草或樹果，接著他就會很慈祥地說：

「早安啊，各位。謝謝你們。」

才三歲就這麼沉穩。晴都那超然的氣質，在託兒所裡也蔚為話題。就算他正在玩的玩具被同學搶走，他也絕不會生氣，就只是露出難過的表情和悲傷的笑容。帶他去公園散步時，就算周邊地區開始下雨，但不知為何，只有他在的那座公園始終是晴天。就算有孩子受傷，但只要晴都加以輕撫，孩子馬上就不痛了，而且過了一會兒，傷口不知不覺便結痂了。大家都喜歡晴都，但偶爾也會因此引來憎恨。

這世上的憎恨所凝聚成的負面情感，平均每半年一次會找上晴都。例如從來沒說過話的對象，在後頭跟蹤我們；公寓的門上被人寫滿了「去死」；曾經差點被綁架；不久前還正常談笑的對象，轉眼卻像惡魔附身似的，用手掐晴都的脖子。

每次我們都給警察添麻煩，引來周遭人的目光，變得很難再住下去。我們搬離原本住的地方，一再搬家。我一手夾著行李，一手牽著晴都的小手，走在東京市街。新的住處是老舊木造公寓裡的其中一間房間，我和晴都睡在同一張床上。昏暗的房間整晚都點著燈，籠罩在橘色燈光下，晴都額頭緊抵著我的胸前說道：

「媽，對不起，都是因為，我的關係。」

「不，純粹只是運氣不好，不是晴都的錯。」

「有人，不喜歡我。」

「才沒這種事呢。」

「真的有，我在的地方，被人知道了。以後大概，還會一再發生，同樣的事。媽，妳也會有危險。」

「不會有事的，以後壞事不會再發生了。」

我緊摟著晴都就此睡著。晴都的頭散發奶香，一股愛意湧上心頭。這孩子似乎被我無法想像的命運所支配，雖然我無法全部理解，但我有這種感覺。

因為晴都說他想去，經過幾次的搬家和轉學後，我們兩人登上了東京鐵塔。我買了票，為了避免和晴都走失，我緊握他的手，坐上電梯。來到觀景臺一看，視野變得像飛鳥般，整個東京盡收眼底。整排的高樓，以及高樓間殘存的綠意。一定有許多人帶著歡笑和淚水生活在這個城市裡。東京可真遼闊，有各式各樣的人生。晴都望著景致說道：

「我，就是在這裡，進入媽媽的肚子裡。」
「咦？在這裡？」
「我那時候，受傷，昏昏沉沉。所以躲進，媽媽的肚子裡。不過，我差不多，該走了。」
「走？走去哪裡？」
他沒回答。
「雖然不是馬上就走，但我就要，離開媽媽了。」

四

晴都五歲時，升上託兒所裡的大班。他早晚會成為小學生、國中生，然後個子變得比我還高。雖然心裡這麼想，但也隱約覺得結果可能不會是這樣。

孩子們要在園遊會中表演戲劇，晴都竟然被選為主角。他以英挺的眉形和成熟的表情，成功扮演金太郎[5]的角色。他以十足的王者架式扛起板斧，和熊相撲。望著這樣的他，我心想，為什麼他要離我而去呢，差點流下淚來。明明只過了五年。包含

5. 知名童話故事的主角。是擁有怪力的兒童，還會與熊相撲。與源賴光相識後，一同征討酒吞童子。

他在我肚子裡的時間，也才六年，但晴都卻向我宣告，他將會離開。

「這是為了媽媽妳好。」

晴都說。

「要是我留在妳身邊，妳會有危險。」

自園遊會後，晴都在媽媽們之間人氣攀升，但同時也引來嫉妒。那是某天我到託兒所接晴都時發生的事。我遇見同班一位男童的母親，同她聊了幾句。一開始只是很平常的閒話家常，但是當話題來到前些日子的園遊會後，她突然變得面無表情，以空洞的眼神望著我，開始發起牢騷。「在你們來之前，我家孩子一直是最受歡迎的。你們要是沒來就好了，真希望你們可以消失……」我因為她這番可怕的話而呆立原地。感覺到一股彷彿被吞進巨大黑暗中的恐懼。她的眼中開始帶有憎恨的光芒，兩頰緊繃，感覺隨時都會歇斯底里地大叫。不知什麼時候，晴都來到我身旁，對她說：

「快滾。」

這時，那位媽媽一副猛然回神的表情，轉頭望向我。她發現晴都也在，朝他嫣然一笑，彷彿什麼事都沒發生過似的。

「你好啊，晴都。真好，媽媽來接你，很開心對吧。」

她似乎沒發現自己剛才脫口說了些什麼，並離開去接自己孩子了。我鬆了口氣，一旁的晴都緊握我的手。

已經沒事了。

晴都的想法直接傳進我的腦中。最近他不用開口說話，想法便能直接傳進我的腦中。而根據他的解釋，剛才會發生那種怪異現象，是不喜歡晴都的東西所展開的攻擊。那些東西看那位媽媽有著負面情感，便乘虛而入，想讓她的情緒就此爆發。這次沒鬧開，但日後類似的事想必會接連發生，而且會更具攻擊性，有時我可能還會有性命之危。

「好，那我們搬家吧。這樣就不會招來別人的嫉妒了。」

但晴都卻搖頭。他說，這樣無法解決問題，搬往下一個地方，一定又會遭受某種憎恨。如果只有晴都在，他還可以趕跑對方，但我在的話，會有危險。他決定在我受害前，先離開我。

回家的路上，我們順道去了一趟超市。我在挑菜時，晴都從零食區走回來。他以端正又成熟的表情，把會造成蛀牙的零食放進購物籃裡。這是必需品——他的想法直接傳進我的腦中。「不行，快放回去！」如果是平時，我一定會這麼說，但今天我破例買了。當我拎著購物袋走出超市時，外頭已經天黑，小蟲子在路燈旁圍成一個圓飛個不停。我與晴都並肩而行，望著他的側臉。他的長相有一半像我，但另一半呢？是像誰呢？當中參雜了和我家人不同的特徵，也許這是晴都原本的樣子。他既像我兒子，又像我的情人。我愛他，我想看見他長大後的模樣。

我太在意晴都的側臉，一時差點撞向路邊護欄。晴都說：

「妳要更小心才行，不能老是發呆。妳有時不是會一直開著爐火沒關嗎？我也擔心，妳總有一天會被車撞的。我不在身邊，妳一個人真的沒問題嗎？」

我強忍淚水，點了點頭。

「我會加油，沒問題的。」

我那完全是在逞強，其實我很想叫他別走，但我明白他的決心不會改變。既然這樣，我就要盡可能少讓他為我操心。

晴都在黎明前消失了。原本我在被窩裡緊緊握住了他的手，但不知何時，他已打開窗戶，坐在窗邊。他只看了我一眼，接著便消失在夜風中。

之後我仍繼續在東京生活。奇怪的是，就只有我記得晴都。託兒所裡的媽媽們全都忘了他，也沒有他的就讀紀錄。我向區公所詢問，也查無他的出生證明。我曾經生產的紀錄完全消失，這五年來，我一直都是獨自生活。父母感嘆我是個一直都不回家探望的女兒，但是對孫子卻完全沒半點記憶。難道是晴都與我告別時，事先做了這樣的安排？不，也許打從一開始，晴都就不存在。他是個只存在於我腦中的少年嗎？所有的痕跡全被抹除了，所以也有這樣的可能性。

幾年後，政局變得穩定，示威遊行的新聞也消失了。取而代之的，全是國外知名甜點店第一次在日本展店、動物園的山羊逃脫後在市內逛大街，這一類祥和的新聞。不久後，我結交了男友。可能是因為之前和晴都同住的緣故，我對異性似乎變得比較不抗拒。婚後我按照正常的步驟生下孩子，大家都誇我很會抱孩子和哺乳，我就此流下淚來。沒錯，晴都確實存在過。我養育過他，我的手臂和乳房都還記得。我趁育兒的空檔時間，登上東京鐵塔，一邊從觀景臺瞭望眼前的景致，一邊在心中對晴都訴說。

你過得好嗎？有沒有哭？
要是受傷的話，就回來我身邊。
我會一直等著你。

天明時，一群小鳥飛來。牠們在窗邊排成一列，口中叼著各種花草，有白花，也有藍花。鳥兒們做出像在找尋晴都的動作，但遍尋不著，所以非常疑惑。不得已，牠們只好把花草擺在窗邊，再次振翅飛向天際。

食蟹丸

中田永一

解說

投稿給地方雜誌的一篇小說。雜誌安排以「酒」為主題的特集文章刊登，所以故事中才會有「酒」登場。主角是個來日無多的貪杯男子，某天，他喝醉時走在路上，從此誤闖異世界。在那裡他遇見一名粗暴的鬼怪，兩人一起喝酒……標題名稱的食蟹丸，便是故事中登場的妖怪名字。

（初刊載於《隨心所欲》第8號 二〇一九年一月）

1

我從前一陣子開始，就深受食欲不振和倦怠感所苦，而且還會肚子痛、血便，所以才到醫院接受檢查。結果醫生說我只剩半年的壽命，癌細胞已轉移到全身，無法救治。

我打電話到公司，向上司說明情況後，請了長假。我回到獨居的公寓，躺在榻榻米上，仰望天花板。回首過往人生，想著自己的孩提時代、老家的種種、已故的父母。夕陽照進屋內，我從窗戶望著野川的景致。一條窄細的小河在住宅區裡穿梭，河的兩側化為小河灘，一路綿延。每當微風吹過，河畔跟人一樣高的青草便發出窸窣聲響。

對了，就來喝酒吧。

之前因為健康考量，我都很注意每天的酒精攝取量，但反正現在只剩半年的壽命，就盡情地喝吧。我從冰箱裡拿出罐裝啤酒，就像要將癌症這個壞東西沖走般，拚命往身體裡灌。雖然引發了微微的腹痛，身體陣陣抽痛著，但我還是順利地將房間裡的酒全部喝光。

到了深夜時分，我打開電視，正在播映兒童癌症患者特集，一名像是小學低年級生的男孩在接受放射線治療。我看了難受，關掉電視，一把抓起錢包，衝出家門。

家裡已經沒酒了。

我來到燈光明亮的超商店內，將紙盒裝、杯裝、瓶裝的日本酒全部買回家。雙手拎著塑膠袋，踏上歸途。不過，裝滿日本酒的袋子真的很重。稍微減輕一些重量吧，我用吸管喝起了紙盒裝的清酒「鬼殺」。

醉意漸增，結果真的喝得醉醺醺的我，再度邁步往前走。因為袋子沉重，加上步履虛浮，根本無法前進。地面起了大浪，就像因暴風雨而起伏不定的大海。

啊，當我暗叫不妙時，已慢了一步。走在野川河灘上的我，不小心腳下踩偏。這個時期，野川已經乾涸，在露出河底泥巴的地方，長滿了跟人一樣高的植物，我正好往那裡跌落。

我感到強烈暈眩，眼前的一切天旋地轉。我起身想爬回河灘上，但已分不清之前走來的是哪個方向。四周覆滿和人一樣高的野草，我試著踮腳看，但連野川沿岸的民宅和公寓也看不見。

我試著朝自己認為對的方向走去，但野草愈來愈密。我心想，該不會是走反了吧，試著折返，但已回不到剛才的地點。

不知不覺間，腳下已不再是乾涸的河底，而是樹根覆滿一地、會將人絆倒的森林地面。草叢間聳立著高大的樹幹，枝葉的樹影遮蔽夜空。這裡是哪兒？猛然回神，我已置身森林中。

公寓附近有這種地方嗎？不，地圖上沒有。正當我大感困惑時，地面突然一陣搖晃，但不是因為我喝醉的緣故。視野角落有棵樹木發出啪嚓巨響，倒了下來。

我定睛往黑暗中細看，只見倒臥的樹木旁站著一名身形奇偉的大漢，整個人比我大上一圈，脖子和手臂也很粗壯。怪異的是，他的額頭還長了一支角。是鬼怪！確實是鬼怪沒錯！他空手折斷樹木，將它拆解，但這時他突然停下動作。

「怪了，哪來的酒味？」

鬼怪以像是地鳴般的低沉嗓音說道。儘管在夜裡，他的雙眼仍閃動著鮮紅的光芒。他的視線投向看得目瞪口呆的我，因為這一幕太過駭人，我的意識就此遠去……

2

自從醫生宣告我來日無多後，已過了三個月。我的主治醫師替我做完身體檢查後，對我說：「抗癌劑似乎奏效了。」癌細胞並未消失，但它已完全停止擴散。「服藥後，會不會覺得不舒服？」「幾乎不會。」我的身體很健康，也沒有抗癌劑帶來的副作用。不會腹痛，也沒倦怠感。要不是X光照片照出了癌細胞的陰影，我都忘了自己剩沒多少時日可活了。

不過，這並不是現代醫療的功勞，也不是抗癌劑或放射線治療的功效。在醫院的走廊上，我取出隨身攜帶的木片，細看著它。大小和魚板差不多的這塊木片，上頭以紅黑色的潦草字跡寫著「食蟹丸」這三個字。

「只要帶著它，你的身體就會有鬼怪的加持保護。這是打仗時，我用來保護小弟們的方法。」

鬼怪嘴巴的呼氣臭得熏人，而且帶有灼熱。食蟹丸是這名鬼怪的名字，他以牙齒咬傷手指，用手指流出來的血在木片上寫下名字。持有這塊木片的人，就能與鬼怪堅韌的肉體產生連結，得到他的恩惠，持續保有目前的肉體狀態，也就是能抑制癌症惡化。

「不過，人類，你應該明白吧。你可別想要逃走哦。」

走出醫院後，我馬上前往酒館。我問店主推薦什麼酒，購買了大量日本各地的酒，多到連我自己都抱不動。我自備一臺折疊式手推車，靠它運回自己住的公寓。我已辭去工作，所以在家小憩，一直睡到天黑。就連睡覺時，木片一樣片刻不離身。在鬼怪的加持下，我的身體不會惡化，死亡的恐懼離我遠去，我就此得以安睡。

入夜後，我拖著載滿酒的手推車前往野川。這是大車輪式的手推車，所以只要不是太過凹凸不平的路面，基本上都沒問題。我喝了點酒，在微醺的狀態下進入野川。在茂密的草叢中，我有種頭暈目眩的感覺，走了一小段路後，明顯進入一處不像是住宅區的地方。

這座地圖上找不到的森林裡，住著魑魅魍魎，蓊鬱的樹林暗影深處傳來聲音。「喂！這裡不是人類該來的地方！」「笨蛋！那傢伙是食蟹丸的……！」「這麼說來，他就是那位……？」好幾個跟孩童差不多大的人影攀附在樹上，有的頭長得特別長，有的屁股後面長著尾巴。

在前往固定場所的途中，我遇見河童鮐丸。

「嗨，人類。今天帶來哪一國的酒啊？」鮐丸是一身綠色皮膚，臉上長著鳥喙的帥氣河童。「是北方釀的酒。」「北方？陸奧國[6]那一帶嗎？」「這我不清楚，但可能是吧。」

食蟹丸和他的小弟們已在池畔圍著篝火而坐，篝火的紅光令鬼怪那宛如熱鐵般的肉體浮現在黑暗中。他身上穿著獸皮做的衣服，不過上身幾乎赤裸。食蟹丸的小弟們是一群模樣不知該怎麼形容才好的妖怪，他們烤著山豬肉，正在舉辦宴會。

6. 日本古代的地名稱呼，相當於現今的福島縣、宮城縣、岩手縣、青森縣、秋田縣一帶。

「是酒！人類，你帶酒來啦！」

食蟹丸像平時一樣，看到我就大叫。那宛如爆炸般的音量，令他身旁的妖怪們昏厥倒地。這股氣勢令我膽戰心驚，但我還是向前遞出酒瓶。

「幹得好，人類！」

其中一名小弟恭敬地接過我帶來的日本酒，咕嘟咕嘟地倒進食蟹丸那巨大的木杯裡。食蟹丸將它一飲而盡，「哈」的一聲，呼出灼熱的氣息。其他妖怪也伸舌舐脣，朝自己杯裡倒日本酒。

「人類！你也喝！再也找不到這麼棒的酒了！」

食蟹丸將杯子塞到我手裡。自從三個月前那場相遇後，我幾乎每晚都運酒來這裡參加宴會。不管我帶什麼酒來，食蟹丸都誇好喝，也許是他喝不出味道的差異。而另一方面，河童鰌丸則像是用舔的一樣，以他的鳥喙品嘗酒味，所以喝得出日本酒細膩的風味差異。

「啊，這個好。含在嘴裡，醇厚的香氣直衝鼻端。比起先前的辛口酒，我更喜歡這款酒。」

鰌丸在池畔邊盤腿而坐，一臉陶醉地舉杯品酒。

這場宴會一直延續到天亮，我載滿一車的日本酒，一個晚上便全部喝個精光。酒喝完後，小弟們陸續離開，最後只剩我和食蟹丸。

「人類，下次再帶酒來。如果你沒帶酒來，鬼怪的加持會就此斷絕。」

我留下空酒瓶，拉著變得輕盈許多的手推車離開森林。走進草叢，往旭日的方向走去，很快便來到我熟悉的住宅區所在的野川。有人在朝霞中晨跑，有人在遛狗。我打了個哈欠，返回自己的公寓住處。

第一次相遇時，我當場昏厥，食蟹丸好像原本是想吃了我當晚餐。不過，我在超商買的酒掉在一旁，他喝了之後大為驚豔，直呼怎麼會有這麼好喝的酒。

「你明天也帶酒來，後天也是。不，以後天天帶來。」「……我沒辦法。」「為什麼？」「因為我再半年就要死了。」

我醒來後，與他展開這段對談。我因為癌症而被醫生宣告死期，說完我的情況後，食蟹丸便賜給了我鬼怪的加持。

就這樣，我開始天天買酒，運來鬼怪這裡。看來，人類社會釀的酒就是好喝。我就說吧，我就說吧。

3

鬼怪和河童們住的到底是什麼地方？唯一可以確定的是，那裡不是現代的日本。

我來往於異界和陽間，為他們運酒。食蟹丸會自己出酒錢，他給我的金幣，聽說是他之前襲擊某座城池時，從寶庫裡偷來的。我帶著金幣去當舖換錢，當舖老闆說「從沒看過這種金幣」，還說它具有學術價值，開高價向我收購。他還進一步向我打探金幣的來源，但我不能跟他說這是鬼怪給我的，只能逃也似的開溜。

一同參加魑魅魍魎的宴會後，我明白食蟹丸令眾人敬畏。他擁有巨大的身軀且個性粗暴，沒人敢忤逆這位聲如洪鐘的鬼怪。就連這些不是人的妖怪，只要聽到鬼怪說一聲：「辦酒宴嘍！」似乎也沒人敢拒絕。

食蟹丸的酒宴也不全然都只有歡樂。這個鬼怪有粗枝大葉的一面，常喝醉後手臂亂揮，讓身邊的人受傷。酒酣耳熱時還會引吭高歌，但他的歌聲根本就是噪音公害，大家都受不了。黃湯下肚，心情大好時，還會向人吹噓，說他過去經歷過怎樣的戰役，如何打敗對手。同樣的故事一說再說，坦白說，周遭的人早聽膩了。如果聽他講話時擺出乏味的表情，他又會說：「喂，你不相信我說的話嗎？」向人找碴，真的很難伺候。有不少妖怪會躲進樹洞裡，只為了不想接受食蟹丸的酒宴邀約。

我因為負責買酒和送酒，所以得強制參加。食蟹丸喝醉後發酒瘋，跟圓木一樣粗的手臂將我整個人撞飛的情形，多得數不清。原本我全身的骨頭理應會就此被壓扁，張口嘔血才對，但多虧有鬼怪的加持，就只感覺到一點皮肉痛而已。所幸有這身堅韌的肉體，這些魑魅魍魎們也開始倚賴起我來。每次食蟹丸發酒瘋，他們就會躲在我身後，等待風波平息。

「你對食蟹丸有什麼看法？」

酒宴結束後，河童鮒丸向我問道。食蟹丸喝醉了酒，頭插進池子裡呼呼大睡。我擔心他會窒息而死，不過，鬼怪似乎不會因為這點小事就喪命。

「他老愛誇耀自己的功績，有點討厭。不過，人類社會裡也不乏這樣的人存在。」

「如果沒有酒，我大概也不會參加酒宴。我很期待你明天會帶怎樣的酒來。」

鮒丸說完後，躍進池中，留下波紋，消失無蹤。

大家都不喜歡食蟹丸。他以強大的臂力讓人屈服，擅自將住在森林裡的魑魅魍魎都當成自己的小弟，但一點都不受人景仰。我在誤闖這裡之前，他似乎也會獵捕山豬或熊，請大家一起吃，而就算沒有酒，食蟹丸還是自顧自地吹噓，令眾人大喊吃不消。

但以我的情況來說，如果我拒絕與食蟹丸保持這樣的關係，日後等著我的，就只有癌末病逝。癌症的英語叫做「Cancer」，在古希臘語是「螃蟹」的意思。據說是因為乳癌的腫瘤會擴散成蟹足般的形狀，才有這樣的稱呼，所以食蟹丸這個名字，對我來說算是好兆頭。

而且我並不討厭食蟹丸這個鬼怪，因為總覺得他很像我死去的老爸。我老爸也是喝了酒就老是吹噓，很惹人厭。我老媽同樣也受不了他，晚年兩人處於分居狀態，我老爸沒有朋友，自己一個人孤零零地走完人生。望著眾人敬而遠之的鬼怪背影，我想起老爸，一股懷念之情油然而生。食蟹丸想必也是個不擅言辭、有點笨拙的男人。不管他想做什麼，總是白忙一場，令人看了傻眼。為了填補內心的空虛，才會老是向人吹噓。我老爸也是這樣。

某天晚上，他舉辦的酒宴終於沒半個人參加。河童鮹丸那天剛好有河童的聚會，不克前來，就只有我和食蟹丸兩人共酌。我與體格像牛一樣壯碩的鬼怪相對而坐，朝他那巨大的酒杯倒酒。我已作好心理準備，今天得自己一個人聽他自吹自擂了，但喝了酒過了半晌，他開始以平靜的神情說道：

「人類，我看你也是因為不想死，才百般不願地陪我喝酒，對吧？」

他說的一點都沒錯，所以我無法回應。

「自從你帶酒來之後，我心想，這樣或許就能和我的小弟們打成一片，但結果並非如此。我原本還期待請他們喝好喝的酒，大家就會為我感到驕傲，但還是行不通。我講話只會讓大家覺得無趣，就算我自認講得精采有趣，但換來的只有低聲下氣的陪笑。你一定也常打哈欠，對吧？」

「我才沒打哈欠呢。」

「別說謊，當心我吃了你。」

食蟹丸一整個晚上都在「我真是個沒用的傢伙」這種模式下吐露心聲。從那之後，就常常只有我和他兩人共飲。

4

七年過去，我還是好端端地活著。癌細胞並未縮小，一樣在我體內盤據，但我的主治醫師說這是奇蹟，而我卻感到心中有著罪惡的棘刺。之前在電視上看到的那位癌症病童，後來不知道怎樣了，是否病癒康復了呢？還是已經不在人世？只有我因為特別走運而逃過死劫，這令我心生歉疚。

這七年來，我和食蟹丸吵過架，也和好過。鮨丸他們也曾受不了食蟹丸，而搬到其他住在山裡的鬼怪那裡去住，但後來因為想念我帶來的酒，鮨丸和幾隻魑魅魍魎又搬了回來。也曾經有隻旅行的妖怪參加我們的酒宴，而我差點被他綁架，幸好有食蟹丸和鮨丸趕來救我。對方綁架我的動機是因為酒，因為我帶來的酒實在太好喝，他想問出我是從何得來，要加以獨占。我也曾花上好幾天的時間在魑魅魍魎居住的異世界旅行，親眼目睹一般人所看不到的各種光景，從迷霧重重的斷崖看到的群山、明亮如鏡的湖面、妖魔們相互爭奪地盤……

儘管一起相處的時間很長，食蟹丸的內心還是一樣空虛。

「反正你也只是因為不想死，才會跟著我。」

他常語帶自嘲地說道。確實也沒錯，但對於食蟹丸這個鬼怪，我不光只有這樣的想法，還抱持另一種情感，不過他不肯相信我。

「反正我就是惹人厭。要不是有你帶來的酒，愛喝酒的河童他們肯定投靠別的鬼怪，不會再回來了。」

在他的記憶中，似乎從來沒人喜歡過他，他也無法打從心底相信別人。因為相信之後要是遭到背叛，反而更受傷。

「你確實是個很難伺候的鬼怪。不過，我和你結交，可沒有心不甘情不願哦。」

某天，我試著這樣說服他，但他並不領情。

「騙人，反正你心裡一定也和其他人一樣。要是你敢再繼續騙我，當心我吃了你。」

怎麼會有這麼難伺候的鬼怪。我就此心生一念，決定要證明我說的話句句屬實。這需要相當的覺悟才能做到，不過，我認為要拔除我和食蟹丸內心的棘刺，這麼做是最好的辦法。

那是個美麗的月夜。我瞞著食蟹丸，若無其事地接連幾個禮拜都送酒來，參加酒宴。一如平時，酒宴來到尾聲時，魑魅魍魎紛紛離去。山豬肉、骨頭散落一地，四周是我從人類社會帶來的大量日本酒空瓶。食蟹丸、鰌丸和我三人一直喝到最後。

「喂，人類，你怎麼了？」

河童望著我，偏著頭露出納悶神情。

「你的臉色真不錯呢。一臉綠色，跟我們河童一樣，是很健康的顏色呢。」

「正好相反。以人類來說，當臉色呈綠色時，就表示身體狀況很差。」

我如此解釋後，強忍作嘔的衝動，腹痛和倦怠感也逐漸加重。整晚陪他們一起喝酒，已來到極限。

食蟹丸看了我一眼，對我說：

「你該不會把那塊木片搞丟了吧？」

「不是搞丟，我送人了。」

「送人？送誰？」

「送給醫院裡的一名病童。」

是一位還在讀小學的少年。他在父母的陪同下住院，我曾經目睹少年的父母趁他不在的時候偷偷流淚。我將寫有「食蟹丸」的那塊木片塞給那名少年，因為這突如其來之舉，他也被我嚇到了，不過，我說明這木片的功效後，終於說服他收下。我原本被醫生宣判只剩半年的壽命，卻又多活了七年，在醫院裡成了知名人物，是癌症患者的希望，少年也因此知道我，才收下了木片。

「你為什麼要這麼做？」

食蟹丸此時看我的眼神，就像在看什麼莫名其妙的東西似的。我實在很想說，真正莫名其妙的是你們才對吧。

「我想要證明我不是因為怕死，才和你結交；也不是因為想得到鬼怪的加持，才留在你身邊。這樣你明白了吧？我的病情惡化，癌細胞已擴散全身，就快死了。最近這段時間，我送酒到你這兒，一點好處也沒有，但我還是來這裡和你一起喝酒，沒錯吧？我是因為自己想才這麼做。食蟹丸，我是因為想和你喝酒，所以才來。這樣你總可以相信了吧，我不是另有盤算才和你結交的。」

食蟹丸怒容滿面地一拳打向地面。轟的一聲，那股衝擊力道令這附近一帶為之搖晃，鮹丸害怕得跳進池子裡。鬼怪那紅光炯炯的雙眼瞪視著我，雖然氣勢懾人，但對已接受死亡的我來說，這其實沒那麼可怕。

「這麼說來，你打算以後不再送酒過來嘍？」

「我會再送一陣子。不過，等到我的體力無法負荷時，就沒辦法再來了。」

食蟹丸將森林裡的樹木推倒，大鬧了半晌，最後終於在黎明前恢復冷靜，接著他一臉沮喪地喝起杯裡的酒。我對這樣的他提出幾個忠告。你要少向人吹噓；別做小弟們討厭的事；要多傾聽大家的意見。如果是以前，他一定不肯聽，但食蟹丸聽完後卻點了點頭。

「嗯，我明白了。」

我突然想起我的老爸，想起孤零零死去的老爸。如果食蟹丸是真心接納我的建言，一定不會變成那樣，而我在臨終時，也一定不會感到孤單。之前明明是那麼怕死，現在之所以能坦然接受死亡，全因為我覺得自己死得有價值。在過去人見人厭的食蟹丸心中，如果能留下他曾經受人景仰的記憶，這也不錯。

鰌丸戰戰兢兢地從池子裡走出，來回望著我和食蟹丸，重新坐回原位。之後，我們繼續靜靜地喝酒，直到天明。

背景的人們

山白朝子

解說

為雜誌的百物語企劃所寫的作品。「在一個暴風雨的夜晚，東京的某個舞臺練習攝影棚突然停電，參加練習的演員們就此講起了百物語……」編輯部提出這樣的設定，每位作家配合這個背景設定投稿。這部作品的敘事者是演員也是這個緣故。

（初刊載於《小說現代》二〇二一年八月號）

一

我以前打工當臨時演員時，曾被帶往深山裡。拍攝的是一部深夜連續劇，這部作品後來一直沒拍完，就此塵封……

當時我的目標就只希望能在影片中出演，不管以何種形式登場都無所謂，就算沒臺詞也沒關係。能就近觀看專業的拍片現場，觀察工作人員的動作、演員們的舉止，這對我來說就是很大的學習機會了。光靠臨演的收入根本無法餬口，所以我另外也擔任和演戲無關的辦事員，以此謀生。有空就磨練自己的演技，也會參加試鏡，但一直都沒有好的結果，每天都過著失意沮喪的日子。

「這件事有點突然，明天我們需要女臨演……妳肯接案嗎？」

這是某天發生的事。

一位經紀公司的女性打我的手機聯絡我。

「人物設定好像是一群出外健行的女孩當中的一人，所以請準備這類的服裝。為了謹慎起見，也請先準備幾件不同顏色的外衣。」

「參加的都是怎樣的演員呢？」

臨演的工作，最大的期待就是能和名人見面。

「從演員名單上來看，沒有名人會參與演出，因為是沒什麼預算的深夜電視劇嘛。腳本明天妳再跟工作人員要，可以嗎？」

「明白了。」

隔天一早，我在新宿西口的SUBARU大樓一帶與攝影隊會合。攝影隊分成三輛車，分別是載攝影器材的車、載導演和其他工作人員的廂型車，以及載臨演的一輛舊車。沒看到主要演員，聽說是和攝影隊分開行動，搭各自的經紀公司安排的車前往外景拍攝地點。

除了我之外，還有兩名臨演也參與這次演出，我與她們問候寒暄。這兩位二十多歲的女性，和我都是第一次見面，一身登山健行的裝扮。我們坐上臨演坐的車，由副導演開車，朝外景拍攝地點前進。

從新宿出發後，駛入高速道路，離開了市中心。這位副導演態度很冷淡，他的行李散亂地放在副駕駛座上，沒空間可坐，所以我們三人全擠在後座。

這輛車應該是他自己的車吧。連載送臨演的專屬車輛和駕駛都沒辦法籌措，可見預算有多低。

「請問一下，我們還沒拿到腳本，不知道是怎樣的內容。我們想先看一下腳本。」

我戰戰兢兢地向副導演詢問時，他暗啐一聲，似乎不太高興。接著一把抓起擺在副駕駛座的腳本，拋向後座。他的態度令我驚訝，但我的身分是受雇者，無法抗議。

我拿起掉在腳邊的腳本，三個人一起看。腳本的內容很難理解，我們從中找出以山林為舞臺的場景，並作好我們應該就是會出現在這樣的場景中的心理準備。

車子駛出山間的高速道路出口，進入一般道路。周圍看不到任何建築，只有連綿的山峰。因為天陰，群樹暗淡，眼前的風景顯得陰鬱。窄細的山路一路蜿蜒，看起來連要遇見對向來車都不容易，而在前方的深山裡，有一處冷清的露營場地。

二

除了攝影隊的車輛外，停車場看不到其他車，所以這處露營場應該算是個封閉的場所。有好幾棟山中小屋風格的建築，但玻璃窗破裂，看起來很像廢墟。

工作人員在準備拍攝的這段時間，我們臨演組都在不會妨礙他們的角落裡待命。因為連椅子也沒有，所以我們找適合的岩石坐下，閒聊起來。得知她們兩人的志向是當演員，於是我們互相提供試鏡的資訊。

過了一會兒，主要演員搭乘的車子駛進停車場。那是看起來很高檔的黑色車輛，與我們坐的老爺車根本沒得比。

後座車門打開，一名還不到二十歲的年輕女孩走了出來。這位少女體型修長，長相稚嫩，她散發的氣息，讓人看了很想保護她。她是這次的主角S小姐，當時S小姐還沒什麼名氣，聽說這是她第一次參與連續劇演出，不過她帶有一股特殊的氣場，看了不難理解她所屬的經紀公司為什麼會想力捧她。

真好。我們這群臨演組看了好生羨慕，嘆了口氣。要是我們也有她那樣的光輝，人生道路走起來不知道會有多輕鬆。想必在試鏡時就不會被刷掉，也不會覺得世界上不需要像我這樣的人，而為此意志消沉吧。

那位對我們臨演組態度冷淡的副導演，滿面笑容地擺出低姿態，為S小姐帶路。他們從露營場地當中選了一棟狀況良好的建築，仔細打掃後，充當主要演員的休息室。那裡備有椅子和鏡子，主要演員都在那裡換裝和做造型。

我們臨演組不能進入那棟建築。主要演員與臨演之間有著明確的差異，主要演員是藝人，而臨演即使是經紀公司裡的一員，仍算是平凡人。

另外也有幾位演員抵達現場，攝影器材已大致裝設完畢。工作人員集合相互問候後，終於開始拍攝。

導演是一位四十歲左右的男性，沒有名氣。他待人客氣，所以我略微鬆了口氣。我們臨演組可以站在遠處觀摩拍片，在一位負責各項雜務的年輕男性工作人員的引導下，我們前往攝影機不會拍到的位置。

露營場地很大，蓊鬱的雜樹林裡有著複雜交錯的步道。導演喊開拍的那聲「開麥拉」，響徹山林。

少女穿著一身不適合在山中行走、很飄逸的白色夏裝走在林道上。

她的眼神失焦，處在心神恍惚的狀態下。

這幕光景所呈現的氛圍，讓人聯想到夏日幻影。

S小姐飾演的女主角，因為精神狀況不穩定，外加妄想症，一直認為自己會被父母殺害，而就此離家出走，這就是故事的大綱。她走進山中，四處徘徊，這幕場景預計花一天的時間拍攝。

固定在沉重的三腳架上的攝影機，對準女主角準備拍攝。一開始還很順利，但過了約一個小時後，當攝影機在拍攝時，那名男攝影師突然站起來大聲喊道：

「前面那個！別礙事！快閃開！」

攝影師是一位年約五十歲左右、像熊一樣魁梧的男性，他粗獷的嗓音氣勢十足。

應該是有人跑進畫面裡了。S小姐人在鏡頭前，她後方是一路綿延的林道。攝影師朝S小姐背後的林道咆哮。

「快走開啊！就是你！我看到你了！」

他很不耐煩地大喊，但其他工作人員、導演，以及我們這群在一旁觀摩的人，都感到困惑不解。因為朝他的視線前方望去，並沒看到什麼奇怪的人物。

「我不是說了嗎？你在那裡很礙事！我正在錄影耶！」

他大動作地揮動手臂，做出要對方消失的手勢，但大家都不知道他在對什麼東西比劃。S小姐也轉頭望向身後那一路綿延的林道，一臉不安地佇立原地。

「有什麼東西嗎？」

導演向他問道。

「還說呢，你們看就知道啊。不就站在那兒嗎？」

他轉頭望向導演後，再度面向林道。接著他整個音量減低許多，一臉傻眼。

「咦？這就怪了。剛才一直有個人站在那兒啊，還不發一語地望著我們這邊……透過取景器也有清楚看到。」

「是嗎？我什麼也沒看到，會不會是你看錯了？」

導演的視線投向周遭的工作人員，大家都點頭表示同意他的說法。攝影師雖然覺得百思不解，但還是接受了導演的說法，繼續拍攝。

三

午休時間，現場發放便當和寶特瓶裝的茶飲。從那時候起，我們其中一位臨演就一直說：「我想早點回去。」她身材清瘦，是固定在東京一家電影學校上演員課程的學生。她拿著便當，連一口也吃不下，搗著嘴說：「這座山很古怪，太詭異了……」她反覆說著同樣的話。

除了S小姐外，還有幾名演員也參與演出，下午開始主要拍攝他們。他們扮演的角色要上山搜尋S小姐飾演的女主角，全都是沒名氣的演員，不過演技卻很精湛。接下來終於換我們上場了。

在副導演的叫喚下，我們臨演組站向攝影機前。角色設定是在山路中與S小姐擦身而過的三名女子。雖然沒有臺詞，不過導演指導我們演技，要我們對身上服裝一點都不像是來登山的S小姐做出詫異的表情，同時竊竊私語。剛才便當一口也沒吃的那位臨演也表現得很堅強，不想給大家添麻煩。

錄影開始。攝影機開始運作，導演大喊一聲「開麥拉」。大家都靜默無聲，極力不發出任何雜音。

微風搖晃樹枝，發出窸窣聲。在這緩慢的時間裡，S小姐從遠處走上坡道，而我們臨演組則是走下坡道。

我們微微側著頭望向身穿露肩服裝的S小姐。

她沒注意到我們在場，一臉恍惚地往上走。

彷彿我們不存在似的……

從事臨演的工作，人們會希望我們能成為背景的一部分。不能太顯眼，也不能吸引別人的注意，要巧妙地融入背景中，行為舉止都得消除自己的存在感。我們不是活在作品世界裡的登場人物，而是美術設定裡背景的一部分。

對當時的我來說，在作品的世界裡能有講話的臺詞、能被允許發出聲音，都是從未體驗過的事。

後來參與作品的世界時，得到了有臺詞的角色，作為一名演員，我這才有了被賦予生命的真切感受。

「請等一下！」

在錄影時，發出這聲叫喊的，是錄音部的人。

他是一位三十歲左右的男性，手持一根前端架有麥克風的長桿，兩隻耳朵戴著大耳機。

導演出聲喊停，接著這名錄音部的男子瞪視著周遭說道：

「剛才發出磨牙聲的人是誰？」

眾人面面相覷，一臉困惑。

我們根本沒有聽到什麼磨牙聲。

「聲音清楚地收進麥克風裡了。嘰嘰嘰嘰的，確實是有人在磨牙的聲音。你或許是無心之過，但請注意一點。」

也許音量很小，只有高性能的麥克風才聽得到。工作人員如此解釋，決定重新錄影。

一切重新準備妥當，攝影機再度啟動。導演喊了聲「開麥拉」，S小姐從遠處走來。

但錄音部的男子又大叫道：

「又來了！是誰！嘰嘎嘰嘎的，吵死了！」

主要工作人員全聚向他四周。

「會不會是她們當中的某人在磨牙？」

他指向我們臨演組，眾人的視線不約而同望向我們。在這無聲的壓力下，我們說不出話來。

我們沒人磨牙。因為我們站得很近，要是發出這樣的聲音，我們彼此不可能沒聽見。

工作人員以猜疑的眼神望著我們，我害怕得雙腳發抖。

「看起來不像是她們做的。」

攝影師替我們說話。他說只要按下攝影機的重播鍵，就能播放剛才拍攝的素材，加以確認。他試著播放剛才錄下的片段，我們三人的嘴型正好顯現在畫面內。我們沒人磨牙。查明清楚後，我大大鬆了口氣。

「攝影機的麥克風沒收錄到奇怪的聲音。」導演望著重播的素材，如此說道。攝影機也有麥克風，不同於錄音部高性能的麥克風，它似乎會記錄周遭的聲音。的確，從重播的素材中，沒聽到磨牙的聲音。

「可是我真的聽到了，很明顯是用力磨牙的嘎吱嘎吱聲，聲音大到讓人擔心牙齒會不會磨斷。那現在改播放我這邊的聲音。」

錄音部的男子從包包裡取出喇叭，以連接線接上錄音器材。眾人全聚了過來，仔細聆聽喇叭傳出的聲音。

導演喊開麥拉的聲音。平靜的樹木窸窣聲。飛鳥在高空處鳴唱，振翅飛過的聲音。隨風擺動的植物，樹葉相互摩擦的聲響。接著，突然一陣極其怪異的聲音，以很大的音量響起。

嘰嘰嘰嘰嘰嘰、嘰嘎、嘰嘎、啪嘰啪嘰啪嘰、嘎吱嘎吱……

我腦中浮現有人咬緊牙關，使勁磨牙的模樣。如此強烈的磨牙，幾乎可以聽出對方那很不甘心的怨念。

嘰嘰嘰嘰嘰、嘰嘎、嘰嘎、啪嘰啪嘰啪嘰、嘎吱嘎吱……眾人聽了全都嚇得肩頭一震，S小姐甚至發出「嚇」的一聲驚呼，向後倒退。我們臨演組也嚇得雙膝發軟，差點跌坐地上。錄音部的男子向導演確認道：「你聽，就是這個聲音。是磨牙聲對吧？」

不過，如果這是磨牙的話，是誰做的，他又是如何發出這種聲音的呢？這錄下的聲音相當響亮，如果連我們都沒聽到的話，那就太詭異了。然而，只有錄音部的麥克風收錄到這個聲音。眾人盡皆無言，錄音部的男子將剛才播放的聲音刪除。

四

最後，眾人檢討的結果是器材可能出了狀況，決定使用其他麥克風重新拍攝。某位工作人員認為剛才的聲音不是磨牙，是因為麥克風故障而跑進了雜音，導演也同意他的看法。

或許他只是想這樣說服自己。

否則這種情況實在太詭異了。

換了一個麥克風重新拍攝後，就沒再聽到那無法解釋的怪聲，拍攝很順利地進行。就這樣，我們臨演組演出的場面，終於順利完工。

之後仍會繼續拍攝，但我們臨演組決定不再觀摩，到其他地方等候。離開時，應該會請收工的攝影隊讓我們搭便車，所以在今天的攝影工作結束前，我們都得待在露營場地內。
我們三人在臨近停車場的廣場上緊挨著彼此而坐。已近日暮時分，雜樹林的暗影愈來愈濃。
四周一片悄靜，只有遠處微微傳來攝影隊的聲音。我們當中那位從白天就感到害怕的女孩，一直低著頭，雙腿發顫。
這時，突然傳來女人的尖叫聲。是S小姐的聲音。我們很擔心，不知道發生了什麼事，S小姐經紀公司的經紀人出現在我們面前，叫我們過去。
「妳們來一下。」
那是不容分說的口吻。我們完全狀況外，就此被帶往充當主要演員休息室的那棟山中小屋風格的建築。
我們被帶到一樓大廳。這是一間挑空的房間，有做造型用的桌椅和鏡子，甚至還擺有外送的點心和咖啡。我們在外面的這段時間，藝人原來都在這種地方放鬆啊。
S小姐坐在房內的角落，充滿戒心地瞪視著我們。負責造型的女子像在保護她似的，以兇狠的神情看著我們。
「妳們別太過分哦。」
S小姐的經紀人對我們說。我們聽得一頭霧水，不懂她們為何這麼生氣。
「犯人就只有妳們了！妳們這些凡人！快滾吧！」

S小姐放聲大喊。她那可愛的臉蛋變得扭曲，說出的話令我有點心生恐懼。她的經紀人向我們說明。事情是發生在拍攝期間，S小姐自己上廁所的時候。廁所在戶外，就在廣場附近。她一走進單人廁所，便突然有人在外面敲門，並傳來女人呵呵笑的聲音。而且不是一個人，門外一次有好幾個女人，像在挑釁似的一再輪流敲門，見S小姐感到害怕，似乎很樂在其中。等到S小姐再也受不了，放聲尖叫後，女子們的笑聲這才遠去，沒再聽見。

攝影隊的女性工作人員當時似乎都在攝影機旁，有不在場證明。那時候能對S小姐展開挑釁的，就只有另外行動的我們這三名臨演。

「是妳們幹的好事對吧！妳們這些凡人，幹嘛嫉妒我啊！」

S小姐朝我們丟東西。正當我困惑不解時，那名一直都很害怕的臨演突然哭了起來。另一名臨演的個性比較強悍，她馬上向S小姐回嘴。

我們什麼都沒做。她的極力辯解，似乎讓S小姐的經紀人以及負責造型的女性開始檢討冤枉了我們的可能性。

然而，如果不是我們做的，敲門的人又會是誰？S小姐聽到的女人笑聲又會是誰呢？這座山上應該就只有我們攝影隊的人啊，太可怕了。可能就是因為這樣，S小姐才會把我們當成犯人。

真相一直沒查明清楚，但是在S小姐的控訴下，我們被趕離攝影現場。

「妳們可以先回去嗎？有妳們在場，S小姐似乎就無法專注地演戲。」

導演接獲報告後，作出這樣的判斷，我們就此提早一步離開露營場地。這是求之不得的事，所以我們也沒抱怨。

看來，太陽下山後他們還會繼續拍片，而我們在那位負責雜務的年輕男工作人員的帶領下前往停車場。副導演把那輛老車的車鑰匙交給他，由他載我們回東京。

他坐上車，一邊繫安全帶，一邊對我們說：

「我們快點離開這座山吧。有件事我沒跟大家說，之前到這裡找外景時，我看到了奇怪的東西。這裡大概聚集了很多不乾淨的東西，不過，我們也只能租到這個場地，所以這也是沒辦法的事。」

「你在這座山裡看到了什麼？」

「看到一個小孩子，站在雜樹林裡。一個小孩出現在空無一人的深山裡，仔細一看，他沒有眼睛和嘴巴，整張臉是一個黑暗的坑洞。」

我們三個臨演坐在後座，緊貼著彼此聽他說。他伸手整理副駕駛座的東西，向我們問道「有誰要坐這裡嗎」，但我們全都搖頭，懇求他快點開車。

他發動引擎，車子向前駛出，露營場地向後遠去。在逐漸變暗的視野中，車子行駛在窄細蜿蜒的山路上。那名一直很害怕的臨演眼眶泛淚，放心地吁了口氣。

「啊，太好了，終於逃出來了……」

她說之前在露營場地裡，她一直被一種彷彿胸口被緊緊揪住的異樣情感所支配。那很像是負面情緒，就像將不甘心、寂寞、憤怒等，全都丟進一口鍋子裡熬煮出的心情。我們很擔心那些留下來繼續拍片的工作人員和演出者，他們必須在黑暗中繼續待在那個地方，這多可怕啊。

當時，我不經意地望向車窗外，似乎看到從我視野飛逝而過的樹叢間站了許多人。在黑暗裡，他們一直緊盯著我們這輛駛出山林的車子，而就在樹叢從我眼前劃過的瞬間，他們已不見蹤影。

那是我眼花嗎？這種荒山野嶺不可能會有這麼多人。我這樣告訴自己，決定不要告訴他們我剛才看到的景象。

車子駛入高速道路，與其他車輛交會後，我全身的緊繃這才得以舒緩。再次回到新宿後，眼前便是有許多人生活的熟悉景致。我們就此回到日常的風景中。

日後我從臨演經紀公司那裡聽說，那齣深夜電視劇一直沒能殺青，就此塵封。我試著詢問原因，但對方總是避而不談，沒能得到滿意的回答。

不過，幾個月後，我在一個偶然的機會下，聽到業界相關人士提到那齣深夜連續劇的傳聞。

據說是他們在檢查露營場地拍攝的素材時，在背景的各個角落裡，拍到了不該存在的人物。

後來我因為擔任連續劇裡的小角色，而有機會看到S小姐，不過，她一直沒有爆紅，過沒幾年就退出演藝圈了。之後我沒再遇見當時參與拍片的那群人，那家製作公司也不知什麼時候倒閉了。

後來又過了好一陣子，我這才得以冷靜地憶起那天發生的事。那座山裡出現的那些靈異現象，到底是什麼呢？

是死者或靈魂聚集在山裡，要讓我們知道他們的存在嗎？是想讓人看到他們、發現他們，才這樣逗弄我們嗎？

還是說，他們羨慕活人、嫉妒活人？拿已死的自己與活著的人們比較後，就對彼此間的差異感到絕望，因為心有不甘，才咬牙切齒？就像朝亮光伸長手臂一樣，想要干涉活人嗎？

或者是……

嘰嘰嘰、嘰嘎、嘰嘰嘰嘰嘰嘰……

說來也真不可思議，每當想起那磨牙的聲音，我的腦中就會浮現自己變成死者，望著拍攝現場的模樣。

S小姐擁有過人的美貌，是眾人公認的美女，明明比我還年輕，卻能在攝影機前大秀演技。當時的我暗自嫉妒著她。

該不會是當時我潛藏的嫉妒心，化為磨牙聲，傳到了麥克風裡吧？

即使到了現在，我也會不禁如此想像。

Car of the Dead

21

解說

Amazon的電子書服務項目中，有一項是能以個人名義販售短篇小說。一位認識的編輯改到Amazon任職，請作者利用這項服務出版小說，於是作者便寫了這部作品，也就是所謂的殭屍故事。主角開車行駛在山路上，不小心撞到一名男子，但那名男子其實是殭屍……跳Tone的驚悚喜劇作品。

（初刊載於「Kindle Single」二〇一六年九月）

1

蒼蠅四處飛舞。牠們被腐肉的臭味引來。

男子走在森林中。他的名字叫蒲生晴彥。

但他已不會再想起自己的名字。

幾天前，蒲生晴彥在山裡露營。他的嗜好是以相機拍攝楓紅，等天黑後，就坐在帳篷旁一邊喝咖啡，一邊回顧這一天。當時他從森林深處的幽暗中，感覺到某個氣息。他站起身，定睛凝望黑暗。他拿起手電筒照向前方，發現有個穿著一身破爛衣服的女子。

「妳沒事吧？」

女子的模樣就像遭人性侵過似的。她沒回答，低著頭，朝蒲生走近。等她靠近後，蒲生這才明白。在手電筒燈光的照射下，女子的皮膚滿是傷口，而且多處發黑。長膿腐爛的皮肉，聚滿了白色的顆粒，不斷蠕動。她的臉上長滿了蛆。

蒲生向後退卻，被樹根絆倒。女子朝他走來，壓在他身上，臉上的蛆紛紛掉落。女子的身體很柔軟，微帶溼氣，從鬆垮潰爛的部位流出帶有惡臭的汁液。蒲生將緊抓著他的女子推開，一把抓起身邊的三腳架，狂毆女子。他一再地用力揮打，但女子毫不畏懼，仍舊朝他逼近。她抓住蒲生的手臂，張大嘴巴。

這場亂鬥的最後，女子頭蓋骨被打塌的觸感，透過三腳架傳至蒲生手中。女子的頭已經扁塌，她伏臥在地，紅黑色的液體擴散開來。得救了。確認女子不再動彈後，蒲生鬆了口氣。

這時，他左臂一陣劇痛。剛才被女子咬傷，皮開肉綻，有血痕的地方滲出血來。沒有其他傷勢，只有這麼點小傷，這樣反而應該算是幸運了。

這地方手機收不到訊號，所以非得到山腳下的市鎮去通報才行。雖說是正當防衛，但自己畢竟還是殺了人。那女人到底是什麼人？就向警方說明整個情況後，再去醫院請醫生看看手臂的傷勢吧。他收起帳篷，疊在機車上，但在發動機車前，突然全身發冷。

也許是黴菌從咬傷的地方跑進了體內，手臂的傷處疼痛不堪，皮膚發黑。他開始耳鳴，就像有一群穿著軍靴的士兵在他腦中行軍一般。一群人唱著軍歌，無比狂熱。白色和紅色的亮光開始在他腦中閃爍，奇怪的是，那愈看愈像日本國旗。這成了他腦中最後一件思考的事。

接下來這幾天，他成了一個忘了自己名字，不斷在森林裡徘徊之物，也沒想起自己疊在機車上的帳篷、用來拍攝楓紅的相機和鏡頭。飢餓支配了他，但他對小河的河水不感興趣。他漫無目的地行走，可能是受重力的影響，他順著斜坡往下走。走過堆滿落葉的山坡，來到平坦的柏油路面後，腳下起了變化。

他來到一線車道上。一側設有護欄，護欄後方是開闊的山腳景致。

這時，他的身體突然被橫向撞飛。他在柏油路上滑行，路面摩擦著他的皮膚。撞飛他的，是一輛白色國產車。駕駛之所以沒能及時踩煞車，有其原因。因為他一直望著後照鏡，心思全放在朝自己背後逐漸遠離的過去。

×××

我從自家的車庫出發，行駛在田園景致中。收割期的稻子，稻穗垂落，隨風搖曳。我在超商買了一盒紙盒裝的牛奶，邊喝邊開車。打開車上收音機，播報員正在播報熊貓寶寶誕生的新聞，接著談到前些日子因為山崖崩塌而被人發現的舊日本軍設施話題。

我關掉廣播，改用CD播放音樂。是一群十多歲的年輕女孩唱的偶像歌曲，她們的歌聲總能為我帶來療癒。我駛離國道，改走山間小路。前面是緩升坡，道路順著山勢走，彎彎曲曲，是一線車道，但幾乎不會遇見對向來車。自從有了外環道路後，就少有人走這條路了。

途中我停下車，一面注意四周，一面站在路肩小便。接著我再次坐上駕駛座，為了趕上夜裡的那場活動，我在山道上疾馳。接連過了幾個大彎道，就在這時，我看到前方有輛冒煙停下的車子。

在下坡路段的半途，有一處道路護欄往外側鼓起的碎石子地面。現場停著一輛黑色轎車，引擎蓋一帶冒著白煙，一對年輕男女站在車子旁。難道是拋錨了？

男子發現我的車，揮動雙手，像在向我求助。他身穿西裝，一身正裝的模樣，看起來不像是剛從公司下班，反而還比較像是要去高級餐廳用餐。

我關掉車內播放的偶像歌曲，再將車停向路肩，打開駕駛座的車窗，向他問道：

「怎麼了嗎？」

男子向我跑來，一邊往駕駛座窺望，一邊說道：

「我的車突然不動了，真傷腦筋。」

他的聲音聽起來不像在騙人，而他也一副很傷腦筋的模樣。那名女子一邊打探我的模樣，一邊朝我走近。和男子一樣，她的打扮相當講究。是一對不到三十歲的情侶，正好和我年紀相近。女子開口說：

「大概是因為剛剛那個吧。我們離開會場時，不是有一處高低落差嗎？當時車子發出了奇怪的聲音。」

「你們打過電話給ＪＡＦ[7]之類的了嗎？」

「電話撥不通，這裡收不到訊號。」

男子從西裝裡取出手機。我也確認了自己的手機，確實顯示收不到訊號。

「真的耶，完全沒訊號。」

「如果可以的話，能載我們到收得到訊號的地方嗎？」

女子以惴惴不安的聲音說道，男子也向我懇求。

「不用載我們到鎮上去沒關係。」

我的車停在車道左側的路肩上，他們的車則是靠向右側的護欄。我們彼此的行進方向相反，所以這麼一來，他們會變成是往回走，但他們是判斷就算這樣也無所謂，才會提出這個提案吧？比起因為車子故障而被困在山路上，還不如往山腳處的市鎮走。我點了點頭，解除後座的門鎖。

「好，你們上車吧。」

兩人露出開心的表情，一再向我道謝。他們返回冒煙的車子拿取貴重物品，女子帶著肩背包走來。他們打開後座車門坐進車內。

「後面的東西，就請你們自己避開一下，也可以把東西往後面丟沒關係。」

後座零亂地擺放了偶像聲優的圓扇、CD盒、現場演唱會使用的螢光棒等等。兩人看到這些東西，露出尷尬的表情。後座後方有一處可以堆放物品的空間，兩人一一

7. 日本自動車聯盟，只要加入會員，主要的道路服務免費。

將我重要的周邊商品移往後面。我透過後照鏡看他們的情況，與女子四目交接。她有張漂亮的臉蛋，長長的脖子，白淨透亮的肌膚。就像看到白子的鹿，帶有一種幻想的美。女子露出驚訝的表情。

「……日比谷？」

「咦？」

「你是日比谷，對吧？」

我轉動身軀往後望。她緊盯著我的臉瞧，坐在她旁邊的男子也發出一聲驚呼，不是之前那種深感抱歉的聲音，而是像在大聲叫嚷般的驚訝聲音。

「是你！日比谷?!」

我也同時發現，他們並非素未謀面的陌生人。

我的心跳加速，呼吸困難，說不出話來。

佐倉一臉尷尬地低下頭。

神宮寺則是一把抓住我的肩頭。

「真的假的！真的是你?!」

「呃，那個，我……」

我快吐了，急忙閉上嘴。

「果然是你，你過得好嗎？」

我全身僵硬。國中時代都已經是十幾年前的事了，但我的身體還記得。當初與他當同學時，在教室裡感受到的那種宛如胃痙攣般的感覺。我就像當時一樣，臉上掛著卑微的笑意，像在討他歡心似的，向他低頭致意。

「嗯、嗯，好久不見。」

快把內心封閉起來，不要恐慌，要假裝平靜，若無其事地含混過去。然而，我的心中冒出一個小小的疑問。為什麼這兩個人會一起出現在這種地方？

「還好有你路過這裡，幫了我們一個大忙。」

「那個，為什麼你們會在這種地方……？」

「我們剛才去會場觀摩。」

會場觀摩？是喪禮還是加冕儀式？我腦中浮現這樣的想像，但佐倉開口說道：

「我們要結婚了。」

「結婚?!」

「幹嘛這麼驚訝，同學會裡不是大家都在討論這個話題嗎？」

「咦？同學會？什麼時候辦的？」

佐倉一臉恍然大悟的神情。

「對了，日比谷，你沒參加對吧？」

「辦過同學會？」

佐倉和神宮寺互望一眼，沉默了幾秒後，神宮寺開口道：

「不過，就算少了你，也沒人會在意的。」

「說、說得也是……」

我想，就算他們邀我，我也不會去，不過還是感到一陣心痛。佐倉也像是在看什麼可憐人似的望著我。

總之，我先準備發動車子。我將排檔打入D檔，鬆開手煞車，再來只要踩下油門就行了，但我做不到。一想到接下來得和這兩人處在這密閉空間裡，我不覺得自己能保持冷靜。

我將排檔打回P檔，鼓起勇氣對他們兩人說：

「我說……那個，可以請你們下車嗎？」

「為什麼？」

神宮寺發出兇惡的聲音。我要挨揍了嗎？就像以前那樣。我的心臟為之緊縮。

「請你們別坐我的車，改等其他車輛通過再搭便車。」

神宮寺從後方出拳打向我駕駛座的椅背。

「你快開車！」

佐倉伸手搭在他的肩上。

「對不起，日比谷。好了，我們下車吧。」

「為什麼啊。」

「這也是理所當然的，你以前不是對日比谷做過很過分的事嗎？」

「那不是都過去了嗎？日比谷，過去的事就忘了吧。」

「我們快點下車啦！」

佐倉打開後座車門，率先下車。神宮寺百般不願，跟在她後面。我在鬆了口氣的同時，各種情感在心中旋繞。

國中時，我很喜歡與我同班的佐倉。

現在她竟然要和神宮寺結婚。

「真教人羨慕……」

這句話不由自主地脫口而出。我不懂這句話是哪裡惹神宮寺不高興，但他似乎大為光火，從後座伸長手臂，一把揪住我胸口。

「為什麼是你在給我下達指示。車子借我！」

「咦？」

「我叫你車子借我。」

「不要！我快趕不上活動了……」

「活動？」

「活動上要發表新曲。」

「誰管你啊！」

神宮寺拉扯我胸口的衣襟，車子隨之搖晃。先走出車外的佐倉發現不對，急忙抓住神宮寺的手臂。

「別這樣，快住手！」

神宮寺暗啐一聲，就此鬆手。我這才得到自由，咳了起來。

「走吧，你這樣是在為難別人。抱歉啊，日比谷。」

佐倉向我道歉。神宮寺很不情願地走出車外，粗魯地關上車門。接著他開始踢車門，朝車子丟沙石。

「竟敢瞧不起我！」

真是倒楣。早知道就別那麼好心，直接過而不停就好了。我急忙開車駛離，踩下油門加速，兩人映在後照鏡裡的身影向後方遠去。我的注意力全擺在這上頭。

當我繞過彎道時，發現馬路中央站了個人，但等我發現時已經太遲，來不及煞車。砰的一聲，一陣衝擊令車身為之抖動。

2

我因緊急煞車而整個人往前傾。就在我的臉快要撞向方向盤時，在安全帶的阻擋下及時停住。車子前方數公尺的位置，有一名男子倒臥地上。雖然分不清眼前是塵煙，還是輪胎摩擦揚起的白煙，但擋風玻璃前面彌漫著白霧。

我手握方向盤，久久無法動彈。我不知道自己做了什麼，各種錯誤的思考在腦中交錯。他倒臥在那種地方，不就沒辦法通過了嗎？車子的擋風玻璃凹陷，該怎麼辦，會挨爸媽罵的。不知道修理費要多少？沒工作的我，拿不出這筆修理費。不，不對，現在不是想這種事的時候。

可能是聽到緊急煞車的聲響吧，佐倉和神宮寺從後方趕來。因為我只前進了約一百公尺的距離，所以他們很快就能趕到。他們一邊查看發生了什麼事，一邊朝這裡走近，最後似乎看到那名倒在地上的男子。兩人一邊偷瞄呆坐在駕駛座上的我，一面走向車子前方。

你不要緊吧？佐倉朝男子走近，出聲喚道。

我將排檔打向P檔，關閉引擎，接著解開安全帶，走出駕駛座。

我步履踉蹌地走向車子前方，平衡感不太對勁，幾乎快要虛脫無力。

「你撞死人了。」

神宮寺說，佐倉則一臉沉痛的表情。她發現我在看她，對我搖了搖頭。咦，這是什麼意思？我想詢問，但發不出聲音。

男子仰躺在地上，臉部泛黑，全身看得出有許多小傷。可能是因為衝撞的力道而在地面上滑行的緣故，他的衣服也多處破裂。佐倉伸手抵向男子胸口說道：

「……他沒有心跳了。」

「這是、什麼意思……」

「意思是他已經死了。」

神宮寺說。

「死了？誰死了……？」

「你完蛋了。好臭啊，味道好臭。」

現場彌漫著一股惡臭。這名倒地的男子就像有好幾天沒洗澡似的，一身髒汙。

我就此癱坐地面。

神宮寺皺著眉頭觀察男子的傷勢，他手臂的傷特別嚴重。神宮寺撿起掉落路肩的樹枝，以前端戳向男子手臂的傷口。

他抬起樹枝時，有個黏稠的東西附著在樹枝前端，還拉出一道道黏絲。

我心想，我沒有錯，這傢伙站在馬路中央，是他自己不對。站在那種地方，會被車撞也是理所當然。我雙手按住臉，沉聲低吼。沒用的，全是因為我沒注意前方所造成。

「日比谷，你振作一點。這下事情嚴重了。」

佐倉搖晃我的肩膀。這時我只希望她能讓我自己靜一靜。

「蒲生晴彥。」

傳來神宮寺的聲音。他不知道什麼時候拿到一個像駕照的東西，正在細瞧。他似乎從男子的衣服中找到了錢包，而裡頭放了駕照吧。

「蒲生是那個姓氏常見的蒲生，然後名字是晴天的晴，彥根市的彥。」

蒲生晴彥。就是這名男子的名字嗎？我撞死的這名男子？

「有了，把他埋起來吧！」

我想到這個點子，如此提議。佐倉和神宮寺皆以驚訝的表情轉頭望向我。

「把這個人埋起來吧！你們幫我！只要埋在這一帶，一定不會有人知道的！埋好之後，就忘了他，下山去，當作一切都沒發生過。我也會送你們到山腳去，你們上我的車吧。聽我說……」

胸口好難受，我的人生就這麼完了。明明已是個沒工作的啃老族，現在還成了殺人犯，簡直就像被人將軍了一樣。佐倉一臉悲傷神情。

「不行，一定得報警才行。」

「少裝聖人了！我都知道！其實就連妳、連妳也……！」

我怒火爆發，如此說道。她一時瞪大眼睛，露出痛苦的表情。她應該也和我一樣，不想談到國中時代的事。

神宮寺一手拎著錢包走來。

「冷靜一點。或許你的人生是真的完了，但這和我們一點關係都沒有，別把我們牽扯進來。總之，現在要先報警。載我們到手機收得到訊號的地方吧。」

「拜託，埋了他，當作一切都沒發生……」

「這怎麼行。現在先把人搬到路邊去吧。要是有其他車輛過來，可就麻煩了。可能會跟你一樣沒注意，又再撞一次。日比谷，你負責抬腳，快點搬吧。」

為了遮住他的遺容，神宮寺脫去外套，罩在男子臉上。我從他的行為中，感覺到他對死者的一種禮貌，頗感意外。長大成人後，神宮寺也變了嗎？

雖然隨便搬動傷患，心裡會有點排斥，不過男子已經斷氣。我按照他的吩咐搬移，神宮寺抬男子的肩膀，我則是抓緊男子的腳踝。蒼蠅四處亂飛，我憋住氣，把死者搬往路邊。接著等離開一段距離後，我才深吸一口清新的空氣。

背後發出咔啦一聲，是從擺放男子的位置傳來的。難道是乾枯的落葉被風吹動發出的聲響嗎？

「佐倉，怎麼了？」

神宮寺向佐倉問道。她定睛望著某一點，就像看到什麼難以置信的東西似的，她的視線投向躺在路旁的那名男子。

「……剛才，那個人的手指，好像動了一下。」

神宮寺的外套罩在男子身上，就像要包覆住他的上半身一樣，從外套的下襬處露出男子滿是傷痕的手。他的手指彎曲，手裡握著一把落葉，他的手指之前是怎麼擺的呢？

「是死後僵直現象，別在意。我們上日比谷的車吧。喂，你肯載我們吧？」

神宮寺向我逼問。

「勸你最好對我們好一點，這樣我還可以提供對你有利的證詞。」

「知道了啦，我會送你們去收得到訊號的地方。」

「我會看緊你，不讓你向警方說謊。」

神宮寺的手搭在佐倉肩上，坐進車子後座。

「佐倉，妳還好吧？」

「嗯，我沒事。」

佐倉手摀著嘴，面色發青，一副噁心作嘔，但強忍下來的模樣。

三個人同坐一輛車實在很痛苦，但在這種狀況下，也是沒辦法的事。我車鑰匙放在口袋裡，伸手觸摸車門門把，解鎖的聲音便響起，發動引擎時，也不需要取出鑰匙。這叫智慧鑰匙或是智能鑰匙，隨著製造商不同，會取各種不同的名稱，總之就是這樣的系統。

我坐進駕駛座，正準備繫上安全帶時，感覺到視野角落好像有個東西在動。我停下手中的動作，隔著擋風玻璃確認。

「原本理應是很美好的一天。」

神宮寺說。他原本應該很期待這一天到結婚典禮會場參觀，想像自己幸福的未來吧。他說的話我完全當耳邊風，因為眼前有一件更重大的事正在發生。

在車子斜前方的路肩處，有個黑色物體在扭動著。那是神宮寺的外套，他為了遮住死者的遺容，刻意蓋上的外套，此時正從地面升起，浮向空中。不，不是浮向空中，是那名男子站起來了。在蓋著外套的狀態下看不到他的臉，但我可以很肯定地說，他那靠自己雙腳站立的模樣，絕不是什麼死後僵直現象。

我急忙跑出車外，放聲大叫。

「唔哇啊啊啊！……太好了啊啊啊！」

再也沒有比這更開心的事了，我的聲音在山中留下回音。他們兩人也急忙從後座下車，發現男子復活後，露出驚訝的表情。

他還活著。雖然多少受了些傷，但如果是醫藥費的話，我的父母或是保險公司應該會替我出這筆錢。要是對方告我，說全部都是我的錯也沒關係。我已作好心理準備，要全心全意向他謝罪。

「不會吧……」

佐倉暗自低語。她剛剛才手抵向對方胸口，判斷他已沒有心跳。到頭來，是她搞錯了。

「那個，先生，您現在最好別亂動，您身上有傷。」

蒲生先生似乎沒發現有件外套掛在他頭上，所以沒做出想取下外套的動作。他的脖子沒出力，因外套的重量而垂著頭，那站姿讓人聯想到結實纍纍的稻穗。也不知道他是否有聽到聲音，不見他有任何反應。總之，他此刻能醒來真是太好了，明明頭部才剛遭受重擊。

「您知道自己的名字嗎？」

男子罩在外套底下的嘴巴，傳來低沉的聲音。那不是有含義的話語，不是訴說疼痛的痛苦呻吟，也不是憤怒的詛咒，是聽不出半點情感的聲音。男子往前邁出一步，頭部搖搖晃晃。那生硬的動作，就像斷了好幾條操控線的人偶般。蒲生先生或許是剛醒來，還搞不清楚狀況。

罩在蒲生先生頭上的外套掉落，整個臉部顯現。他一隻眼睛渾濁泛白，另一隻眼睛則是像皮蛋一樣呈藍黑色，一看就知道不是健康的正常人該有的眼睛。這也是交通事故造成的嗎？

「那個，不好意思，我拿這個只是想確認您的身分。」

神宮寺取出錢包，朝他走近。是裡頭放著蒲生先生駕照的錢包。

「我不是想偷您的東西，還給您。」

神宮寺手拿錢包，向前遞出。他這麼做一點都沒錯。所以我滿心以為蒲生先生會接下錢包，好歹也會點個頭致意。但蒲生先生卻對自己的錢包連看也不看一眼，抬起雙臂，整個人靠向神宮寺身上。

也許是他雙腳打結，一時沒站穩，或者是猛然起身引發了暈眩吧。我第一時間馬上這麼想。他才剛全身遭受猛烈撞擊，走路踉蹌跌倒也是很正常的。一旁的佐倉似乎也同樣這麼想。

「您不要緊吧？到陰涼處休息一下吧。」

但只有神宮寺不一樣。他手中的錢包掉落，因惡臭而一陣狂咳，就像嗆到似的，想將男子的身體甩開。這太過分了吧，雖然對方是很臭沒錯，但也不該將一名傷患甩開啊。佐倉，妳見識到了吧，這個男人的本性就是這樣。

「可惡……！」

神宮寺動手想將男子拉開，還開始用腳踢。

「別這樣，神宮寺……」

再怎麼說，用腳踢傷患未免也太奇怪了，但他卻一副卯足了勁的模樣。蒲生先生把臉湊向神宮寺的脖子一帶，仔細一看才發現，蒲生先生的下巴緊貼著他的脖子。他在咬他嗎？還來不及確認，就已經看不到了。兩人糾纏在一起，倒向路肩的草叢。那裡長滿了跟人一般高的枯草，幾乎看不見倒地的兩人。

「神宮寺?!」

佐倉走進草叢中。
「日比谷！你快來！快來幫忙啊！」
我湊近一看，蒲生先生整個人壓在神宮寺身上。佐倉幫忙把男子拉開，她肩上還掛著肩背包，行動不便。
我這下明白了。這位蒲生先生應該是生氣了吧，他了解到自己挨車子撞，誤以為開車的人是神宮寺。
「呃，這該怎麼解釋才好呢，總之，這是一場誤會……！」
我出聲說道。經神宮寺那麼一踢，男子身體上的傷口噴出像膿液般的飛沫，濺向我的臉頰，一股嗆人的惡臭襲來。與男子扭打在一起的神宮寺抄起一旁的石頭，猛毆男子的頭部側面。男子遭受撞擊，身體就此傾向一旁，神宮寺這才得以乘隙逃離。
「我們快逃，佐倉！」
神宮寺緊按著脖子爬起身，他開始扶著佐倉的肩膀行走，我則被晾在了一旁。這兩個人真過分，這是我心中真正的感想，竟然把意外事故的傷患當成危險人物看待。我重新轉身面向蒲生先生。
「蒲生先生，剛才真的很抱歉。開車的人是我，我的注意力都擺在後方，因而太晚發現您人在前面。我要向您致上最深的歉意。」
蒼蠅在男子周遭盤旋，刺耳的振翅聲從我耳邊掠過。蒲生先生頭部陡然一晃，轉過頭來，膿液從他藍黑色的眼球和眼窩間的縫隙處淌落，他的嘴角處還沾附了紅色的汙漬。是神宮寺的血嗎？他朝我伸長手臂，整個人靠了過來。

「呃……！請您、先冷靜一下……！」

多虧我向後退開，才沒落得和神宮寺一樣的下場。蒲生先生就這樣仆倒在地面，他的手剛好搆到我的褲腳。褲子的布面被他抓住，我一時失去平衡，一屁股跌坐地上。

沒用，他還是很生氣。他似乎不肯聽我解釋，就像一個即將被神明遺棄的人，最後仍緊抓著不放一樣，他的手臂纏向我的腳。接著他張開嘴巴，露出泛黃的牙齒，似乎準備要一口咬下，滲了血的體液拉出多道黏絲。

「日比谷！快站起來！」

佐倉折返回來，朝我伸手。我抓住她的手，站起身。傳來一陣長褲布面破裂的聲響，好像是男子抓住的地方被撕破了。

撥開枯草後，我的車就在前方，車門開著沒關。我繞過車子前方，坐上駕駛座。神宮寺已坐在後座，佐倉坐向他身旁，用力關上車門。阻斷外頭的風和聲響後，車內響起我們三人的呼吸聲。

「快開車！」

神宮寺按著自己的脖子說道，血漬在他白襯衫的衣領處擴散開來。

「動作快點！日比谷！」

男子從草叢裡站起身，轉身面向我們。感覺他不會馬上朝我們靠近，他在原地像鐘擺一樣左右搖晃。把他留在這裡棄之不顧，真的好嗎？我會不會被問罪？這樣不是違反救助義務，構成所謂的肇逃刑責嗎？

「我們快離開這裡！那傢伙腦袋有問題！」

「……我知道了。」

蒲生先生似乎處在精神錯亂的狀態，感覺無法和他溝通。繼續待在這裡，確實會有危險。日後被究責時，只要說我也是出於無奈，是神宮寺叫我做的，這樣就行了，肯定能減輕刑責。

繫好安全帶後，坐在後座的神宮寺很不耐煩地暗啐一聲。一切準備妥當，我腳踩煞車，按下引擎啟動的按鈕。

「咦？」

我再次按下引擎啟動的按鈕。如果是平時，引擎應該會啟動才對，但現在卻沒半點動靜。安靜無聲，感覺不到引擎的震動。計速器的液晶面板上有個顯示燈閃爍，表示鑰匙不在車內。

要冷靜，先讓心情平靜下來。

我伸手掏找長褲口袋，車鑰匙向來都放在那裡。

我的車鑰匙繫著一個東京鐵塔造型的鑰匙圈，是當初在東京鐵塔的紀念品店買的，軟膠製成的小型東京鐵塔以鏈子和鑰匙串在一起。如果是平時，當我手伸進口袋，手掌應該會感受到它的觸感才對。但此刻我只覺得長褲的口袋摸起來不太對勁，布面破裂，理應是插在口袋裡的手直接穿過口袋，毫無阻礙。

我解開安全帶，確認車鑰匙是否掉在駕駛座附近，這時佐倉開口說道：

「車鑰匙不見了嗎？」

「不，還不確定。」

「你在開什麼玩笑啊！」

神宮寺從後面朝駕駛座椅背踢了一腳。

「什麼時候不見的？」

「大概，是剛才，那個時候……」

我的腳被男子抓住，站起身時，發出布面破裂的聲響，也許是他的手勾到我長褲的口袋。如果車鑰匙是那時候掉落的，應該就掉在枯草縫隙間的某處。要是沒拿回車鑰匙，便無法發車。

我隔著擋風玻璃確認路肩的草叢，只見男子的身體轉向我們，以生硬的動作朝車子走來。佐倉說：

「快把車門鎖上！」

我試著以駕駛座的車門操控鎖上所有車門。鑰匙在車外的狀態下能否從車內上鎖，教人不安，但我按下按鈕後，順利地發出了上鎖的聲響。

男子來到副駕駛座的車門前，就此停步。他就這樣靜靜地站著，沒有下個動作。他沒往車內窺望，所以隔著車窗可以看見他的腹部。

「……他早就死了。」

佐倉說。

「這個人，果然，早就死了。我之前，手摸他胸口時，他已經沒有心跳。」

「可是，他不是就這樣好端端地站著嗎？雖然看起來狀況不佳，但他還有力氣咬人呢。」

我極力發出開朗的聲音。

「太好了，我沒撞死他！」

「這點確實值得慶幸，不過……」

佐倉一臉納悶。

砰的一聲巨響。副駕駛座的車窗上，緊貼著一隻手掌。男子的一隻手壓在車窗上，他似乎想用體重將玻璃壓破，但車窗沒出現裂痕，他的手掌發出摩擦的聲響，一路往下滑，就只有玻璃上留下手掌形狀的汙漬。我趨身靠向副駕駛座，隔著車窗抬頭看他。

「請您冷靜一點！我會付您醫藥費！媽媽、我媽會幫我付錢的！所以請您冷靜一點！聽得到我說話嗎?!」

男子沒有反應。

「沒用，沒辦法溝通……他大概是外國人。」

「得去拿車鑰匙回來才行。」

「在那個人冷靜下來之前，最好先待在這裡等。」

佐倉一臉擔憂地望著神宮寺。神宮寺突然變得臉色很難看，冒出豆大的汗珠，呼吸急促。他被咬的部位，皮膚變色腫脹，也許是黴菌感染。

「可惡……」

神宮寺緊按著自己的脖子，暗啐一聲。

我試著等這名姓蒲生的男子冷靜，好和他展開交談。但他就像夢遊症患者般，一直繞著車子周邊打轉，不時像突然想起般，動手拍打車身。因為他面無表情，所以換個角度看，會覺得那是一張恍惚發愣的臉，完全感覺不出有任何想法，就像是一個完全空洞的人站在那裡。我向他叫喚，想讓他冷靜下來，但感覺他像聽不懂我的話。我試著用英語、韓語、德語，各種語言向他問候，但都沒反應。

幸好現在是涼爽的時節，如果是酷熱的夏天，沒開空調的車內，連一分鐘都待不了。

「菸……」

神宮寺在佐倉的臂彎裡呻吟。

「給我菸……」

佐倉轉頭望向我。

「日比谷，你有菸嗎？」

「沒有，我從來沒抽過。」

神宮寺以虛弱的聲音說道：

「……我留在車上了。」

佐倉就像要治療他的痛苦般，緊握他的手。我透過後照鏡望著他們兩人的模樣，心裡感到忿忿不平。國中時代霸凌我的男生，竟然和我喜歡的女生成了一對。

因為他的關係，我成了同學們嘲笑的對象，只要待在教室裡，我就感到恐懼。後來我對人感到不信任，為一點小事就自暴自棄、嫌棄自己，不論上了高中還是大學，都一樣無法好好與人交往。就連打工也都做不久，做什麼事都不順利。我會有這樣的人生，都是神宮寺造成的。有時我會感到很不甘心，難以入眠。

不過，我有這樣的想法，可能本身就是一種錯誤。我找導師諮詢時，他說原因也可能出在我自己身上。神宮寺之所以常會招惹我，也許也是因為我自己的個性和舉止有不好的地方。人生之所以過得不順遂，也不是因為某人的關係，問題是出在自己身上，與神宮寺無關。是我自己不好，因為我比別人差勁。一切的元兇，是因為我內心太軟弱。不過，這種事可以說得這麼篤定嗎？我總是覺得很難過，然後一再地告訴自己，不要去想、不要去想。那都已經是過去的事了，不是嗎？把蓋子蓋上，忘了吧。

「他一開始，就已經死了。」

從後座傳來佐倉說話的聲音。神宮寺似乎已經睡著，佐倉望著窗外。

「妳剛剛已經說過了。」

「那股臭味，是腐爛的氣味。他更早之前就死了，日比谷，你沒撞死他。」

「我聽不懂妳在說什麼。」

「我需要更多資訊，看看這是不是世界各地都在發生的現象。」

「世界各地？咦？」

「你不知道嗎，世界各地不是都發生過死者復活的事嗎？因為隕石或病原菌之類的。你車上的收音機沒有車鑰匙也能收聽嗎？可以打開看看嗎？」

我試著按下引擎啟動鈕。沒用，汽車音響一樣無法啟動。不過，我有收聽廣播的方法。我從擺在副駕駛座的私人背包裡，取出隨身收音機。它靠電池就能運作，能同時接收AM和FM。

「準備得真周全。」

「為了隨時都能收聽動畫廣播。」

「動畫廣播？」

「是動畫的聲優擔任廣播員的廣播節目。最近有愈來愈多都是在網路播出，不過像我這種資深聽眾，還是覺得接收電波即時聽廣播，才是最快樂的享受。」

佐倉顯得興趣缺缺，所以我也沒再進一步說明。我打開收音機電源，調整頻道。對上廣播電臺的頻率後，從小型喇叭傳出的噪音開始夾雜人聲。可能是因為山中地形的緣故，無法達到可以聽懂的清晰狀態。我持續調整頻道，這時，噪音突然變小。好像是新聞播報節目，廣播員以急切的聲音說道：

「……感染者會出現幻覺、幻聽……有暴力傾向……危害……傷口……感染……請和醫院或警局聯絡……許多感染者……人們發現的舊日本軍設施……感染源……有關聯性……」

「好像發生了什麼事。」

噪音變得很嚴重，什麼也聽不見。其他頻道一樣收聽不良。

「是恐攻嗎？」

我這樣猜想，但實在無法想像日本發生恐攻。

「他們談到設施，剛才還聽到舊日本軍的設施，以及感染源等名詞。」

「設施指的是什麼？」

「應該是山崖崩塌後，發現了舊日本軍的地下設施。」

「好像在哪裡聽過這件事……」

「是在隔壁縣發現的。根據網路傳聞，那應該是在即將終戰時，因為某個原因而被掩埋在地底下。也有人推測說，那該不會是溝呂木部隊的相關設施吧。」

「溝呂木部隊？」

「是日本軍的衛生醫學研究部門。取當時的指揮官溝呂木三郎的姓氏，稱之為溝呂木部隊。日本在戰時曾為了確保軍中水質和預防傳染病而展開研究，但那是對外宣稱。背地裡，他們似乎進行著人體實驗，進行生物武器的研究。所謂的生物武器，是指細菌或病毒的武器。在人們發現的地底設施裡，不知道有沒有和溝呂木部隊往來的紀錄……」

她的視線投向車外那名男子。

「也有一說指稱，溝呂木部隊進行過很不人道的人體改造。例如讓部分的腦部功能麻痺，藉此打造出感覺不到痛苦的人，開發出一支特殊部隊，會一再地攻擊敵人，直到無法動彈為止。」

男子那破破爛爛的服裝，以及緩慢行進的動作，讓人聯想起一面忍受飢餓之苦，一面行軍的日本兵。

「假設舊日本軍為了在戰爭中獲勝，試圖打造出即使已經死亡，卻依舊能戰鬥的軍隊，而能讓這成真的細菌或病毒仍留在那座設施裡，後來因為外漏而感染擴大了的話……？設施之所以掩埋在地底下，可能也有它的原因。或許也能想作是細菌武器在設施內漏出，為了防止它外流，而採取了掩埋的處置方式吧。」

這是佐倉自己的想像，但我非常認同她的這個想法。因為，這要是事實的話，蒲生這個人在被車子撞飛之前，早就已經死了。而我因為沒注意前方路況引發的衝撞事故，不就因此完全不必負法律責任了嗎？

「我、我也這麼認為。佐倉！他一定是感染者！」

「……真令我意外，日比谷，沒想到你竟然相信這個說法。」

不過，說到舊日本軍和戰爭，這些和我八竿子扯不上關係的話語傳進耳中，感覺還真是奇怪，簡直就像回到昭和時代。如果她說的是真的，那我們就是被捲入理應早已結束的第二次世界大戰中。過去沒那麼容易消失，明明已埋進地底下，想加以遺忘，但現在因為某個契機，又再度出現在眼前。就像那名男子，或是像坐在後座的那兩個人。

3

隨著車種不同，我們可能會感受到難以忍受的精神痛苦。因為有些車在沒有車鑰匙的狀態下鎖上所有車門後，如果車內還有人，就會警報器大響。這是因為車子檢測出車內人們的體重在移動，判斷可能是有小孩子被鎖在車內。但我家這輛國產車沒有這種功能，拜此之賜，我們才得以守在車內，不必忍受警報聲響的轟炸。但也不能一直這樣下去，隨著時間一分一秒過去，神宮寺的臉色愈來愈難看。為了拿回車鑰匙，我們決定展開行動。

「準備好了嗎？」

佐倉問。我們照事前決定好的方式，開始倒數。

「三、二、一……」

我們互望一眼。按下駕駛座的門鎖鍵後，所有的門全部解鎖，我們兩人同時衝出車外。蒲生並未走遠，他還在車子旁。現在出去很危險，但我們研判再這樣下去只會沒完沒了，所以採取了行動。

蒲生人在車子後方，散發腐肉的臭味。

「日比谷，麻煩你了。」

「我知道。」

她繞到車子前方，走進枯草茂密的地方。那是神宮寺被壓倒在地的地方，我的車鑰匙可能就掉在那裡。我事前已告訴佐倉，要以東京鐵塔的鑰匙圈當搜尋目標。因為只有我知道實體長怎樣，所以尋找的角色本應由我來擔任才對，但還有另一項危險的任務，不能由她來做。

「這、這邊！到我這邊來！」

我揮動雙手，來到蒲生面前。他原本差點就要往佐倉的方向走去，但這時他以又慢又卡的動作轉頭，轉身面向我。眼前這個男人不是因為被車撞而陷入混亂的傷患，他是舊日本軍開發的某種武器的感染者，是昭和時代那場戰爭的受害者。我決定這麼想，罪惡感就此消失，同時對他產生了一股明確的危機意識。

「很好，就是這樣，到這邊來！」

蒲生的動作遲鈍，只要保持充分的距離，應該就不會被他抓住。我該做的，就是引導他遠離佐倉。在我吸引蒲生注意力的這段時間，她不用擔心會遭到背後襲擊。這就是我們的作戰方式。

「蒲生先生！是我！我是開車撞您的日比谷！」

我揮著手大喊。男子半開的嘴巴流下體液，沉聲低吼。不，這或許連低吼都稱不上，是內臟腐爛產生氣體，通過喉嚨排出時發出的聲音。

「剛才真的很抱歉。」

我與他保持距離，向他道歉。雖然他已經死了，但我還是極力以客氣的口吻和他說話。

「我聽說您可能打從一開始就死了，這是真的嗎？如果是這樣，坦白說，我很高興。因為這樣我就不用背負開車撞死人的刑責了，我這樣說很過分對吧……我真是個爛人……」

還沒找到車鑰匙嗎？蒲生的一隻眼睛渾濁泛白，另一隻眼睛呈藍黑色，看不出來他在看哪裡。他的脖子就像斷折一樣，頭倒向一旁。

「之前您倒在地上，我竟然在您面前說要偷偷把您埋了……我滿腦子想的都是如何擺脫責任，因為我太害怕了。我要為此向您謝罪，不過，請讓我把事情分清楚，我不必對您的死負責任，應該是這樣沒錯吧？」

視野角落看到佐倉站起身，她朝我揮手。

「我找到了！日比谷！」

她開心的聲音傳來。這麼一來就能發動引擎了，我大為開心。

「蒲生先生，您為什麼會變成這種狀態……您是在哪裡感染、怎麼感染的，我很在意，但很抱歉，我們現在得留下您先走一步了。」

我向他行了一禮，準備返回車內。車子在蒲生後方，必須從他身邊穿過。雖然他的動作遲鈍，但我是個運動能力很差的家裡蹲，從他身邊穿過時，有被他抓住的危險。我小心翼翼地將路寬運用到極限，以朝他畫圓的方式行進。蒲生伸長手想抓住我，但手指搆不著。我平安地從他身旁穿越，留他在原地，趕緊衝向車子。

佐倉手中緊握找到的那把車鑰匙，回到車子，坐進後座。

我跑沒幾步便上氣不接下氣。接下來就前往山腳的市鎮吧，好想到收得到訊號的地方看推特或是新聞網站，完全得不到資訊令人感到不安。我想知道此刻日本究竟發生了什麼事，聽廣播說，似乎其他地方也有感染者。得讓警方知道蒲生的事，請他們趕緊處理才行。

這時傳來一聲尖叫。是佐倉。

我不由自主地停下腳步，定睛望向車子。發生什麼事了?車子一陣劇烈搖晃。當車子停止搖晃後，後車門開啟，佐倉從後座跌落出來。

她在柏油路上以爬行的姿勢死命地擺動雙腳，想要甩開什麼東西。她的腰間到腿部一帶，緊纏著一雙男人的手臂。是神宮寺的手。

「日比谷！」

她緊張的聲音傳來，佐倉以手肘撐地，想遠離車子。神宮寺跟著她做同樣的動作，從車內爬了出來。他面色如土，眼睛渾濁泛白，看不出究竟在看哪裡。雖然他使出全身的力氣緊追佐倉不放，但脖子卻軟弱無力，頭部左搖右擺，倒向其他方向。那模樣像極了蒲生。

我跑向他們兩人，現在沒時間猶豫了。神宮寺整個人壓在佐倉身上，我使勁朝他肩膀踢出一腳。

「放開她，神宮寺！」

透過運動鞋的鞋底，感受到人肉的彈力。我並沒因為這樣而覺得十幾歲的恨意就此化解，只感到焦急，想早點讓佐倉擺脫束縛。

「快點閃開啊！閃一邊去！」

我踢他側腹，一再地用力踢，但神宮寺的身體就只是在挨踢的瞬間斜傾。他雙手緊緊抱住佐倉，不肯鬆手。神宮寺似乎對我毫不在乎，然後像小孩子向母親撒嬌般，把臉抵向佐倉的腹部。

「好痛！」

佐倉大叫。

我停止踢擊，改為雙手環住神宮寺的身體，想將他拉開。佐倉身上衣服的腹部一帶開始滲血，神宮寺似乎隔著衣服咬她的腹部。儘管都出血了，神宮寺還是不肯鬆口。佐倉發出慘叫，頻頻喊痛。

「神宮寺，你是怎麼了！沒看到她很痛嗎！」

神宮寺每次下巴一動，就有鮮血湧出。佐倉的雙腳蹬個不停，神宮寺不予理會，把臉埋進佐倉腹中。好痛，救我啊！佐倉朝我伸手。我抓住神宮寺的手臂，試著想把他從佐倉身上拉開。就算我將他的手臂往上扭，他也毫不在意。

一陣惡臭撲鼻而來。不知何時，蒲生已來到我身後。他伸長雙臂，正準備抓住我。我蹲下身，往地面用力一蹬，就此避開。接著蒲生的腳和我的左腳纏在一起，他因此跌倒。在此同時，我的左腳腳踝一陣劇痛，似乎是因為他的體重壓在我的腳上，我的腳朝不自然的方向扭傷。現在沒空管傷勢了，得先救出佐倉。

「神宮寺！讓開！」

我重新站好，從旁用力撞向神宮寺。因為流血的緣故，他環住佐倉的手變得溼滑，就此鬆脫。神宮寺跌落地面，佐倉被他咬破的腹部完全露出。

神宮寺的下巴一片鮮紅，有某個東西從他口中垂落。那東西一路從佐倉腹部的傷口延伸而來，就像在變魔術似的。我曾看過從魔術師握緊的拳頭中，不斷拉出連了一長串國旗裝飾的長繩。就像那個魔術一樣，從佐倉的腹部拉出一條長長的東西，一路連向神宮寺的嘴巴。

佐倉嘔出帶泡沫的鮮血，神宮寺已從她身上移開，但她卻沒有要站起身的意思。她以茫然的迷濛眼神望著我，緩緩伸長手臂。嘴巴微動，說著：「救我。」

神宮寺在地上朝我爬了過來。

蒲生也散發惡臭，緩緩站起身。

我轉身背對佐倉。

她剛才爬出的後座車門還敞開著。我衝進車內，關上車門，按下門鎖，從車窗觀察外面的情況。只見佐倉一臉心死地看著我展開的行動，神宮寺和蒲生始終都沒理會逃進車內的我，因為佐倉以毫無防備的姿勢躺在他們面前。

落日餘暉從車窗灑落，車內像著火般，染成一片紅光。就像用魔術筆畫上似的，護欄的影子在柏油路上拉得好長。我的左腳踝開始發燙，似乎沒骨折，但可能已沒辦法跑了。

車窗外傳來陣陣濡溼的聲響，那是滴水的聲音和咀嚼聲。我摀住耳朵，盡可能裝沒聽見。外頭正在進食，神宮寺和蒲生就像兩頭野狗，正啃食著佐倉的身體。她的衣服大半都被扯破，被拉扯出的臟器散落一地。

我試著打開收音機，但只有雜音。我抱持期待，看會不會有其他車輛路過，但感覺不會有車經過。我沒發動引擎，所以無法開車逃離這裡。

車內找不到鑰匙。佐倉在草叢裡找到的車鑰匙會在哪裡呢？為什麼那兩人在啃食佐倉？在斜向照進的夕陽下，我雙手緊緊抱頭。

男子們啃食著佐倉的腹部，吃得滿臉鮮紅。佐倉那伸長手向我求救的模樣，一直在我腦中揮之不去。我轉身背對她，反正她已經沒救了！在那種狀態下，不可能倖存！應該在我載她到醫院的途中就會喪命！我腦中想著各種藉口，想讓自己的內心保持正常。

又要逃避了嗎？我想起自己十幾歲的時候。遲鈍的我是班上被霸凌的對象，每次不管做什麼，都會被嘲笑。在同學之中存在著一種念頭，那就是在各方面挑剔我、逗弄我，讓我成為笑話。這愈來愈嚴重，變成一種痛苦。

尤其神宮寺更是不懂得分寸。他總是強迫我耍寶，要求我和綜藝節目的藝人一樣做效果。如果我搞砸，造成冷場，就全部怪到我頭上。我不堪其擾，找老師諮詢，但是沒用。我沒想過要和他對抗，我努力不製造冷場，持續保有平安無事的學校生活。遵從別人的命令，從不抗拒。

我那個樣子算是活著嗎？雖然有呼吸、能行走，但也許精神狀態上已是個死人。

儘管我是那副德行，佐倉還是對我很溫柔。我的文具掉地上，她會幫我撿。明明其他女生都把我的東西當成穢物看待，連碰都不想碰。只要佐倉跟我說話，我就高興得宛如飛上雲端。光是聽到她的聲音，胸口便火熱得難受。我將自己對她的愛意寫在筆記本上，好讓自己平靜下來。將她的名字和好的部分寫下來，記錄她在學校裡做了哪些事，連她在家做些什麼事，也都靠自己的想像來補上。某天，神宮寺發現我寫的內容，將它貼在黑板上。

佐倉哭了，因為她覺得很噁心。她絕不是什麼聖女，當我不在場時，據說她也會看周遭的氣氛，跟著一起笑話我。之所以看起來像聖女，就只是因為她善於隱藏。

我那爛到不行的青少年時代。那件事對我的人生帶來了很大的影響，我完全喪失自信。對我來說，神宮寺和佐倉是持續束縛我人生的舊傷。我像中了詛咒般，常動不動就想起當時的種種，不由自主地叫出聲來。我決定期待來世。交不到戀人，沒體驗過接吻，轉眼即將邁入三十大關。我對父母滿是歉疚，看來，我這輩子是沒辦法讓他們抱孫了。

神宮寺和佐倉在我不知情的時候交往，還預定要結婚，難道他們從國中時代就已是這樣的關係？或者是畢業後在哪裡重逢而變得親密？他們平時兩人獨處時，都在談些什麼呢？在他們兩人的人生中，我這個人的存在肯定很微不足道，從來不曾被想起過。十多年前的一個同學，總是縮在教室的角落，沒什麼存在感，與牆上的汙漬沒什麼兩樣……

夕陽被擋住，影子落進車內。神宮寺站在車子旁，隔著車窗可以看見他鼓起的腹部，佐倉的肉應該是被他吃進肚裡了。他就這樣呆立在那兒，連彎腰往車內窺望的動作也沒有。他緩緩抬起手臂，伸向駕駛座的車門門把，想要開門。但門鎖著，打不開。

真不可思議。蒲生明明就只會拍打車窗，神宮寺則知道這是車門，明白它可以打開。為什麼會有這樣的差異呢？難道跟感染後的時間長短有關？沒錯。神宮寺也是感染者。因為受到感染，所以變得和蒲生一樣。蒲生可能連腦部都爛了，而另一方面，神宮寺可能是腦部還很新鮮，微微留有生活習慣的記憶，在無意識的動作下，握住門想要開門。

因為開不了門，神宮寺開始在車子周邊徘徊。晚霞將他的影子烙印在柏油路上，他遠去後，我鬆了口氣，同時心中浮現疑問。

為什麼車門沒解鎖？

當然，這是因為神宮寺沒有車鑰匙的緣故，但事情沒這麼單純。之所以會搞得這麼複雜，全是號稱車子智慧鑰匙或智能鑰匙的這套現代化系統所造成的。

副駕駛座的手套箱裡放有汽車使用說明書，我將它拿出來細看。上面寫道，當車鑰匙在離車子一至一．五公尺的範圍內時，可以解除門鎖。只要車鑰匙放在口袋裡，光是手靠近門把，感應器就會感測到，而進行解鎖。此外，如果要發動引擎，則鑰匙必須與設置在手煞車附近、名為Immobiliser（發動機防盜鎖止系統）的電子機器保持在數十公分的範圍內。

……這不就表示，就算神宮寺手上沒有車鑰匙，但只要鑰匙掉在一至一．五公尺的範圍內，車門還是會自動解鎖嗎？那我現在不就有可能會被襲擊嗎？相反地，車門沒解鎖，表示車鑰匙位在超出這個範圍的位置上。

我從車窗確認外頭的情況，眼前是令人不忍卒睹的慘狀。佐倉倒地的位置，就在車子右手邊一．五公尺附近。神宮寺已從她身上離開，但蒲生仍舊臉埋在佐倉腹中，張口咀嚼。她躺在地上張開雙手雙腳，在離車子最遠的位置，她的右手握著某個東西，隱隱可以看出那像是東京鐵塔的形狀。是車鑰匙！她遭受攻擊時，仍緊握著那個東西。車鑰匙似乎剛好在能控制門鎖的範圍外，佐倉救了我一命。如果她讓車鑰匙掉在車子旁，神宮寺就能解開門鎖了。

晚霞逐漸變暗，夜幕降臨。我在腦中整理接下來該做的事，這是個很簡單的計畫。我要看準外面那兩名感染者出現的破綻，取得佐倉握在手中的車鑰匙，回到車上發動引擎。踩下油門，呼嘯而去。只要這樣就行了。

再等下去，他們兩人肯定又會開始在車子四周徘徊。神宮寺剛才大啖佐倉的肉，可能已經吃飽了，開始散步。要是他就這樣走到別的地方去，那就太謝天謝地了，不過，他一會兒離開車子，一會兒走近，如此一再反覆。

再過一會兒，蒲生應該也會採取同樣的行動。我只要看準他們兩人都離開一大段距離的時機，迅速開門撿起鑰匙，迅速回到駕駛座，這樣就行了，花不到十秒鐘。他們的動作很慢，就算發現我離開車子，應該也無法馬上回到能伸手碰到我的範圍內。

好，拚了，放手一搏。不過，為了謹慎起見，還是攜帶能充當武器的東西吧。我將手伸向後座放雜物的空間，掏找有沒有像鐵橇之類的東西，但只有偶像聲優的圓扇。

有幾根預定要在演唱會現場使用的螢光棒，這是叫做Cyalume螢光棒的棒狀物，只要折動它，裡頭的化學藥品就會相互混合發光的一種用品。這十年來，在演唱會現場揮動它，成了我生活的重心。

我發現後座地面有個陌生的女用肩背包，應該是佐倉的東西。之前發現因為車子拋錨而站在原地的兩人，說好要送他們到山腳下時，記得佐倉從他們的車子裡拿出了這個包包。

不知道裡頭有沒有能用來擊退色狼的物品，例如讓人睜不開眼睛的噴霧器、有高壓電的電擊槍之類的。雖然覺得有點歉疚，我還是在她的包包裡翻找，但沒找到能用的東西。

裡頭有手套、錢包、她的手機，以及一本粉紅色的手冊。封面的印刷字映入我的眼中。我不由自主地翻看裡頭的內容，是媽媽手冊，封面上寫著這幾個大字，連我都知道這代表什麼意思。在得知懷孕後，只要向市公所提出申請，就會得到這本手冊。上頭提到，佐倉已懷孕邁入第十週。我發出一聲驚呼。

4

夕陽西下，窗外盡掩於黑暗中。四周連路燈也沒有，但也不是完全漆黑。定睛凝望後，眼睛漸漸習慣黑暗。清冷的月光照亮柏油路面，藉由那移動的朦朧人影，可以掌握他們兩人的位置。

我一直在估算神宮寺和蒲生遠離車子的時機，但一直等不到機會到來。我屏息靜候，腦中一直想著佐倉和神宮寺的事。

就假設他們是奉子成婚吧。也許是想在肚子隆起之前先舉辦婚禮。我的同學有孩子了，我卻還在靠父母養。我真該死了算了，像我這種人就算活著，也不會對社會帶來任何影響。明明就是個可有可無，沒半點價值的人。他們兩人要是能活下來，養兒育女，對日本的將來應該會有助益。但他們的未來已經幻滅，當父親的他，親手殺了妻子和她肚裡的孩子。因為我見死不救，他們母子一同喪命。

不行，別再想了，要專注地想接下來該做的事。我想活下去，想健健康康地回家去。為什麼我會對活命這麼執著？是想活著做什麼事嗎？我不清楚。我單純就只是怕死，光是想到像她那樣被啃食時會有的疼痛，以及失去生命後就此從世上消失的情景，就覺得可怕。這是生物的本能，害怕死亡。為了逃避死亡，什麼事我都得做。

我替自己打氣，想讓自己振作起來。如果今晚我能克服眼前的恐懼，平安回到家，我要改變自己目前的生活。我要向父母道歉，爸媽一直都很擔心我，鼓勵我。為了讓兩老放心，我會找份工作，開始自己一個人住。青少年時期的精神創傷就留在這座山裡，為了長大成人，我得回到山腳下才行。

我折了折螢光棒，裡頭的液體相互混合，發出橘色的亮光。好溫暖的顏色，讓人聯想到插在蛋糕上的蠟燭燭火。作為照明器具實在不太可靠，不過聊勝於無。手機的電池殘量令人擔心，所以我決定盡量不使用手機的手電筒照明。

我感覺神宮寺和蒲生已不在車子旁，他們似乎都遠離車子，徘徊在月光照不到的某個暗處。要是他們就這樣消失，可就太謝天謝地了。
在沒有路燈的山路上，一輛車內亮著橘色亮光的國產車應該很顯眼。這樣會吸引他們的注意力嗎？我得迅速展開行動才行。
我調整呼吸，拉動駕駛座的門把。門鎖自動解除，我打開車門來到外面。
外面彌漫著嗆人的血腥味。鞋子踩向路面時，鞋底有種沾黏的感覺。是佐倉的血，她的血向四周擴散開來，即將變乾，現在踩起來黏答答的。沒時間管這個了，我舉起螢光棒，護著自己受傷的左腳踝，前往取回佐倉握在手中的車鑰匙。腳下踩到了內臟，我十幾歲時喜歡過的那位女生的內臟。橘色的亮光照向她在地上攤開的雙腳，她的腹部一帶慘不忍睹。我正準備照向她的上半身時，發現異狀。
怎麼回事？發生什麼事了？
之前因為昏暗所以都不知道，佐倉胸部以上的部位不見了。一部分內臟從腹部一路往外延伸，連往路面的黑暗深處。我試著將螢光棒拋向那個方向，螢光棒滾向路面，朝四周投射亮光。
看到佐倉的上半身了，在離這裡有段路的距離。也許是神宮寺或蒲生將她搬往那裡時，由於腹部損傷嚴重，她的上半身承受不了負荷，就此與下半身分離。我做出這樣的想像，但其實並非如此。
佐倉是在只有胸部以上部位的狀態下，在路面上爬行。她靠手臂前進，體內掉出的臟器一路拖行。她發現我之後，以緩慢的動作抬起頭，轉身面向我。此時的她長髮垂落，看不出表情。

我雙腳發顫，無法壓抑內心的恐懼。我衝進敞開的駕駛座車門內，急忙從車內上鎖。

這樣就沒事了，這樣就安全了。快點調整呼吸。

我的臉貼向車窗，確認外頭的狀況。我看見死者們兵分三路朝這裡靠近，神宮寺和蒲生從車子前後靠近，佐倉的上半身則在路面上爬行，從車身側面逼近。他們在找尋活人，一旦發現身邊有活人，似乎就非得緊緊抓住對方不可。雖然他們的動作都很遲鈍，但我卻感受到一股慢慢凌遲的恐懼。沒事的，他們的力量還不足以打破車窗，只要我關在裡面就平安無事。沒事的，我一再這樣告訴自己。

沙唰、啪嚓、沙唰……

佐倉的上半身擺動手臂，濡溼的內臟在地上拖行。她從自己躺在路上的下半身旁邊爬過，逐漸朝車子靠近。她應該很恨我吧，恨我對她見死不救。撕破的衣服布面披在她肩上，她的脖子軟弱無力，頭垂向一旁，因此臉部緊貼著柏油路面。她就維持這個姿勢前進，所以要不了多久，她臉部的皮膚一定會被削去一大塊。這時傳來咔的一聲，那是車門的內部系統啟動的聲音。

門鎖開了？是故障嗎？怎麼偏偏在這個時候？不，不對。

血色從我臉上抽離。這不是故障，是門鎖被解除了。她以正常的方法解除了門鎖，只要持有車鑰匙，手一靠近門把，感應器就會感測到，門鎖就會解除。

只剩上半身的佐倉從外面打開後座車門。她在爬行的狀態下，抬手拉動門把。她的另一隻手握著車鑰匙。從她緊握的拳頭旁邊露出沾滿血汙的東京鐵塔鑰匙圈。

在車門半開的狀態下，外頭的風吹進車內，參雜了血和內臟的腥臭。她那鮮紅的髒手打開門縫，搭向後座座位。沙唰、啪嚓……被黑髮覆蓋的頭部，就像是由手臂拖著走一般，進入車內。

我害怕得放聲大喊。

從頭髮的縫隙處露出她的眼睛。那渾濁泛白的眼珠，不帶有任何感情，感覺我就像往一個空蕩蕩的黑暗洞窟裡窺望一般。她伸長手臂，差點從駕駛座和副駕駛座中間的縫隙抓住我的肩膀。

車內很危險，不能繼續待在這裡。我推開駕駛座車門，逃往車外。

在月光下，車子前後兩邊的人影朝我逼近。外面也不安全，要一路逃往山腳嗎？不，沒辦法。要護著自己負傷的左腳踝，每次都成功逃脫，我認為不可能。該怎麼辦才好？原本認為車子是唯一安全的場所，但現在被追出車外，該逃往哪兒去才好？

乾脆放棄算了。就躺在路面上，等他們來吃我吧。

不行，得抵抗到最後。非這麼做不可，至少在臨終前要試著抵抗。我還活著，在死之前，我都還算活著。

神宮寺和蒲生朝我靠近，佐倉還在車內，趁現在尋找武器吧。也許斜坡樹叢裡的地面上有大小適合的樹枝，就揮動樹枝與他們戰鬥。

當我朝斜坡前進時，路肩有個東西纏住了我的腳，那觸感令我一驚。我強忍疼痛，幾乎都採拖行的左腳，被一件男性西裝外套勾住。

是神宮寺的外套。開車撞飛蒲生後，以為他是普通的死者，而罩在他臉上的外套。似乎是蒲生起身時掉落，就這樣一直留在路肩。我踏過那件外套時，鞋底傳來一個堅硬的觸感。該不會是……？我試著確認，發現外套口袋裡放有車鑰匙，上頭印著和我家的車鑰匙不同製造商的標誌。這肯定是神宮寺的車鑰匙。

有它的話，就能坐上他的車。他的車因為故障而無法動彈，要是坐進那輛車，可能無法逃離這裡……但那裡應該會有那樣東西。我下定決心，握緊車鑰匙，開始往那裡前進。

我離開柏油路的路面，走進黃土外露的斜坡。地上爬滿樹根，因露水而濡溼的落葉變得溼滑。我藏身在灌木叢裡，從可以俯視車道的地方觀察周遭情況。蒲生和神宮寺在我家的車子旁，佐倉似乎還留在車內。好在有月光，隱約看得出來。

男子們面朝我所在的方向，他們已發現我的位置。為什麼他們會知道我在這兒？我明明以灌木當遮蔽物，而且在樹葉的暗影下，四周一片黑暗。話說回來，他們的眼珠看得見四周嗎？可能看在死者眼中，活人的存在特別耀眼吧。

他們似乎行動能力不強，所以就算知道我在這裡，可能也無法順利地爬上斜坡，我對此抱持期待。但他們就算要手腳並用在地上爬，也想爬上斜坡。再繼續待著不動會有危險，於是我往下望著左手邊的車道，開始移動。

我握住樹枝和樹幹，以此支撐身體，一面護著扭傷的腳踝，一面前進。突尖的樹枝碰觸我的臉頰，劃出傷口。接著在彎曲的道路前方，我看到一輛停在路邊的車輛，黑色的車身反射月光。是神宮寺的車。

我留意腳下的路況，一步步走下斜坡，懷著祈禱般的心情，按下車鑰匙上的解鎖鈕。車子的接收器收到車鑰匙發送出的電波，發出一陣電子聲響，車子的警示燈閃了一下，傳來車內門鎖解除的聲響。很好，成功了。

神宮寺和蒲生還離我很遠，在他們抵達前，我得找到那樣東西，做好準備才行。不，在那之前，為了謹慎起見，還是確認一下，看引擎能否發動。如果車子能跑，自然是最好。因為那樣我就不必鋌而走險，能平安離開這裡。

我打開駕駛座的車門，坐進裡面。是國產的高級轎車，皮椅的氣味傳來，神宮寺這傢伙或許是高薪一族。我踩下煞車，按下啟動引擎的按鈕。引擎一陣震動，導航系統的螢幕亮起，但引擎蓋內傳出金屬的擠壓聲以及有東西卡住的怪聲，從縫隙處冒出煙來。引擎沒啟動，沒辦法行駛。看來是終須一戰了。

我打開室內燈，朝副駕駛座的手套箱裡翻找。後座也有幾樣東西，一件薄外套，應該是佐倉的吧。我發現了護膝毯、婚禮場地的簡介手冊，以及我要找的東西。根據神宮寺的言行，我覺得他車內可能會有這樣東西，對此抱持期待。他愛抽的香菸品牌，是在日本頗具代表性的七星牌。當然了，我沒抽過。打火機和香菸擺在一起，是電子點火式打火機。我拿起來按下點火鈕，發出咔嚓一聲，冒出像小指般大小的火焰。臉部感受到熱氣，我頓時有種重新活過來的感覺。這就是我要找的東西。

再來如果有像棍棒類的東西就更好了。我環視車內，但找不到適合的物品。我確認神宮寺和蒲生不在附近，便走出車外，繞到後面打開行李廂。我發現一把男用傘，看起來很合適。

我從口袋裡取出尚未使用的螢光棒，用力一折，朝周邊丟出幾根。那附近的黑暗就此被趕出，這麼做是為了在他們接近時可以提早知道。我一邊確認他們還沒過來，一邊拿起放在後座的那件薄外套。我不想浪費時間關車門，將薄外套纏在傘柄上。這樣就行了，再來只剩點火了。

我按下打火機的開關點火，焚燒外套的下襬。但突然一陣風吹來，火焰搖曳，遲遲無法點燃。

我其實是想製作火把，而不是為了照亮四周。神宮寺、蒲生、佐倉，他們的動作很慢，如果有火把，應該就能一邊牽制他們的行動，一邊用火攻擊。他們會想撲滅自己身上燃起的火嗎？就算會做出滅火的行動，但在那之前肯定早已身陷火海。能在一定距離下展開火焰攻擊的火把，應該能成為保護我自身安全，與他們戰鬥的武器。

咔嚓。打火機點燃了火，但馬上被風吹熄。我又試了一次，但在點燃前又熄了。我望向眼前的黑暗，心中備感焦急。再不快點的話，他們就快到了。

要怎麼做才比較容易讓布燒起來？沒辦法了，只好讓外套沾點汽油了。我繞到駕駛座，手伸進車內，找到油箱蓋開關，打開油箱蓋。發出一聲清脆的聲響，車子側面的某個小蓋子開啟。因為我常使用自助加油，所以很熟悉這項操作。雖是別人的車，但構造一樣。打蓋油箱蓋後，一陣汽油味撲鼻而來。只要沾點汽油，就能很快點燃，這樣火把就完成了。

視野角落有個東西在閃爍，剛才我拋出的螢光棒在黑暗中發光，亮光突然消失，然後再度出現。有人在場，因為那傢伙的腳擋住了亮光，所以才會看起來像在閃爍。

動作得快點。我將薄外套擰成長條狀，插進加油孔裡。該插多深才行？雖然只要前端一點點沾溼即可，但我因為動作太急，打火機掉地，跑到車底下去了。我急忙趴在柏油路上，伸手拿取。掉哪兒去了？手指碰到像是打火機的東西，我一把握住。

就在我握著打火機站起身時，感覺後背有東西。

溼肉發出的聲響。每往前踏出一步，便發出體液滲出、滴落地面的聲音。我轉頭一看，神宮寺就在背後。

他抬起原本低垂的臉孔，毫無表情。他滿臉都是紅黑色的血汙，那是啃食佐倉的腹部留下的汙漬。他伸長手臂，朝我靠過來。

後座的車門就在我背後，大大敞開。我被神宮寺所震懾，在這樣的姿勢下往後退，直接倒進後座。車身一陣搖晃。

神宮寺緊追而來，想擠進車內。他伸長手，想抓住我的雙腳。我躺在後座，死命蹬著雙腳，加以抵抗。他無視這一切，一步步朝我逼近。

我手繞到背後，拉動另一側的門把。因為我人就靠在門上，車門一下子就打開了，我順勢滾出車外。這種情形，就像直接穿過後座，從另一側車門離開。我背後撞向地面，痛得無法呼吸。

神宮寺從後座俯視著我，我則是仰躺在路面上，一腳踢向車門，車門就此關上。他想朝我伸手，但被玻璃窗阻攔，手搆不著。

趁現在。我爬起身，雙腳頻頻打架，踉踉蹌蹌地繞過車子。神宮寺動作很慢，他跟著我的動作，在後座轉換方向。我趁機來到車子另一側，把車門關上。這下子處在左右兩側的門都關上的狀態。我將他關在車內了，但還是不能放心。雖然神宮寺處在這樣的狀態下，但他還是能做出開車門的動作。我站在車門外以臀部抵住，不讓他開門。啪。他從車內拍打我背後的車窗。

我視野的角落可以看到加油孔。那擰成長條狀的外套插進一半，像馬尾巴一樣垂在外頭。這樣的距離，只要我伸手就拿得到。

又發出啪的一聲，神宮寺的臉緊抵著玻璃窗。慶幸的是，他似乎不會想到要從另一側車門出來。

我拿起打火機，靠向從加油孔垂落的外套。現在已沒空做火把了，雖然不知道吸了多少汽油，但應該多少從油箱裡吸取了一些。我將打火機靠向外套的邊角，按下按鈕，發出咔嚓一聲，產生火和熱。燒了一會兒後，外套的前端著火了。就像汽油彈一樣，要不了多久，火勢就會延燒到油箱裡。

快逃，這裡很危險。當我想與車輛保持距離時，鼻端聞到一股怪異的臭味。不是汽油燃燒的臭味，而是像腐肉的臭味。我的注意力全擺在加油孔，而慢一步察覺從黑暗中步步近逼的其他感染者。

蒲生伸長手臂，他的雙腳打結，朝我撲倒。我在千鈞一髮之際避開，跌向地面，而趴在地上的蒲生伸手抓住了我的腳。是我扭傷的腳踝，我因吃痛而大叫。現在明明得趕快離開這裡，但偏偏蒲生不肯鬆手。我想遠離這輛車，但我得連他的身體一起拖著走才行，我無法動彈。

啪。神宮寺在車內拍打車窗。我就倒在車子旁，加油孔幾乎就在我的頭頂上方，那垂落的外套已燃起火焰。

我用可以自由行動的那隻腳，猛踢蒲生緊握我腳踝的手。一再使勁地踢，傳來東西骨折的觸感。蒲生的手和手指的骨頭碎裂，但他還是緊抓著我的腳踝。那把傘就在我附近，原本想充當火把而準備的那把傘，它的前端突尖。我一把抄起它，刺向蒲生的臉。一邊叫喊，一邊狂刺。雨傘前端鑽進他眼窩裡，直接插在上頭。我出聲大叫，不成話語的喊聲從我喉嚨深處迸發。我像動物一樣吼叫，同時更用力地把傘往下插，傳出一陣擠壓聲，傘的前端從他後腦穿出。蒲生的手終於鬆開，沒再動彈。

我拔出腳，站起身，背對車子往前跑。左腳踝疼痛不堪，我步履踉蹌地逃走。橫越馬路，前往對面的斜坡。來到半途，聽到一個聲響，不是爆炸聲，而是開門聲。我轉頭一看，神宮寺從車內打開後座車門，探出頭來。不管我逃得再遠，那傢伙也會追過來，我再怎麼逃都是白費力氣。這樣的想像深深將我攫獲，但這時，一陣強光湧現。

在強大的衝擊下，地面的感覺從腳下消失。我感覺骨頭相互擠壓，皮膚和肌肉就像爆開來似的。我的身體被震飛到斜坡上，一時差點失去意識。

延燒到油箱的火焰，在金屬製的車體內急速膨脹，破壞了無數零件，就此解放開來。爆炸聲響徹山間，留下回音。飛散的零件從空中落下，散落一地。

周遭的樹木受到熱波的衝擊，全部搖晃起來。我一陣狂咳，無法起身，全身疼痛，但似乎沒受到致命傷。睜開眼一看，火焰和黑煙往上竄升，形成空氣的漩渦。就像一頭恐龍緩緩站起身一般，朝夜空而去。

我仰望空中的火粉時，聽到哐啷一聲。車門脫落，掉向地面。在火焰中，有個東西在動。一個呈人形的東西站起身。

我感覺像在作夢。那可能是神宮寺吧，由於他全身著火，難以辨別，但我有這種感覺。他的衣服和頭髮全都著火，那模樣無比莊嚴，甚至有種神話般的感覺。我無法動彈，要是再這樣下去，等他靠近，我就會沒命。我很平靜地明白眼前的情況，不知為何，接受了這樣的結局。我已徹底抵抗過了，我已經沒辦法再有所行動了。甚至覺得，如果就這麼死了，那也是沒辦法的事。但他的腳逐漸失去行動力，雙膝跪地，維持朝我伸手的姿勢倒臥，接著再也沒有要起身的動靜。

深夜時，我放火燒了佐倉。她還待在我的車子後座，當我靠近時，她便爬了出來。光憑臂力爬行的她，移動速度極慢，只要稍加提防，便不太會有遭到襲擊的危險性。她幫我找到的車鑰匙，還留在後座上。

「佐倉，全都結束了。」

她一路在地上拖著自己的內臟，想要抓住我。由於她低著頭，所以看不到她的臉。爬行時，指尖在柏油路上摩擦，所以指甲都已脫落。

「可能是我不好，我不該路過這裡。要是沒有我，就不會撞上蒲生先生，你們也就不會被捲入其中。或者是說，就算我沒經過這裡，因為車子故障而在那裡枯等的你們，早晚也會被蒲生先生襲擊……」

我脫去襯衫，身上只穿著一件汗衫，將脫下的衣服掛在地上撿來的樹枝前端。讓神宮寺那輛車燃起的火焰延燒到襯衫上，接著我回到佐倉所在處，讓那件著火的襯衫罩在她頭上。她完全沒有覺得燙，或是有任何抵抗的動作。她的頭髮開始著火，散發出難聞的氣味。這是以前曾經喜歡過的女生所發出的燒焦臭味。她的皮膚和油脂被烈焰侵蝕，儘管如此，她還是一步步朝我逼近，既不顯一絲痛苦，也沒發出任何聲音。她的頭髮和皮膚完全燒毀後，就像一具被烈焰包覆的人體模型。不久，她的動作停止。我強忍心中的痛楚，向她雙手合十。

我拿回車鑰匙，以毛巾擦拭後座的髒汙，坐上駕駛座，試著發動引擎。車子震動，引擎正常運作，但我無比疲憊。我決定稍微休息一會兒再走，我將車子熄火，確認門鎖運作正常後，就此合上眼睛。

他們為什麼會變成那種狀態呢？根據佐倉的看法，原因在於細菌武器之類的東西從舊日本軍的設施外洩。受它感染的人會馬上喪命，死後便會開始行動，成為不死的士兵，持續動作。

佐倉的上半身和下半身分隔兩地，但會動的只有上半身，她的雙腳一直躺在地上，一動也不動。只有與頭部相連的那一側才會展開行動嗎？我不知道。全是我不知道的事。

我在不知不覺中睡著，還作了個夢。夢見神宮寺和佐倉寄來附照片的明信片，在明信片中向我報告他們結婚的事。一身新娘禮服的佐倉，與穿著新郎裝的神宮寺一同出現在照片裡，上頭印有他們新居的地址。夢中的我拿著明信片，不知如何是好。因為我一直都沒和他們見面，而且他們是我不願想起的人物。但不知為何，收到明信片還是很高興。

原本只是想休息片刻，卻不小心熟睡了。臉頰留有淚痕，我將它擦乾。東邊的天空開始露出魚肚白，我期待連這樁慘劇也全是一場夢，但車子旁邊是一攤半乾的血池，上頭還漂浮著內臟。佐倉的雙腳，以及被啃食得一團亂的下腹部，也都攤在路面上。

離開這座山吧。往下前往山腳處，找尋收得到訊號的地方。雖然有點猶豫，不知道該不該返回我家所在的方向，不過，繼續前進離山腳更近。

我正準備發動引擎時，隔著玻璃窗看到佐倉的下腹部，彷彿有個東西微微在動。我一面確認四周沒有危險，一面走出車外。黎明前的空氣無比冷冽，風吹散了血腥味。我越過那攤黏答答的血池，靠近佐倉的下腹部。

真是可怕的慘狀。各種內臟都被扯了出來，但佐倉被撕裂的肉體深處，有個東西在鑽動。

山脊線泛著白光，我就此清楚看出眼前的東西。一個約三到五公分長，呈乳白色的嬌小胎兒，在內臟的縫隙間鑽動。

本以為已經被神宮寺或蒲生給吃下肚了，但原來還留在佐倉體內。如果要稱這胎兒是人，以他現在的模樣還不夠明確，說起來還比較像條魚。儘管如此，他的頭部有一對眼睛，有雙小手，上面有像指頭的突起物。乳白色的身體因母親的鮮血而染髒，望著泛白的天空。對他（或是她）來說，這是人生的第一個早晨，而且是最糟的早晨。

這孩子肯定也是感染者。進入佐倉體內的細菌，透過臍帶感染了這個孩子。所以儘管母體已死，他還是撐過了一晚。

雖是胎兒，但還是一樣危險。是該和他母親一樣放火燒死，還是就這樣放著不管呢？不過，最後我兩個選項都沒選。

我從車內拿來一條毛巾，將他包在裡頭，擺在副駕駛座。胎兒還無法靠自己的力量移動，也無法咬人，所以應該不會有危險。

「要走嘍。」

我對胎兒說。這個乳白色的東西在毛巾裡鑽動，他會繼續成長嗎？或是一直維持這個樣子？我不知道。

我發動引擎，放下手煞車，用力踩下油門。車子向前駛出，映照在後照鏡中的那條滿是鮮血的道路，逐漸朝後方遠去。天空變得像著火一樣赤紅，緊接著，陽光從山的另一頭照過來，天空變得白亮耀眼。我終於駛離這座山。

車子駛入國道，在田園地帶籠罩的朝霧中，一條筆直的道路往前綿延。我一邊開車，一邊察看副駕駛座的情形。結滿稻穗的田園裡立著稻草人，一個、兩個，每次有稻草人從車窗外飛逝而過，我就數一。隨著我們漸行漸遠，稻草人已多到數不清。

被釘在地球上的男人

中田永一

解說

為以「十年」時間為主題的選集特別撰寫的小說。算是時間科幻小說類型的作品，裡頭也有時光機登場。不過，這個很特別的時光機只能前往現代。在故事中登場的實相寺這個角色，應該算是以電影《回到未來》裡的博士作為原型吧。此外，故事中也提到二〇一一年發生的東日本大地震，從中可以看出作者當時的心境。

（初刊載於《yom yom》二〇一六年春天號）

（收錄於新潮文庫 nex《十年交差點》）

1

二〇一一年十二月十五日下午一點左右，它從天而降。監視器和行車紀錄器的影片記錄了整個過程。那東西從雲縫間斜向墜落，在撞向地面的瞬間，衝擊力捲起的塵煙，遠比周遭的樹木還要高大。

物體墜落的新聞備受世人關注，但落在撞擊凹陷處中間的不是隕石，而是一臺嚴重損壞的汽車。雖然它的車框扭曲、引擎四散，因壓縮的空氣高溫而呈半熔解狀態，但那就是一輛隨處可見的日本製轎車。附帶一提，駕駛座上看不出有人乘坐的痕跡。

這種東西為什麼會從天而降？是以飛機空運時墜落的嗎？還是被龍捲風捲上高空後墜落？詳情不明。因為它在大氣的壓縮熱下起火燃燒，所以也有人私下耳語，說是外星人本想以幽浮將它帶回自己的星球，但因為過重，不得已只好在平流層一帶捨棄它。今年二十九歲、沒工作的我，完全想像不到，這起汽車從天而降的事件，竟然是我父親的朋友實相寺時夫所為。

二〇一二年一月的某天，我坐上律師的黑色高級轎車，前往實相寺時夫的住家。

實相寺住在一處滿是自然風情的地區，夏季到來時，這裡想必會是一大片綠油油的田園景致吧。聽說這個地區將要興建外環道路，但市長換人後，這項計畫便成了一張白紙。

我飢腸轆轆。律師開著車，透過後照鏡瞄了我一眼。

「我從早上開始就什麼也沒吃，餐費都拿去玩吃角子老虎了。」

律師聳了聳肩。他是個矮個子的男人，模樣就像小孩子穿西裝扮大人似的，但他是如假包換的律師，年收肯定比我多。我之所以坐上他的車，是為了前往整理實相寺時夫的遺物。

「實相寺爺爺他怎麼了？」

「死了。」

「哦，這樣啊。怎麼死的？」

「意外死亡。似乎是他家中一臺老舊的冰箱倒下，壓死了他。」

「冰箱？」

「他的遺體旁有用來載運重物的手推車，以及小型的電動起重機，所以研判他可能是想把冰箱搬去某個地方。」

去年底，這位律師到我的住處找我，向我說明此事。我父親的老友實相寺時夫已七十多歲，是個白髮蒼蒼，有雙大眼的老先生。父親死後，我平均一年會到他家拜訪一、兩次。有時是向他要錢，有時就只是和他閒聊幾句。他一直都很關心我。他沒結婚，也沒孩子，可能是從小看我長大，把我當自己的孩子看待吧。

「我負責管理實相寺先生的遺物。他的房子和土地，由他妹妹繼承。不過，您是他朋友的兒子，他好像留了個東西想送您。他的遺囑上提到，倉庫裡的研究器材和私人物品，全部『送給柳廉太郎先生』。」

真是感激啊。我記得他充當研究室的倉庫裡頭有昂貴的電腦，只要把它賣了，就能拿來支付我遲繳的房租了。律師跟我說，改天會來帶我去實相寺家。他並不是出於好心，想必是他認為，讓我這種沒有工作、自甘墮落的人自己進入委託人的倉庫，不太合適。

「一些我們可以自己搬的東西，就放我車上吧。大型的研究器材可能就需要派卡車了，如果您不需要，我會代為處理。為了作個判斷，等過年後，我們去一趟實相寺先生的倉庫吧。」

而今天就是我們前去的日子。我坐在後座，望著眼前這冬日的田園景致，忍不住打起哈欠。仍留有昭和風情的樹籬，是實相寺家的辨識記號。律師將高級轎車駛進屋子的占地內，停好車。

這棟兩層樓的日式房子四周種滿了松樹，現在已是無人居住的空屋。一旁有一棟白牆倉庫，屋頂附著一條很粗的電線。實相寺改造倉庫，似乎在裡面埋首於某項研究，但我不知道他的研究內容是什麼。

倉庫出入口有扇巨大的拉門，讓人聯想到機庫的入口。律師從公事包裡取出鑰匙，打開鎖在拉門上的大鎖。走進內部後，一股冷冽的空氣包覆我的全身。正中央是作業用的寬敞空間，倉庫深處有一張桌子，上頭擺放著電腦螢幕。其他空出的空間，幾乎擺滿了懷錶和機械式時鐘。這裡蒐集了許多像是時鐘齒輪的東西，在作業桌上堆積如山。難道是在研究時鐘嗎？

律師西裝的口袋裡傳出一陣電子音，他取出手機對我說道：

「我會在外面。」

律師將手機貼向耳邊，走出倉庫。獨自被留在原地的我望向那臺用來研究的電腦，我坐進椅子，試著按下電源鈕，以確認它是否能正常啟動。出現一個要求輸入登入用密碼的頁面，我試著輸入幾個單字。後來用實相寺幾年前養過的一隻狗的名字成功登入。很好，看來啟動沒問題。

這時，顯示在螢幕上的某個檔名映入我的眼中。

「關於以汽車進行時間跳躍實驗的準備.txt」

這什麼啊？我打開那個檔案後，文字顯現。

這是小型的時間跳躍裝置。跳躍的時間變數，必須事先編寫在系統中，不過，今後我打算加以改良，讓變數可以自由設定。下次的實驗，會跳躍到不遠的將來。預定於十二月十五日下午一點左右開始實驗。車子應該會瞬間消失。根據計算，應該會出現在與地球多少有點不同的宇宙空間中。車上搭載了電波發射器，能藉由接收電波，來掌握自己會出現的位置。

物體會因為時間跳躍而被拋向宇宙。時間跳躍裝置不具備修正空間座標的系統，只能在與出發地點同一座標的地方出現。但地球以每秒五百公尺的速度自轉，而且以每秒三十公里的速度在太陽周圍移動，太陽系以每秒兩百二十公里左右的速度在銀河系內繞行，所以如果展開時間跳躍，到時候地球的地面將不會存在。

十二月十五日？就是上個月有輛汽車從天而降的日子。難道實相寺也和那些在新聞節目中登場的專家一樣，想解開那輛從天而降汽車的謎團？可是，我試著確認過那個檔案的建立日期後，發現早在那輛汽車墜落之前，他就已寫下這篇文章。這是怎麼回事？

我充滿興趣。我發現另一個檔名很類似的檔案，文件的建立日期，是汽車從天而降的隔天，檔名為「以汽車進行時間跳躍的結果.txt」。

它出現的地點，似乎比我計算求得的座標還更接近地球。它沒在大氣圈燃燒殆盡，就此抵達地表。全都是因為我太擔心它會出現在無法觀測的距離，因而把時間變數設得太過趨近於零。宇宙全體的膨脹會對結果帶來何種影響值得思考，將來需要空間座標的修正系統，下次的實驗要以回歸地球當主題。就算展開時間跳躍，能返回地球的方法同樣只有一個。具體的程序如下：

1. 展開時間跳躍，出現在過去或未來的宇宙。
2. 馬上展開同樣時間的跳躍，回到現代。

要事先將這些程序編入時間跳躍裝置中。1和2的間隔，必須得盡可能趨近於零。如果能在時間跳躍裝置因為真空或宇宙輻射[8]而破損之前返回現代，地球和地面應該還是在原地。這是只能前往現代的時光機。

下次實驗，我先將時間的變數設為十年前。說到十年前，那是我想出時間跳躍理論的那年，值得紀念。因為汽車一事在世上引起軒然大波，所以我想將時間跳躍裝置設置在更小型的物體上。

這項紀錄或許由律師來看會比較好。倉庫的入口處完全敞開，可以清楚看見停在外頭的那輛高級轎車。律師正在車子旁講手機，可能是在接受客戶諮詢吧。不過話說回來，這時間跳躍裝置是什麼東西？只要仔細查探實相寺留下的紀錄，或許就能找到它的設計圖。

不，等等，這太瘋狂了。時間跳躍裝置？不可能有這種東西吧？實相寺時夫的文章肯定是像沒意義的詩歌一樣的東西。說什麼藉由時間跳躍能前往過去或未來，未免也太可笑了。

比起這個，現在更重要的是賣掉這些遺物換錢。倉庫裡有各式各樣的時鐘，我看到一個裝在玻璃盒裡，看起來價格不菲的懷錶，大小剛好可以放在掌中。圓形的錶盤上排列著羅馬字，極細的長針和短針指示著時間，背面是金色的金屬製成，可能是黃銅吧。我打開盒子拿在手上，那沉甸甸的重量令我大吃一驚。仔細一看，和普通的懷錶不同。側面部分有個像碼錶的按鈕般可以按壓的金屬零件。而令我意外的是，電腦周邊的機器常可以看到的連接端子，也都完備配置在不顯眼的位置。

我試著按下那個金屬零件。

這麼做沒什麼特別的意義。

就只是確認它是否有作用。

我的大拇指指腹壓向側面的突起物，微微用力，接著發出咔嚓一聲。

8.來自外太空的帶電高能次原子粒子，它們可能會產生二次粒子，穿透地球的大氣層和表面。

我的大拇指從懷錶的突起物移開。咔嚓一聲迴響在耳中停留了一會兒，應該不是多大的聲響才對啊。

我將金色懷錶放進口袋裡。就帶去當舖問問看值多少錢吧，就像律師說的，要搬運大型器材需要調卡車，而且要找尋肯收購的買家也是件麻煩事，所以今天決定先帶體積小的值錢物品回去。

接著我發現一件奇怪的事。我眼前的桌子上擺了一個喝到一半的咖啡杯。什麼時候有這個東西的？是律師喝的嗎？

我碰觸杯子，它還是溫的。

來到倉庫外，我更加困惑不解了。因為原本停在外頭的高級轎車不見了，也不見律師的人影。我馬上浮現一個想法。那傢伙被顧客的緊急電話找去，完全忘了我還在，就此把我留在這兒，自己先走了。

2

實相寺的倉庫裡擺了好幾只看起來很昂貴的手錶，我將它們塞進自己的口袋裡。我決定電腦先擺著，下次再搬就行了。今天律師先走了，我得自己徒步走回家，一路抱著電腦回去太辛苦了。

為了拿手錶換錢，我決定前往車站前的鬧街。我把倉庫的門關上，鎖上大鎖，走出實相寺家。接著又遇見一件無法解釋的事件。

實相寺家位於一處滿是自然風情的土地，四周理應都是田園。但我穿過大門，映入眼中的卻是藥局的招牌。還不光這樣，護欄對面有一條鋪著柏油的兩線道馬路。轎車和卡車來回交錯，沿途都是柏青哥店、迴轉壽司店、拉麵店。

不太對勁。之前有這樣的道路嗎？不過，眼前有一座陌生的街道，這是事實。也許是剛才坐律師的車來這裡時，我打著哈欠，處在半睡半醒的狀態吧。因為這個緣故，我漏看了眼前的景觀。經這麼一提才想到，這個地區有一項計畫，要讓環外道路通過這裡。聽說市長換人後，計畫便隨之取消，但實際上可能並非就因此化為白紙。我沿著道路往車站的方向走，遠方可以望見的山脊線和記憶中一樣，但山腳下卻是一大片沒見過的住宅區。我看到公車站牌，坐上公車，望著車窗外的景致，突然想起實相寺。

我的口袋裡塞滿能換錢的物品。實相寺留了部分遺產給這樣的我，我想向他道謝。對於他的死，我其實很難過。對沒有家人也沒什麼朋友的我來說，他是個很好的說話對象。雖然沒常去看他，但他總是很擔心我。

「廉太郎，你又辭職啦？這是第幾次？為什麼都做不久呢？」

「老爺子，我在找適合自己的工作。之前做的工作都不適合我，感覺那樣不是真正的我。」

「你只是因為容易膩。你這樣不會幸福的。」

他總是嘆氣，為我的人生擔心，而這樣的他已經死了，離開人世，也沒人通知我去參加他的喪禮。我坐在公車上，發現自己心中浮現落寞之情。不過，我不會因為這樣，就不想賣掉在倉庫裡得到的東西，也不打算當作實相寺的遺物一輩子珍藏。這是兩碼子事，因為這關係著我遲繳的房租和酒錢。對了，酒，回去時順便買啤酒吧。

我來到車站前的鬧街。身穿大衣的人們聳著肩，一副酷寒難當的模樣，來往交錯。我要去的那家當舖位在柏青哥店隔壁，我看到那寫著「高價收購」的招牌，但走到一半突然停步，因為我覺得從柏青哥店裡走出來的人很眼熟。

我馬上感到恐懼。到底發生了什麼事？

出現在我眼前的那個傢伙，下巴滿是鬍碴。便宜的外衣，搭上一件膝蓋都磨得褪色的運動褲，一副窮酸的打扮。他似乎玩柏青哥輸了錢，一臉頹喪。他和我長得一模一樣，甚至連身高、肩寬也都一樣。不，這可不光只是長得像而已，簡直就像有另一個我出現在眼前。他完全沒發現我，搔著頭，垂頭喪氣地走來。他朝我走近，與我擦身而過時，肩膀微微與我碰觸。

「抱歉。」

他冷冷地說道。就近細看後，果然是我沒錯。就連髮際線、臉上小痣的位置，也全都一樣。他完全沒發現我，就這樣從我身旁走過。我的視線不由自主地朝他追過去，望著自己的背影朝人群中遠去。沒用小鏡子，直接看到自己的背後和後腦勺，這種經驗當真少有。

這下麻煩了，我的腦袋出狀況了。我呆立原地時，有個人從馬路的另一側朝我走來。是一位白髮蒼蒼、睜著一雙大眼的老先生，他來回望著我的臉，以及剛從這裡走過的另一個我的背影。

「廉太郎，到底發生了什麼事？為什麼有兩個你？我的倉庫裡被弄得一團亂，我猜是遭小偷，但因為監視器拍到你的身影，所以我跑到當舖埋伏等你，我猜你一定會到這裡來。但事情似乎比我想像的還要複雜，廉太郎，怎麼啦？瞧你現在的神情，跟撞鬼似的。」

出現在我眼前的，是理應已死的實相寺時夫。

我和實相寺在咖啡廳最裡頭的座位迎面而坐。店內昏暗，只有窗外透著白亮。實相寺以湯匙攪拌送來的咖啡，倒入奶精。在繞圈的黑色液體表面，白色的軌跡形成漩渦，那漩渦的模樣就像小時候看過的動畫所描繪的異次元世界入口。我極力保持冷靜，他問我是怎麼回事，我加以說明。說出律師到我的公寓來找我，帶我到實相寺的倉庫去的事。

「原來是這麼回事。」

理應已死的老先生點了點頭。

「在柏青哥店出現的另一個廉太郎，看來是原先就在這個時間軸生活的你。」

「老爺子，你在說什麼啊？如果你是幽靈的話，就快點去西方極樂世界吧。」

「我才沒死呢，死的是在你那個時間軸的我。廉太郎，你在不知不覺中啟動了時間跳躍裝置。」

「時間跳躍裝置？」

「把你放在口袋裡的東西全掏出來。」

我將剛才在倉庫裡得到的手錶，以及擤過鼻涕後，塞在口袋裡的一團面紙，全擺在桌上。當中有個金色懷錶，實相寺瞪大眼睛，略顯興奮地拿起它。

「這可真教人吃驚，竟然照著設計圖做出來了。在你那個時間軸的我，似乎比這個我還要先進。可能是環境不同的緣故吧，因為家門前在進行道路施工時，我的研究完全沒進展。」

根據實相寺的說明，這個懷錶內建了名為「時間跳躍裝置」的機關。咖啡廳的店員將蛋糕端至我和實相寺面前，是千層蛋糕。將可麗餅的餅皮和奶油交互堆疊，形成條紋圖案，就像地層一般。實相寺拿起叉子一把刺下，就像要將堆積的多個時間軸刺成一串。

「廉太郎，你運氣真好。這東西應該是只能飛越時間，無法修正座標。原本在啟動它的瞬間，會展開時間跳躍，你的身體會被拋向宇宙，而地球應該已不在那裡。人類無法離開地球生存，或許應該說是我們人類的身體無法離開才對吧。但我經過幾次的測試後，已事先將跳躍後返回的兩個程序編入其中。」

老先生將千層蛋糕送入口中。我雖然肚子很餓，卻無法動叉子吃。蛋糕這種象徵幸福的食物，平時明明就難得有機會享用啊。

「你已經跳躍後返回了。想要順利地回到地球表面，除了重新回到出發的時間外，別無他法。在宇宙空間停留的時間只有短短一瞬間，所以你沒窒息而死。接下來我要講的事很重要，廉太郎，因為你在十年前的宇宙出現過，時間軸似乎就此出現了分歧。不過，這也早在我的預料之中。嚴格來說，光是因為你的出現，整個宇宙的質量就產生了變化。從你沒出現的時間軸，往你出現的時間軸產生了分歧。在分歧的時間軸上，無法保有相同的歷史，這叫做混沌理論。」

實相寺開始複雜難懂的講解。就算跟我說明量子物理學，或是電子軌道只存在於機率雲中，我也無法理解。總之，他想說的似乎是這麼回事。我就只是在過去的宇宙中出現了一下，歷史便就此改變。時間軸分歧後，量子等級的物質作用產生差異，來自太陽的電磁波和地球上的天候逐漸起了微妙的改變，最後也影響了人們的行為。

「從產生時間軸分歧的十年前到現在，應該有幾個小事件起了變化。」

汽車從天而降的事件，沒在這個時間軸裡發生。實相寺也沒死，此刻他就在我面前大啖千層蛋糕。從實相寺家附近穿越的道路和景觀的差異，或許是受市長選舉的結果影響。可能是市長選舉當天的天候，造成投票率改變，選舉結果也因此改變。實相寺一面讓聽得一頭霧水的我冷靜下來，一面加以說明。我也慢慢了解眼前的情況。

「那麼，我該怎麼做，才能回到原本的時間軸呢？」

「沒有方法可以回去。要讓分歧的時間軸倒轉回去，需要更高深的理論。」

「這麼說來，我得在這個時間軸裡生活嘍？剛才你也看到從柏青哥店裡走出的另一個我吧？我們兩人會同時存在耶？」

如果我就這樣回到家中，剛才的那個我應該就住在那間單人房公寓裡。兩個人同住會太擠，到時候我要怎麼跟房東解釋？

「你暫時先住我家，我會幫你找房子。」

「那我的社會保障呢？能申請生活補助金嗎？我也能領取嗎？保險證怎麼辦？同一個人只會發行一張吧？」

「你就死心吧，今後你得在暗地裡生活。」

這下麻煩大了，回不去原本的時間軸。這個時間軸已經有一個我存在了，這樣我今後要怎麼活下去？

見我低頭不語，實相寺可能是想讓我一個人靜一靜，就此離席。他向店員詢問廁所的位置，消失在店內深處。我望向這昏暗的店內，像是從昭和時代就有的咖啡廳。牆上因香菸的菸油而泛黃。我將視線移回面前，桌上擺著喝了一半的咖啡和吃了一半的千層蛋糕、幾只我從倉庫帶出的手錶，以及那只金色懷錶。其實它不是懷錶，應該稱它為時間跳躍裝置才對。我伸手拿起它，沉甸甸的重量落在掌中。當時我腦中出現一個點子。

我這十年來都沒有努力過，也沒有成功過。每天都把錢花在賭博上，成日只會喝酒睡覺。但在這十年當中，或許有另一個從事正經的職業，累積了財富的我。在十年前分歧的無數個時間軸當中，應該會有一個這樣的我。

我將大拇指的指腹貼向懷錶側面的突起。

如果遇見成功的我，只要殺了他，取而代之，這樣就行了。我取代了我自己，周遭的人想必也不會發現。我殺掉的是我自己，這應該不會有什麼問題。

按下突起部位的金屬零件後，發出咔嚓一聲。

3

我走進住宅區，抵達自家的車庫，在認出是我的車後，鐵捲門自動開啟。玄關的門鎖採視網膜認證和指紋認證的雙認證，沒必要隨身帶著鑰匙，只要握住玄關門的門把即可。視網膜和指紋的掃描會分開進行，瞬間就能判斷是否為這屋子的住戶。

「爸爸，你回來啦！」

回到家後，女兒葵朝我撲過來。前些日子，她剛過四歲生日。我讓葵吊在我手臂上，就此走向客廳。妻子凜子在廚房做菜，空氣中彌漫著番茄醬和大蒜的香味。因為開著暖氣，室內很溫暖。

「你回來啦，廉太郎。晚飯就快做好了，再等我一下。」

凜子一邊將義大利麵放進鍋裡，一邊以笑臉相迎。我是在八年前認識她的，父親病逝，又被大學教授嫌棄，就此沉溺於賭博的我，就算因此脫離社會，也不足為奇。而就在那時候，我邂逅了凜子。如果不是那天天氣驟變，我恐怕就沒機會認識在同一家店躲雨的她了。

我悠哉地坐在沙發上滑著手機。當我正在看股價時，凜子叫我，我便坐進餐桌。我們三人一起吃著熱騰騰的番茄義大利麵，談起今天發生的事，因為一些無關緊要的話題而哈哈大笑。我能像這樣過著正經的生活，全是拜凜子所賜。因為有她勉勵我，我才能在社會立足。我吃著晚飯，感謝她為我的付出。

這時，玄關傳來聲響，是大門解鎖的聲音。我和凜子中斷話題，互望一眼。玄關大門的門鎖不可能會自動解鎖，上面登錄的視網膜和指紋，只有我、凜子、葵三人。其他人想要解鎖，只能採物理性的方式，將鑰匙插入鑰匙孔。但鑰匙就擺在我家中。

「我去看看。」

我站起身，離開餐廳，穿過走廊，朝玄關走去。大門是自動鎖，所以關上後便會自動上鎖，亮起紅色的ＬＥＤ燈。我握住門把後，它馬上發出解鎖聲，ＬＥＤ燈轉為綠色，似乎仍正常運作。

我正在確認門鎖時，感覺背後有人。我心想，可能是凜子感到擔心，跟著走過來，但我錯了。那傢伙似乎用某個方法入侵，藏身在走廊通往浴室的通道暗處。

「別動。」

有個蒙面人握著一把生鏽的菜刀站在後頭，身高和體格與我差不多。他的面罩是布製的，只有眼睛的部分露出洞來。那雙眼睛很眼熟，但我想不起來在哪裡見過。會是誰呢？他有什麼目的？是要錢嗎？我想問他，但我覺得這時候要是我敢多說一句話，就會挨刀子。

傳來一聲尖叫。站在走廊上的凜子呆立原地，蒙面人轉頭望向她。

「閉嘴！不然我殺了妳哦！」

那傢伙揮動菜刀，大聲吼道，這聲音我曾經聽過。不能錯過他轉移注意的這個機會，再這樣下去，我的家人會有危險。我一把抓住那傢伙緊握菜刀的右手，把全身重量壓在他的右手上，抓著他的手撞向走廊牆壁的直角處。他的菜刀就此脫手。

現場夾雜了怒吼聲和尖叫聲。經過一場相互糾纏的大亂鬥後，那傢伙雙腳打結，跌落地上，我馬上跨坐在他身上，隔著面罩猛毆他的臉。我連揍了好幾拳，腦中完全被恐懼支配。不是害怕自己被殺的恐懼，而是擔心凜子或葵被這傢伙刺傷，甚至是被他殺害的恐懼。

這傢伙很快便不再抵抗。他躺在走廊上，身體弓成直角，因疼痛而呻吟，痛苦地喘息著。我叫凜子拿封箱膠帶來，捆綁他的手腳。這傢伙緊緊握拳，但他似乎已沒力氣揮拳。我將他的雙手手腕靠在一起，以封箱膠帶纏上一圈又一圈。

葵一臉擔心地往走廊窺望。蒙面人發現葵，他望向葵，像在凝視一般。「妳到另一邊去。」凜子將葵帶往客廳。

「你到底是誰？」

我揪住男子前胸的衣襟問道。我不認為他是和我完全不相識的強盜，那雙似曾見過的眼睛，很可能是認識的人。他沒答腔，所以我動手摘下他的面罩。一看到他露出真面目後，我大為困惑不解。

返回走廊的凜子臉上浮現困惑和恐懼的表情，來回望著我和男子。雖然那蓬頭亂髮和滿臉鬍碴和我不同，但他的身分再清楚不過了。從面罩下露出的那張臉，不是別人，就是我自己。

「……做出時間跳躍裝置的人，是實相寺時夫。我啟動那個機器，一再地來往於不同的時間軸。就只是與十年前的宇宙有短暫瞬間的接觸，就又折返回到現在。但歷史無法保有相同性，量子等級的物質作用逐漸產生差異，時間軸會強制分歧，我就此來到另一個我居住的現代時間軸。時間分歧過了十年後，出現在現代的是過著完全不同人生的另一個我。每次啟動時間跳躍裝置，我就會去找尋我的容身之所，而在這當中，你似乎有著特別成功的人生。明明和我是同一個人，為什麼會有這麼大的差異？」

被封箱膠帶束縛的另一個我，倚著牆壁而坐，嘴角破裂淌血。實相寺時夫是我父親在研究所上班時的同伴，父親死後，他仍和我有往來。我結婚生子，他都很替我高興，前些日子我才剛帶著葵去實相寺家拜年。

「此外還有各式各樣的我。我試著調查他們的住處後發現，有邀人加入宗教的我。我萬萬沒想到，我竟然會露出那一臉柔和的神情，向人提到一位被釘在十字架上的男子的種種事蹟。還有專偷內衣而被捕的我。我查出他的住處，在他的住家附近徘徊時，被附近住戶誤會我想偷內衣，而向派出所通報。我一直在找尋自己中了彩券，躺在鈔票堆裡的美好人生。時間軸似乎是無限分歧，所以那樣的人生應該就存在於某處。我要殺了他，取而代之，但一直都沒能順利遇上。時間軸分歧後，我沒有辦法前往我所想要的十年後，至於會遇上怎樣的人生，全憑亂數。」

眼前這個和我有同樣長相的男子，那髒兮兮的模樣，讓人聯想到又餓又瘦的野狗，兩隻眼睛還都有黑眼圈。但我之所以知道他就是我，是因為他很順利地通過視網膜認證和指紋認證，解除了玄關的門鎖。看不出有用任何方法騙過安全措施的痕跡，而且我也看不出他具有這樣的智慧。不過，我當然不相信時間跳躍裝置這種說法。

「儘管在時間軸之間移動，但會變化的只有街景和人們的生活。像地殼變動這種大規模的變化，還是一樣會發生。例如東北發生的震災，不論在哪個時間軸都一樣會發生。與地球的地殼變動相比，十年的時間太短了。如果實相寺爺爺將時間跳躍裝置設定在數百萬年前的話，不知道會怎樣。在數百萬年前的時間軸創造出分歧，再返回現代的地球，或許會成為一個人類沒誕生的地球。」

凜子報警的聲音從客廳傳來，是我指示她這麼做的。被封箱膠帶捆綁的另一我，突然視線看向走廊前方。

「那孩子，幾歲了？」

葵戰戰兢兢地伸長脖子，往走廊窺望。剛才應該已經安排她看事先錄好的動畫，但她似乎趁凜子打電話時偷溜出來。

「四歲。」

「啊，竟然有這事，我的孩子。」

「不對，是我的孩子。」

這傢伙已沒有剛才那兇惡的眼神。他就像看到什麼聖潔之物般，瞇起眼睛望著葵。他接著說道：

「原來我要是有孩子的話，就會長那樣呀。我從來沒想過自己如果有孩子是怎樣的情形。徘徊在眾多的時間軸之間，每次遇見不同的我，都會覺得這樣的奇妙體驗絕無僅有。而看到自己的孩子，與這種感覺很相似。那孩子身上有我，她有我的一半基因。」

他表情扭曲，難看地哭了起來。被迫看到自己的臉變成這副德行，感覺還真是複雜。葵雖然害怕這名和我有著同樣臉蛋的男人，但還是來到走廊上。

「快回媽媽那裡去。」

「可是爸爸在哭，爸爸在哭。」

「這傢伙不是爸爸。妳的爸爸只有一個，那就是我。」

葵的小腦袋大為混亂。這是連大人都難以理解的狀況，她的雙手不安地在胸前緊握。

「讓我看清楚妳的臉。」

被封箱膠帶捆綁的我說道。

「快到另一邊去，葵。」

我要女兒離開。葵向後退，身子縮進客廳裡。另一個我一臉遺憾地說道：

「我不會再亂來了，真的。我已經死心，不會再加害別人了。看來，這事沒我想的那麼簡單。就算我取代了你，家人應該也會馬上發現才對。你告訴我，我今後到底該怎麼做才好？」

「警察就快來了。你把實情告訴他們，他們應該會送你進某個機構治療吧。」

「我要問的不是這個。我該怎麼做，才能變得像你一樣？這十年來，你做了怎樣的努力？十年前，我們應該都是過著同樣的人生。你告訴我，為什麼你在十年後能得到幸福？我也想要幸福！」

他雙手的手腕纏著一圈又一圈的封箱膠帶。打從他被捆綁起，左手就一直緊握著，右手則像要包覆般貼在左拳上。那模樣就像是個虔誠祈禱的人。

說到十年前，那是我接連遇上不幸的遭遇，開始自暴自棄的時候。每個人都有這樣可能誤入歧途的危險時期，也沒什麼特別的。如果當時沒遇上凜子，也許我會一直那樣自暴自棄下去。

玄關門鈴聲響起。凜子以餐廳的對講機說話，對我喊了一聲「警察來了」。我解除大門門鎖，打開門。兩名穿制服的員警，神情緊張地站在外頭。看來，他們已在電話中得知大致經過。他們從玄關往走廊窺望，看到那雙手雙腳受縛，坐在走廊上的男子。他們似乎也感到困惑不解，因為他長得和我一模一樣。

這時我才發現。被捆綁的另一個我，手中握著一個金色的物體。在無法行動的狀態下，他是什麼時候拿出那個東西的？不，他打從一開始就一直握著它。他的手腕被封箱膠帶纏繞時，就已握在手中。我擔心他攜帶武器，急忙做好防備，但他握在手中的似乎是個金色的懷錶，側面有個突起物。那另一個我以指腹按下那個突起的金屬零件。

咔嚓。

突然一個震撼耳膜的音量衝擊產生。

就像有人在一旁敲響大鼓般，空氣產生了震動。

待我回過神來，男子已經不見了。他平空消失。這不是我的腦袋有問題，男子消失的瞬間，在場的警察也都親眼目睹了。

雖然困惑不解，但我還是試著碰觸男子剛才倚靠的牆壁。只有那裡還留有肌膚的餘溫。

4

就只有短暫的瞬間碰觸十年前的宇宙，便馬上又時間折返，跳躍回到十年後的現在。我進入其他的時間軸，出現在宇宙座標的同一地點。我並不了解時間旅行，在聽到咔嚓一聲的瞬間，原本坐著的地板、倚靠的牆壁，感覺就像突然消失一般。我在雙手雙腳被封箱膠帶捆綁的狀態下，身體從數十公分高的地方掉落。背部重重撞向一片漆黑的荒地，痛得我半晌喘不過氣來。

四周是一大片沒整理過的土地。在這個時間軸裡，這個地區想必還沒開發成住宅區。住處的地基部分完全消失，所以我的身體才會從這樣的高度墜落。四周是茂密的枯草，我掙扎著想擺脫封箱膠帶的束縛。感覺周遭沒有民宅，再繼續這樣躺下去，或許會有野狗跑來，將我啃食得支離破碎。或許這也是企圖殺人的我理應接受的結局。

當真是天寒地凍。我不經意地望向夜空，星星從枯草的縫隙間露臉。無數的光點分散在宇宙的黑暗中。我停止掙扎，望著眼前的夜空。安靜下來後，能聽見遠處傳來電車的聲音。風吹拂地面，搖曳著枯草。我聞到小時候常聞的氣味，胸中湧現一股懷念之情，忍不住嗚咽起來。可能是覺得此時的自己很可悲吧，又或許是因為發生了太多事，超出我腦袋能承受的範圍。我躺著仰望宇宙，感覺自己就像是被釘在地球上。

要怎麼做才能得到幸福呢？我也想變得像剛才遇到的那個我一樣。我決定找尋變成那樣的方法。不是殺了某人取而代之，應該有別的方法才對。

之後我輾轉在時間軸上移動。抵達新的時間軸後，先以報紙或週刊雜誌調查世界情勢，掌握日本經過了怎樣的十年，世界歷經了怎樣的十年。只要發現有汽車從天而降的報導，就覺得很開心。有時從天而降的不是汽車，而是冰箱。不管怎樣，那肯定都是實相寺所為。

但我的目的是要確認我自己的情況。我打電話給老朋友，假裝成其他人，詢問我的狀況。問出我這個人目前在什麼地方從事什麼工作，有時是以電話簿找出我的名字，問出地址。

有時遇上在社會上過著正經人生的我，有時遇上落魄潦倒、無藥可救的我。我目睹了各種的十年人生。

有當計程車司機的我，也有在工地幹活的我。

也曾遇到穿著西裝的我搭上通勤電車，但他卻一整天都坐在河灘旁發呆。

我拿定主意，試著與他們說話。他們一看到我，全都露出驚訝的表情，無一例外。我讓他們冷靜下來，說明情況後，與我自己展開對話。詢問他們是如何得到現在的工作，以及這十年是怎麼過的。

「請告訴我，要怎麼做才能得到幸福？」

「我哪知道啊，我才想知道呢。」

有職業在身的人，看在我眼裡，似乎過著很成功的人生。但就連有高所得工作的我，也說他不知道自己這樣算不算幸福。

而相反地，沒有工作、整天玩樂的我，卻說「我現在很幸福」。雖然覺得是在說謊，但他的臉看起來真的很開心。

「你為什麼能說自己現在很幸福？」

「因為我養的貓生了小貓。」

「就因為這樣？」

「就因為這樣。」

「真教人傻眼，你也太樂天了吧。」

「別傻眼，我不就是你嗎？」

在另一個時間軸，我靠股票賺錢，累積了數十億日圓的資產。沒有家人，自己一個人住在公寓裡，面對孤獨的日子，似乎不知如何打發時間。如果是以前，我應該會想殺了他，取而代之吧。但我現在的這種欲望已經很淡薄了，我想和他說話，試著出聲叫他，他卻臉色發白，拔腿就跑，把自己關在公寓裡，怎麼也不肯出來。我心想，儘管變成了富翁，但可能還是得不到幸福。

孤獨的我，存在於各種時間軸之中。看到我自己坐在公園長椅上頹然垂首，我會主動坐向一旁。說明情況後，告訴對方我在其他時間軸看到自己所處的境遇。有可能會發生在自己身上的各種十年來的故事，深深引起他們的興趣。

「有沒有照片？我在其他時間軸所生的孩子的照片？結婚對象的姓名和聯絡地址呢？你要是告訴我的話，我明天就能和對方見面了。既然對方都肯和我這樣的人結婚了，那我現在和她交往，也不是不可能的事。」

「我覺得事情沒這麼簡單。」

不過，我覺得照片是個好主意。我馬上弄來一臺相機，每當我來到新的時間軸，遇上不同人生的我，就會拍幾張照片留作紀念。有個在西式點心店當學徒的我，所以我拍下他做蛋糕的身影。我發現有個當消防員的我，於是我拍下他訓練時的模樣。遇上有妻子的我，我拍下他和妻子一起的模樣。如果有孩子，也會拍下那孩子的照片留作紀錄。

每次啟動時間跳躍裝置，照片就會增加。我弄來一只皮箱，裡頭塞滿我的替換衣物、正在看的書，以及洗好的照片。皮箱裡存放了各式各樣的十年。

如果發現生活在不同時間軸裡的我，流露出為人生感到迷惘的神情，我就會主動搭訕，聽他訴說煩惱。「你現在從事什麼工作？」、「幸福嗎？」、「生活中有為什麼事感到不安嗎？」、「沒問題的，別在意。」、「人生不會因為這點小事就完蛋的。」原本我應該是在找尋獲得幸福的方法才對，但曾幾何時，每當看到呆立原地的自己，我就會主動搭訕，傾聽他的煩惱，這成了我現在所扮演的角色。

我們彼此邂逅的時間，有時只有一個小時左右，有時則是在一起好幾天。如果他們想看，我會出示自己在其他時間軸拍的照片。如果他們說想留在身邊，我就會加洗照片送他們。有可能發生的十年、我從事各種職業的模樣以及家人，如果能為孤獨的我帶來心靈慰藉，我甚感欣慰。不過，還是得小心才行。有時從照片中發現自己有可能獲得的幸福十年，會更加突顯自己此時的空虛。有的笨蛋會在心裡想「這個時間軸的我，過的是墮落的人生」，而為此長吁短嘆。面對這種人，我會把一篇報紙的報導塞到他面前。

「這你拿去看。和他比起來，你的人生簡直就像中了大獎。」

那篇報導上刊登了事故現場的照片。有輛卡車撞進十字路口，一名等紅綠燈的人就此身亡。死者的名字叫柳廉太郎，也就是我。

「我也去了事故現場，站在自己人生終結的地方，感覺真的很怪。我是懷著怎樣的心情死去的呢？我還去自己的墳前上香呢。對了，調查那起事故時，我碰巧遇見一名認識的人。他一看到我，以為自己看到幽靈，嚇得大聲尖叫。」

「你無法回到過去，讓那個時間軸的我復活嗎？」

「沒辦法，我手上的時間跳躍裝置只能回到現在。人死不能復生，只能維持原樣。這件事最大的救贖，就是讓還活著的我知道他的死訊，能為自己哀悼。」

當我頻頻展開交流，前往其他時間軸時，有人對我說：

「你會旅行到什麼時候？」

我搖頭。

「這個嘛，我也不知道。」

「不能一直待在這裡嗎？」
「這個時間軸已經有你了。」
「如果你和我輪流去上班，那可就幫了我一個大忙呢。這樣不就有一半的時間可以休息嗎？」
「這裡是你度過的十年。我很明白，我無法完全取代你。我見過許多個我，但沒有完全一樣的我，你終究是你。也就是說，我的容身之處不在這裡。」
我拎著皮箱，按下懷錶側面的突起。咔嚓一聲，在比眨眼還短暫的瞬間，我就此消失。

某年夏季的尾聲，我騎著自行車去實相寺家拜訪。在這個時間軸裡，實相寺家的旁邊沒有外環道路，只有一大片的山野和田園，連公車都沒行經此地，所以我決定騎自行車前往。綠油油的稻禾隨風擺盪起伏。
睜著一雙大眼的老先生，一看到我出現在大門前，開心地展露歡顏。他帶我走進主屋的客房，端來咖啡。我以湯匙攪拌咖啡，倒入奶精。旋轉的黑色液體表面，形成白色的漩渦圖案。白髮蒼蒼的老先生觀察我的神情說道：
「你是不是有話想跟我說？」
「例如呢？」

「例如震災的事。你喪失記憶是騙人的吧？」

「就當作是這麼回事吧。希望你能替我隱瞞，別告訴大家。」

我說完後，從口袋裡取出金色的懷錶。感覺出奇地沉重，我將它放在咖啡旁，推向實相寺。

實相寺拿起懷錶細看。幾年前發生過汽車從天而降的神秘事件，在這個時間軸裡，他應該還是在反覆進行時間跳躍裝置的測試。

「還你吧，老爺子。」

「這可真教人驚訝，看來你用很久了。」

因為不時掉落地面或碰撞，金色的背蓋滿是損傷。實相寺說：

「這表示你是從其他時間軸來的。」

我頷首，凝望著那杯咖啡，黑白兩色已充分交混。實相寺動作謹慎地以手帕將懷錶包覆好，收進口袋。我向他說明自己取得時間跳躍裝置的經過，談到某天律師來訪，告訴我實相寺的死訊，我在不知情的情況下啟動了時間跳躍裝置。我想殺死另一個成功的我，但失敗收場。為了找尋讓自己幸福的方法，我徘徊在各種時間軸裡，一面累積與我自己的對話。實相寺聽得津津有味。

「看來是一場漫長的旅程。不過，你為何決定要在這個時間軸結束旅程呢？累了嗎？」

我搖搖頭，喝了口咖啡。

從公司和學校返家的人們，在商店街上熙來攘往。她和少年漫步在布滿晚霞的天空下，她的手裡拿著購物袋。我跟在他們兩人身後，小心避免跟丟。

我很猶豫該不該出聲叫他們。應該說出實情，請他們讓我拍張照片，還是默不作聲，就這樣離開這個時間軸呢？

他們離開商店街，走進一處寧靜的巷弄。兩人順道來到被晚霞染紅的公園，她坐在長椅上，望著少年坐在鞦韆上擺盪。她長得很美，不過有點憔悴，有時會流露出疲憊的神情。因為她得一邊工作，一邊獨力養育孩子。想到她付出的辛勞，就感到心痛。她的兒子今年七歲，就讀小學一年級。

我躲在公園暗處觀察他們兩人，但有路人注意到我，覺得我是可疑人物，出聲叫我。我想解開對方的誤會，結果她和少年發現了我。

「爸爸！」

先是少年如此大喊，朝我跑來。他睜著一雙大眼，一臉吃驚。

「果然是爸爸！爸爸！」

他一再喊著同樣的話，緊緊抱住我的腿，臉皺成一團，流下豆大的淚珠。我無法離開這名少年，而另一方面，少年的母親則是手摀著嘴，呆立良久。然後像停止的時間開始啟動般，一開始先是緩緩靠近，但接著慢慢加快速度，最後是整個人撞過來，緊緊抱住我，並對我說：

「怎麼這麼晚，大笨蛋！」

意思是我太晚回來嗎？原本當我是可疑人物的那名路人，也對眼前的發展大為傻眼。我同樣無法保持冷靜，因為被第一次見面的兩人緊緊抱住。但我明白背後的原因，所以我輕撫她的後腦勺和兒子的頭，說了個謊。

「沒事了，已經沒事了。」

在這個時間軸生活的柳廉太郎，被捲入二〇一一年的東北震災，就此從世上消失。當時他公司的出差地就在災區周邊，自從震災發生後，他們便一直聯絡不上我，也沒找到屍體。她為了找我，似乎一再前往充當遺體安放所的體育館。

「我一直都相信你會回來！」

她說。她一再緊盯著我的臉瞧，確認真的是我。震災發生至今，已過了好幾年。認為我已經不在人世，是很正常的想法。但她真的認為我會回來嗎？兒子緊抱著我的腿說道：

「爸爸，你別再離開我們了……」

我其實可以鬆開他們，馬上啟動時間跳躍裝置，逃離這裡。

但我沒這麼做。

「我假裝喪失記憶，編了個謊，說我醒來時躺在海岸邊，連自己是誰都不知道，一直漫無目的地走著。老爺子，他們也是這樣跟你說的對吧？」

說完後，我杯子裡的咖啡也空了。實相寺想替我再倒一杯咖啡，但我加以婉拒，決定返家。

「待會我還要去參加求職活動，然後得早點回去才行。他們好像要替我慶祝生日，還買了一整模的生日蛋糕，三個人根本吃不完。我決定假裝自己的記憶還沒完全恢復，儘管如此，他們兩人還是接納了我。」

收拾妥當後，我來到屋外。傳來陣陣蟬鳴，穿過田園吹來的風，帶有夏天的香氣。實相寺深吸一口氣，對我說道：

「你和我所知道的廉太郎不是同一個人。不過能再見到你，我很高興。自從震災發生後，我一直都像胸口破了個洞似的。」

「謝謝你，老爺子。你可要長命百歲啊，搬動冰箱時要特別小心哦。」

「那是我的死因對吧。廉太郎，你現在還在找尋讓自己變得幸福的方法嗎？」

「不，已經不用了。」

我朝實相寺揮手，跨上自行車，踩下踏板後，車輪順勢轉動。說起來，我現在追求的不是讓自己幸福的方法，而是祈求家人能夠幸福。說來也真不可思議，這令我感到心滿意足。

我用心保管著那個塞滿各種十年的皮箱。待會似乎會全家在蛋糕前一起拍照，到時候也將那張照片放進皮箱裡吧。

來自沉船，帶著愛

乙一

解說

投稿到選集的故事，以關鍵字「迷惘、猶豫」為主題。故事中主角的父母離婚，她為了應該跟誰而煩惱。值得一提的是，身為主角的少女很聰明地對父母進行了審查，孩子始終都在對大人評分。儘管我們生活在家庭這個單位下，但看了這個故事後不禁反思，家庭竟是這般虛幻。

（初刊載於《迷—迷惘—》二〇一七年七月　新潮社）
（收錄於實業之日本社文庫《迷—迷惘—》）

1

我受傷時，爸爸難得出現的慌亂。

弟弟第一次會騎腳踏車時，媽媽的喜悅。

父母深愛著我們，這是無庸置疑的事實。

「我在考慮要離婚。」

十月底時，爸爸把我叫去他的房間，告訴我這件事。前一週是我十四歲的生日，大家才剛一起吃過生日蛋糕。媽媽用手機拍下大家的笑容，他們夫妻倆明明還一起合影。

「咦，為什麼？」

「抱歉，這是爸爸和媽媽討論後作的決定。」

的確，我的父母常吵架，但我一直都認為不至於會走到離婚這一步。就算兩人偶有爭吵，但昨天和今天都是夫妻，所以明天和後天也會理所當然地繼續當夫妻吧。

「果穗，妳要跟誰？」

書房的椅子發出嘎吱聲，爸爸向我這樣問道。我還只是個國中生，非得由他們其中一方來扶養才行。我腦中率先想到的是弟弟。

「我會和直人一起吧？還是說，我們得分開？」

「我們會盡可能尊重你們的想法。」

爸爸沒有當場明說，但他的眼神告訴我：「爸爸希望妳能選我。」

「給我一點時間考慮，我沒辦法馬上決定。」

「先決定個期限吧。等到了十二月，希望妳能告訴我，妳想跟誰。」

我望著從庭院樹枝上飄下的落葉，感到胸口一緊。從小熟悉、本以為會永遠持續下去的這個家，就快要解體了。

如果能分別從父母身上取出對我們的關愛，放在天平上稱重，是否就能充當判斷的依據呢？但愛是一種概念，無法轉化為數字。

如果選擇其中一方，另一方想必會因為沒被孩子選中而深感受傷。因為選擇要跟誰，表示孩子更愛父母的其中一方，而不愛另一方。

我來到廚房，媽媽表情不安地看著我。她似乎已猜出我們在書房裡的談話內容。

「爸爸說的話，哪些是在開玩笑？」

「全部是真的，但妳放心，這種事其實意外地普遍。」

「那是在連續劇裡。」

「即使如此，我也已經試著努力過了。」

媽媽露出無力的微笑。為了不讓家這艘船沉沒，媽媽為我們煮飯、洗衣、打掃，但她似乎一直在勉強自己。這艘船已經破了個大洞，海水流進船身，就快沉船了。

「我和直人哭著求你們的話，可以挽回嗎？」

「嗯……很難。」

兩人的心已不在彼此身上。她的口吻給我這樣的感覺。

晚餐時，我開始觀察父母。我很仔細地察看兩人交談的次數，以及視線望向對方的頻率。兩人的視線完全沒交會，會跟我和弟弟說話，但不會跟對方談話。態度冷淡，現在也許只是為了我和弟弟而扮演夫妻的模樣。他們兩人之間到底是有過怎樣的對談，最後作出離婚的結論呢？而我和弟弟似乎就只能遵從父母所作的結論。眼前是無比平淡，和過去一樣的用餐畫面。

「關於離婚這件事，是誰最先提出的？」

念小五的直人一邊朝可樂餅淋醬，一邊問道。我和父母同時咳了起來，嘴裡的食物差點吐了出來。我朝直人的頭用力拍了一下。

「這種話題要問得婉轉一點！」

「算了，誰先都一樣。」

直人摸著頭，吃起了可樂餅。

聽說爸媽是戀愛結婚的，所以過去他們應該確實愛過彼此。是從什麼時候，在什麼契機下，走到這一步的呢？是因為對彼此的愛，隨著時間逐漸變淡了嗎？

聽說最早提議離婚的，是媽媽。至於她的動機，簡單來說，可能是個性不合吧。

爸爸的個性冷淡，媽媽則算是比較感性。爸爸總是以理性來判斷事物，媽媽則和他形成對比，有她重感情的一面。這些差異，他們婚前應該都沒太在意，但一起生活後，這些差異漸漸變得無法忍受。我只能這麼想像。

每次爭吵，最後總是媽媽讓步。媽媽心中似乎一直努力想維持夫妻關係，所以才都藉由自己讓步，來停止爭吵。也或許是因為對兩人這樣的關係感到厭倦，媽媽才會提議離婚。

每當父母啟動這種危險模式時，我和弟弟常跑到別的房間避難，像等候暴風雨通過似的靜靜地等；每當聽到父母出言埋怨對方時，我們就會感到不安，一顆心七上八下。可能是受父母的關係影響，在我們姊弟倆的房間裡就寢時，直人常在夜裡哭泣。因為過著這樣的生活，我對直人有點過度保護。

他們告訴我要離婚的那天晚上，我把直人叫進房間，與他討論。討論的題目是

「離婚後，我們應該跟誰」，他揉著眼，一臉睏樣地說：

「我只要能跟姊姊一起就行了，跟誰都一樣。」

「怎麼可能跟誰都一樣。」

我希望直人將來能上好的大學。為此，應該要跟經濟條件優渥的一方。至於和我一起跟其中一方，這樣是否比較好，令人存疑。如果有兩個孩子，養育的費用也會變成兩倍。不能因為家計貧困，而阻礙直人上大學。還是應該父母一人扶養一個孩子才對嗎？不過，要是因為這樣而讓直人的情緒蒙上陰影，造成他誤入歧途，那該怎麼辦？

「首先得確認爸媽各自的經濟狀況。」

我開始思考，如果爸媽的其中一方，在同時扶養兩個孩子的情況下，仍擁有充裕的資產，那自然最好。

我列出非調查不可的項目。爸媽各自的資產、扶養我們後的收入來源、這個家是誰所有。我在筆記本上逐條列出時，後方傳來直人睡著的呼吸聲。他睡得一臉安詳，我想守護這張睡臉。

我明白爸媽心中都存在對我們的愛，但要測量它的質、量、大小，加以比較，實在很困難。

爸爸和媽媽，誰愛我們比較深？我們心中對誰的愛比較堅定？坦白說，我兩個都不想選，偏偏又想兩個都選。我不想將爸媽分高低，也分不出來。

所以我決定先排除「愛」這個判斷基準，檢討其他各種要素。值得我們託付人生的，會是哪一方呢？

2

一早我和朋友約見面，一路走到國中，在寒風下冷得肩膀抖個不停。朋友呼出的氣息也因為天冷而化為白霧，她是我從幼稚園時代就認識的青梅竹馬。

「果穗，妳要搬家啦？」

朋友問。我站在河堤上，望著眼前遼闊的景致。

「如果是跟我媽的話。我想，應該會回我媽的娘家住。不過其實也沒多遠，從這個市鎮搭電車只要一個半小時就到得了。」

我上網搜尋得知，我們目前住的這間獨棟房最後會歸爸爸所有，媽媽則是會搬離這裡。

爸爸的公司在這個市鎮上，但媽媽沒上班，所以沒理由繼續住在這裡。媽媽會回到不必付房租的娘家住。

爸爸將得到房子和土地等資產，但似乎不該認為他就會因此變得富裕。因為接下來有長達數十年的時間，他都得持續付房貸。

「那就太好了，至少不是一輩子都再也看不到妳。」

「我會常回來玩的。」

「可是，這樣就不是想見就見得到面了，我不要。果穗，妳就和妳爸一起住吧。這麼一來，妳就能留在這個市鎮了。」

「這不是那麼容易就能決定的，不過要不要搬家，確實是個很大的問題。」

熟悉的景致、小時候散步的田間小路、曾經跌倒擦破皮的巷弄、總是有貓的窄路，我全都記得。從河堤上可以望見的對岸公寓、放學時和朋友一起買鯛魚燒來吃，被老師撞見，挨了一頓罵的那家店、只要騎上自行車就馬上能和朋友見面。這些肯定全都是和爸爸同住時的優點。

如果和媽媽同住，就非得揮別這一切不可。我的內心產生動搖，到底該跟誰好？

放學返家後，媽媽說她要出外採買，順便去一趟洗衣店，所以我決定和她一起去。洗衣店位於商店街，媽媽帶了一件冬季大衣請店員洗。我在店裡看她敞開那件大衣，臀部一帶沾有像白色粉末的髒汙，聽說是跌倒時一屁股坐向地面弄髒的。媽媽不時會犯這種疏忽，教人很不放心。

一板一眼的爸爸，和粗心大意的媽媽。

總是保持平靜的爸爸，和動不動就流露感情的媽媽。

離開洗衣店後，我們走在商店街上，備感懷念。我和弟弟常手裡握著零用錢到這裡來。

「要是我選媽媽的話，就要跟商店街說再見了。」

「其實我也很喜歡這裡。」

媽媽似乎也同樣捨不得。媽媽在商店街的肉舖買了可樂餅，還到魚舖和蔬果店挑選晚餐的食材。

「要是離婚的話，爸爸的三餐怎麼辦？」

我從沒看過爸爸下廚。

「他是大人，應該會自己想辦法的。」

「媽，妳離婚後會去工作嗎？」

「等一切穩定下來，應該會去打工之類的吧。那個小鎮要是找得到工作就好了。」

媽媽的娘家四周只有農田。沿著國道走一段路，有一座在郊外的大型購物商場，如果是那裡的話，或許能從事收銀員的工作。

「媽媽或許會出外工作，不過家裡有外公外婆在，妳應該不會孤單。媽媽不在家的時候，外婆好像會幫我們做飯。」

我喜歡外婆做的菜。她的燉根莖類蔬菜加蒟蒻，尤為一絕。看來保證能有健康的飲食。
另一方面，我在腦中模擬和爸爸同住的情形。看來，會由我來代替幾乎都不下廚的爸爸負責準備三餐。不過，我也不擅長做菜，一切得從頭學起，想必會吃得很寒磣。我一定沒辦法每天做菜，所以外食和吃超商便當的機率應該會相當高。考量到平日的三餐，似乎還是和媽媽同住會吃得比較健康。
而經濟層面又是怎樣的情況呢？媽媽打工的薪水，與父親的年收相比，哪個會比較多，不用想也知道。但我和弟弟如果和媽媽同住，能得到扶養費。我試著根據網路上查到的資料計算，如果是媽媽扶養我們，每個月似乎能從爸爸那裡拿到十萬日圓左右的扶養費。只要省著點用，應該夠生活吧。
外公外婆的住家和土地，也可能是由媽媽繼承。不過媽媽有妹妹，是我的阿姨，遺產想必會由媽媽和阿姨平分。
老是想錢的事，愈來愈覺得自己是個膚淺的人。但這是為了我和直人的人生，所以必須作出果決的判斷。為了讓直人能過健全的生活，我必須仔細思考。這時候要是選錯了，離婚後的生活將會過得很艱苦，直人心中會留下陰影，整天窩在家，同時也會對我態度冷漠，對我說出像「閃一邊去！」這類的話來，這可萬萬不行。
冬天天色暗得早。我和媽媽走在亮起路燈的商店街上，我對她說：
「媽，最近我們找一天去外公家好嗎？」

「為什麼？」

「我們不是有可能會住那裡嗎？我想先去看看那邊的國中。」

會在怎樣的地方過學校生活呢？這也是我和直人必須考量的要素。離媽媽娘家最近的國中，應該就是媽媽的母校吧，希望至少有漂亮的校舍。媽媽接受了我的提議。

我和直人利用六日去了媽媽的娘家一趟，爸爸自己留下來看家。離婚一事，已告知爺爺奶奶和外公外婆。在這種狀態下，爸爸要踏進媽媽的娘家，想必一定很尷尬，而且也不知道外公外婆會擺出怎樣的臉色。

我們搭乘特快號電車，坐了一會後，窗外的風景轉為遼闊的景致。剛收割結束的水田間有零星幾棟民宅，每年我們都會回媽媽的娘家幾趟，每次都會看到這樣的景致。

抵達地方車站後，改搭公車。公車沿著山腳行駛在國道上，來到一處公車站牌下車。再走十分鐘左右便抵達媽媽的娘家，那是一棟兩層樓的巨大木造房。現在只有外公外婆兩人居住，不過裡頭有幾間空房。因為以後有可能會住這裡，所以我仔細地觀察每個細節。

「歡迎啊。坐車辛苦了。來，快進屋、快進屋。」

進了寬敞的玄關，外婆前來迎接我們。

外公在客廳喝茶看電視。

「你們又長大了。最後一次看到你們，好像是中元節對吧。」

外公看到我和直人，如此說道。直人從低頭行禮的我身旁走過，直接鑽進暖桌裡。

「外公，我爸媽他們好像要離婚。」

見面說的第一句話竟然是這個，他在想什麼啊。

「哦，聽說了、聽說了。那麼，你決定要跟誰呢？」

「還沒決定，姊姊會替我想這個問題。」

「你也要自己想想啊。」

我輕輕戳了直人一下，坐進他身旁。外婆替我們準備了喝茶用的茶杯。

「孩子還是跟著媽媽最好，你說是不是啊？」

「就是說啊，大家一起住在這裡最好了。你們兩個就和加代一起回這個家住吧。」

加代是媽媽的名字。屋裡準備了許多點心，我和直人接受外公外婆的款待。他們似乎不希望爸爸那邊扶養我們姊弟倆，所以才你一言我一語，直說讓媽媽扶養，在這個家生活有多好。

「你們兩位就先聊到這。果穗，我們去看學校吧。」

媽媽來到客廳，帶我去外頭。

她借了外公的輕型車，開車載我去看那所國中。直人似乎想在房間裡玩掌上型遊戲機，所以留他在外公家。

我坐在副駕駛座看著窗外的景致，田間每到這個時期，風景都很單調，甚至可以說是蕭瑟。以後我每天早晚，都得沿著國道的護欄，騎單車來往於住家和國中兩地嗎？

「只能從校門外看，這樣可以嗎？」

「嗯，沒關係。」

如果說明來意，是否能進校舍內參觀呢？但我還不確定要不要轉學來這裡。

媽媽將輕型車停在那所國中的校門前。這裡似乎土地過多，有遼闊的空間，不會阻礙通行。隔著校門看到的校舍顯得老舊，暴露在風雨下的水泥牆和灰濛的天空同樣顏色，雨水流過後形成的汙漬特別顯眼。可能是因為假日看不到學生，給人冷清寂寥的印象。我內心為之一沉，比較之後才發現，我現在就讀的那所國中校舍有多嶄新。

「真懷念啊。」

媽媽在我一旁瞇起眼睛。她的表情令我猛然驚覺，映在媽媽眼中的，不是那暗沉的灰色校舍。她以充滿慈愛的聲音說道：

「以前通學時真的很快樂，和朋友們總有許多歡笑。從來沒想過我竟然也會生孩子，更沒想過竟然會離婚。」

媽媽無比憐愛地想起自己在這裡度過的那段時光，逝去的那十幾歲的記憶。她的眼神流露出這樣的情感。

「人生啊，沒人知道會發生什麼事。」

媽媽的個子並不高。所以我感覺自己就像和跟我同年的媽媽一起望著眼前的校舍。我日後也會和媽媽一樣，跟某人結婚生子嗎？

「啊——啊，真抱歉呢。」

媽媽突然這樣說道。是在對我說嗎？不，不是。那聲音就像在自言自語，這麼說來，她那句話是在對以前的自己說的吧。

天色轉暗，星光開始閃爍。因為這裡空氣清新，而且鎮上的光害少，能看到的星星數量遠非都市所能比。如果我選擇媽媽，這裡的星空應該也能成為優點之一。我們出去採買，最後很晚才回家，冬天的夜晚來得特別早。

媽媽駕著輕型車返回外公家時，發現阿姨的車停在外頭。看得出媽媽有點緊張，一走進家中，玄關便傳來外公外婆和阿姨爭吵的氣氛。

「我回來了……」

媽媽戰戰兢兢地出聲喚道，脫下鞋。但外公他們似乎沒聽到，仍繼續爭吵，接著傳來阿姨的聲音。

「我既然都來了，為什麼非回去不可？」

「拜託啦，妳在場的話，這事情也許就談不成了。」

「可以的話，我不想讓果穗看到妳。」

「說這什麼話嘛，真教人火大。」

外公外婆看來是希望趕在媽媽和我回來前，早點打發阿姨回去。

外公外婆在背後推著阿姨來到走廊。他們三人似乎這才發現我和媽媽已經回來。我們盡皆無言，沉默了數秒之久。最早開口的是阿姨。

「我要回去了，妳放心吧，姊。」

阿姨看我和媽媽的眼神就像在瞪人似的，從一旁走過。她飄散出菸味和脂粉味，穿上擺在玄關的高跟鞋。

「這樣啊，掰掰。」

媽媽露出沒轍的表情，對阿姨說道。阿姨開車離開的同時，直人走下樓梯，他似乎一直待在我們平時住的二樓房間裡打電動。他伸著懶腰，打了個哈欠，開口說道：

「阿姨還是老樣子呢。」

那天晚上，我躺在被窩裡想著阿姨的事。外公外婆認為她是會給人壞印象的負面要素，所以才會想趕她回去吧。

我對阿姨的回憶沒有一件是好的。應該說，她從來不曾跟我和直人親近過，所以沒有任何關於她的記憶。我曾聽她說過「小孩子最噁心了」，她是一位個性剛烈的女性，據說現在仍是單身的職業婦女。

媽媽似乎從以前就和阿姨處不好，聽說她們老是吵架。正確的說法，應該是阿姨老是挑釁她。日後這位阿姨或許有可能會給我和直人添麻煩。

我睡不著，起身上廁所。直人就睡在我旁邊，我小心翼翼地走出房間，避免吵醒他。

我走下樓梯，前往一樓廁所時，發現客廳的方向透著亮光。現在還不到半夜十二點，應該是有人還沒睡。我沒放在心上，走過走廊，這時傳來外公的聲音。

「如果是債務的事，妳大可不用擔心。」

「爸爸，謝謝。」

這是媽媽的聲音。

債務？這是怎麼回事？

感覺好像聽到什麼不該聽的事，我不由自主地屏聲斂息。我輕輕後退，不讓人察覺我的氣息，返回二樓，就這樣一路忍到早上都沒上廁所。

隔天，外公外婆送我們離開。在開往我們居住市鎮的電車上，媽媽和直人都很擔心我。我從早上開始就很少說話，他們似乎很擔心。

昨晚我滿腦子想的都是那場對話。要當面跟媽媽問清楚，需要勇氣。媽媽欠債嗎？金額是多少？那筆錢是用在哪方面？爸爸知道這件事嗎？我聽到外公說「債務的事，妳大可不用擔心」。他這麼說，我可以當作是問題已經解決了嗎？

從車窗外照進的陽光，照亮正與直人聊天的媽媽。電線杆的影子一再從我、直人、媽媽身上掠過。明明有事想問，卻又沒勇氣問個清楚。不久後，窗外的景致中，建築物所占的面積愈來愈大，我家附近的車站到了。

3

因為這次的事件，我覺得沒必要到爸爸的老家拜訪。離婚後，爸爸的生活據點仍在這個市鎮，而且我也不會轉學。這裡算是都市，有許多升學的選擇。此外，爺爺奶奶住在鄉下，我們不是那麼常往來，而且我不太會跟爺爺奶奶相處。

「聽說妳正在調查茂樹和加代的存款，這是真的嗎？妳這麼做不太好哦。」

我和奶奶通電話時，她這樣對我說。茂樹是爸爸的名字。

「可是，這件事不能只靠感情來決定。我和直人想選擇條件比較好的一方。」

「妳連自己愛爸爸還是媽媽，有多愛，都不知道對吧？」

似乎是換爺爺講電話了。

「所謂的親子之情，就是這樣嗎？」

想必他們覺得我很無情吧。

不過，就算選擇和爸爸一起生活，和爺爺奶奶的關係想必也不會變得更緊密。見面的頻率肯定一年只有一次，或是隔幾年才一次。因為爸爸不愛回鄉探親。我叔叔一家就住在爸爸的老家附近，爺爺奶奶都是叔叔在照顧。

那麼，關於爸爸，該關注的重點是什麼呢？除了收入穩定外，再無其他。他有工作，這是最大的重點。

他就不會有突然失去工作的危險性嗎？例如離婚後，突然被裁員，就此失業，這種情況也有可能發生吧？我對爸爸工作上的職位幾乎一無所知。和爸爸聊到這個話題後，他向我提議：「為了讓妳安心，我想辦一場餐會。」

十一月中旬，爸爸帶我來到一家義大利餐廳。它位於站前的大樓內，店內雖小，但氣氛絕佳。隔壁桌坐了一對二十多歲的情侶，大白天就在喝紅酒。附帶一提，弟弟因為有足球比賽，所以沒來。

到了約好的時間，爸爸的兩名同事走進店內。他們在入口處將外衣交給服務生後，入桌就座。爸爸跟我介紹，說他們是爸爸的後輩，跟爸爸在同一樓層工作。一位是瀧川先生，我曾見過他，他曾到家裡來做客。另一位是結城小姐，第一次見面，給人的感覺不錯。

我點了一杯薑汁汽水，其他人則是都點國外的啤酒。從菜單上點菜的熟練模樣，看得出他們下班後常在這家店聚餐。

「那麼，就請你們各自發表關於我這個人的優點吧。」

爸爸對他們兩人說。看來，他已事先告訴瀧川先生和結城小姐，舉辦這場餐會的用意。

「你們兩位的表現，將會決定我是否能和孩子一起同住。要是你們隨便敷衍幾句，應該知道會有什麼後果吧。」

瀧川先生鬆開領帶，顯得一臉為難。

「不過，該說什麼好呢？說到前輩的優點，根本就舉不完啊。因為你全身上下都是優點，對吧？」

他徵求結城小姐的附和，她就只是面露苦笑，聳了聳肩。

「家父有可能突然被迫離職嗎？」

我看準餐點端上桌的時候，開口詢問。附帶一提，我有時是叫「爸爸」，有時是叫「爸」，並不固定。像這次談話的對象是大人，我特別謹慎，很規矩地用「家父」這樣的稱呼。

「我想，他是不會被革職的，對吧？」

結城小姐很肯定地說道，並向爸爸確認。瀧川先生和結城小姐都向我說明，爸爸是公司裡不可或缺的重要人物。
「我實在不願意去想像，要是前輩突然不在了，工作要怎麼繼續下去？」
瀧川先生向結城小姐詢問，結城小姐露出僵硬的神情。
「那肯定是一場噩夢，我們也許會有好一陣子沒辦法回家。」
義大利麵和披薩的風味絕佳，我吃得好撐。結城小姐看著我說道：
「果穗妹妹，如果和妳爸爸同住，妳該考慮的重點是做菜、洗衣、打掃。」
「我也想過同樣的事，因為家父都不煮飯。」
「我以前自己一個人住的時候，都是自己煮呢。」
爸爸不服輸地說道。這時瀧川先生開口了。
「沒問題的啦，前輩和我不一樣，一定很快就能找到新太太，到時候交給她處理不就好了，妳也這樣想對吧？」
現場空氣頓時緊繃起來，但他毫不在意，吃著餐點頻頻點頭。
「這裡的義大利麵真好吃！」
我之前也不是沒想過爸爸再婚的可能性。爸爸還不到四十歲，長得也還算五官端正。雖然不會馬上再婚，但日後確實有這個可能。到時候，選擇跟爸爸的我和直人，將會和他的再婚對象同住。要是對方有孩子，情況會變得更複雜。
但我同時也想到，在目前的階段，要得到他未來再婚對象的相關資訊很困難。

我不該預先思考這件事，因為這個問題不光是會發生在爸爸身上，媽媽同樣也有這個可能。

到了點心時間，我們聊到最近看電影的感想、喜歡的音樂等等，接著開始閒話家常。結城小姐上個月好像遇到了跟蹤狂。

「我掀開房間的窗簾時，看到那個人。在我露臉的瞬間，他馬上躲了起來，就躲在郵筒後面。」

「有看到對方的臉嗎？」

瀧川先生問，她搖了搖頭。

「像這種時候，自己一個人住在都市裡，感覺真可怕。」

「結城小姐，妳是幾歲的時候離開家的？」

我很在意這件事，向她提問。

「我高中畢業前都是住在鄉下，後來因為上大學才來到這裡，所以應該是十八歲吧。」

「妳決定自己一個人住時，對於留爸媽在家裡，自己一個人去遠方，會有罪惡感嗎？」

「倒是沒那麼誇張……不過，或許有一點吧。」

如果只有我和直人兩人同住也能保證生活無虞，那我或許會選擇這麼做。這樣的話，就不用對爸媽進行評估，也不必再思考誰才會對我和弟弟的人生有助益。

餐會就此結束。爸爸連同這兩名後輩的份一起用信用卡結帳，離開時，大家拿回寄放在店裡的外套。結城小姐的手穿過大衣衣袖時，我看見她胸前別著胸針。那是外型高雅的某品牌胸針，適合身材纖細的女性，我覺得以前好像在哪裡見過。

和他們兩人道別後，我和爸爸一起坐上計程車。在回家的計程車上，我望著昏暗的市鎮，突然想起那個胸針的來歷。

那是一年前某個假日發生的事。我和朋友一起到離家數站遠的市街遊玩。逛百貨公司的時候，我偶然看見一個像是爸爸的背影，於是偷偷尾隨在後。

爸爸站在某品牌的飾品賣場前，很專注地看著某個東西。他跟店員說話，買了一個像胸針的商品，請店員包裝。是要送給媽媽的禮物嗎？我覺得難為情，沒當場叫他，但爸爸離去後，我走近那個飾品賣場，查看爸爸買的東西。

不過，我後來一直都沒看到媽媽佩戴類似的東西。那個禮物跑哪裡去了呢？我感到納悶，而時間也就此流逝，那件事從我的記憶中淡化。

在計程車內，我望向爸爸的側臉。每當車子行經路燈旁，亮光灑落，便會將爸爸的臉照成一半明亮、一半陰暗。

結城小姐佩戴的胸針，和爸爸買的一樣。如果這不是偶然，它所代表的含義再清楚不過了。難道結城小姐會成為爸爸的再婚對象？如果我和直人選擇爸爸，她將成為我們的新媽媽？這樣的話，我也該對她展開調查嗎？還是說，是我自己想多了……？

4

在餐會的隔週，我決定親眼確認結城小姐的住處。

這是為什麼？

因為我有種直覺，「說不定……」的念頭驅策我展開行動。

我從爸爸書房裡的通訊錄找出她的住處。走進書房以及偷看通訊錄，都是我自己未經爸爸許可，擅自採取的行動。我覺得這樣的做法不對，但不知道還有什麼其他的方法。

她住在山丘上一棟公寓的二樓。我從戶外確認窗戶的位置，找尋跟蹤狂待過的地方。

據她所言，她是在打開房間窗簾時，隔著郵筒看到一個人影。那應該就在這一帶。

我找出大致方位，然後照她說的，試著躲在郵筒後面。這是一處很狹窄的空間，我的屁股緊緊地卡在電線杆和護欄間的縫隙中。

為了謹慎起見，我從那裡用手機拍攝她的房間窗戶。想看看這樣能拍出怎樣的構圖。今天是假日，不用上班。我猜她人在屋裡，但我等了一會兒，始終不見她打開窗簾，於是我就此放棄，離開了那裡。

回家前，我在車站前面與直人會合。有些事在家裡不方便說，所以我事先找他出來。在速食店裡，我們兩人迎面而坐。他剛練完足球回來，可能是肚子餓了，一轉眼就吃完整個漢堡。

「妳最後決定要選誰？」

直人邊喝可樂邊問道。

「還在猶豫。不過，可能會選媽吧，感覺跟媽住比較好。」

「哦，為什麼？」

爸爸有可能外遇的事，我還沒告訴直人。他守不住秘密，一家人圍在餐桌前吃飯時，要是搬出這個話題，那可就成了地獄。

「外公外婆好像也很想和我們一起生活。」

我一面回答，一面在腦中想著結城小姐的事。如果爸爸和她結婚，我和直人繼續同住好嗎？她會像外公外婆那樣，想和我們同住嗎？不過以現狀來看，什麼也說不準。爸爸和她的關係沒有確切的證據，而且就算真是那樣，他們兩人的交往或許也完全沒考慮結婚這件事。

這次先開口說要離婚的人，如果是爸爸的話，就能推測爸爸是為了和她結婚才想和媽媽離婚。但事實上，先開口說要離婚的人是媽媽。

爸爸到底有沒有外遇？

媽媽的債務一事也一樣，很難直接問清楚。

「都好，只要是姊姊妳的決定，我就會配合。」

直人露出沒半點迷惘的神情。

「這個你要吃嗎？」

我朝他遞出漢堡。

「嗯，我要！」

他馬上將漢堡塞入口中，我對他說：

「如果和媽一起住，我可能一年後就會離開家。到時候就要和你分隔兩地了。」

直人咀嚼的動作就此停下。

「我調查過以後會念的學校。那個地區能讀的高中有限，不過，最近我也在思考，或許念住校制的高中也不錯。」

「真的假的，這樣我會很寂寞的……」

我的朋友建議我念住校制的高中。某天，她在學校拿招生手冊給我看，並對我說：「我們一起念這所學校不就行了嗎！」我心想，確實有道理。國中畢業後，原來還有這種選項。

而且，經歷這次的事件後，我感覺到直人太過依賴我。雖然會有點寂寞，不過要是我到那個學校就讀，和直人保持一定的距離，這樣也能促使他精神層面獨立。

「一些小說或漫畫的舞臺，不都常會出現住校制的學校嗎？我對那些有點憧憬呢。」

真的假的——直人一直重複說著這句話，我盡可能以開朗的聲音跟他談談未來的願景。我們姊弟倆一直都是看著父母吵架長大，可能是這個緣故吧，我對直人有點過度保護，他對我也過度依賴。或許每次爸媽吵架，我們都是藉由倚賴彼此的存在來消除那份不安。如果在媽媽的娘家生活，外公外婆和媽媽一定會讓他知道也有這種和諧的家庭關係。或許這就是我內心傾向在媽媽的娘家生活的原因。

小時候，弟弟常在夜裡哭泣，我總是輕撫他的背。

想起那時候，眼中幾欲噙滿淚水。

「……不過，我還沒明確決定。」

「什麼嘛，原來還有可能推翻啊。」

「是啊。」

沒錯，現在哭還太早。一切都還沒確定，我還有事得跟媽媽問個清楚。還不知道結果會是怎樣，得看媽媽的回答而定。

十一月的最後一週，接連都是寒冷的日子。媽媽要出外採買，我決定和她一起去。我坐上副駕駛座，我們前往商店街。那裡聖誕節的生意競爭已經展開，店裡的展示擺出一整排的聖誕老公公和馴鹿的玩偶。

媽媽先去洗衣店領回那件厚大衣。

「很久以前就洗好了，但一直擱著。我一直惦記著要找一天去拿回來。」

媽媽確認上頭的白色汙漬消失後，對我說道。我還記得她拿這件大衣去洗衣店那天的事。當時才剛邁入十一月，我跟她同行，所以也有看到大衣是怎麼沾到髒汙的，像粉一樣的東西沾在臀部一帶。話說回來，這種真正很冷的日子會穿的厚大衣，一入冬就拿去洗衣店送洗，感覺很不自然，所以讓我印象深刻。

我們決定在一家老咖啡廳休息片刻。店內播放著聖誕相關歌曲，特別改編成爵士樂風，昏黃燈光照向我們的桌位。我點紅茶，媽媽點咖啡。倒入白色的牛奶後，媽媽杯裡的咖啡顏色起了變化。

「媽，可以問妳一件事嗎？」

「什麼事？」

「……關於債務的事。」

媽媽拿起杯子，正準備湊向脣邊時，就此停住。我說出之前在外公家半夜聽到他們對話的事。我所知道的資訊，就只有隻字片語，所以也可能是我自己想多了，純粹是誤會一場。但媽媽卻嘆了口氣，承認此事。

「原本想瞞著妳的。」

「為什麼？是欠多少錢？爸爸也知道嗎？」

「妳冷靜一點。我沒告訴爸爸，因為覺得很丟臉。啊，真是的，好尷尬。」

媽媽雙手抱頭，然後她告訴我自己欠債的原因以及金額。事情發生在一年前，媽媽一位國中時代就認識的好友跑來找媽媽幫忙。那個人和她丈夫似乎經營一家餐飲店，但因為資金周轉不靈，急需用錢。重情義的媽媽相信那位好友，就此成了她的連帶保證人，但後來那位好友下落不明，這筆債務便落在媽媽肩上。

「那是我最好的朋友。果穗，妳出生時，她馬上就跑來看妳，無論開心或是難過的時候，她都和我在一起，所以我才覺得幫她作保不會有事……」

一聽到國中時代的好友，我馬上想起自己的朋友。要是她找我幫忙的話，我應該也沒想到她會背叛我，但媽媽卻遭到背叛。她沒找爸爸商量，而是趁暑假返鄉探親時，找外公外婆商量。外公外婆雖然生氣，但還是拿出存款，馬上幫她還清。

「用外公外婆的存款？」

「那是他們為我妹妹偷偷攢下的結婚資金。」

「為了阿姨？全部用光了嗎？」

「妳可別讓她知道哦。原本要給她的一筆錢，現在全用光了。她應該不知道爸媽為她存了那筆錢。」

因為阿姨一直都沒有要結婚的跡象，所以那筆存款一直擺在銀行裡，現在因為這件事，一下子全花光了。聽完後，過去發生過的幾件事頓時在我腦中串連了起來。

我喝了口紅茶，感覺到一股澀味。我以湯匙撈了一匙白色砂糖，嘩啦啦地倒進杯中。今天在來這裡之前，我原本很緊張，但現在感到輕鬆多了。

「那是夏天發生的事……」

而媽媽主動說要離婚，是十月的事。

夏天時還清的債務和這次的離婚沒有關聯嗎？不，恐怕沒這麼簡單。

秋天時，我就感覺媽媽在調查爸爸周遭的事物，並努力蒐集證據。那名緊盯結城小姐房間的跟蹤狂，大概就是媽媽。

之前我一面回想結城小姐在義大利餐廳裡對跟蹤狂的描述，一面藏身在同樣的位置，整個人緊緊地卡在電線杆和護欄中間。結果我的外衣碰觸護欄的部位，沾附了白色粉末的髒汙。我上網調查，那似乎是所謂塗料白堊化，或是人稱粉化現象的化學變化產生的粉末，是表面的塗料因紫外線、熱或風而劣化，表層變成像粉筆灰般的粉狀，並逐漸耗損的一種現象。我大衣上的髒汙，與媽媽一個月前送洗的那件大衣上的髒汙很相似。
為什麼媽媽會站在可以看見結城小姐住處的位置呢？是因為爸爸被搶走，對此懷恨嗎？因為恨，而做出跟蹤狂般的行徑嗎？我認為媽媽另有其他動機。
「離婚後，妳想讓爸爸變得不幸嗎？」
我問。
「……不。不過，或許會讓他變得不幸。」
「結城小姐也會嗎？」
媽媽面露驚訝之色。
「是爸爸公司裡的人對吧。我偶然發現的，媽媽妳呢？」
「前不久他謊稱說要出差，結果……」
媽媽應該是躲在看得到結城小姐住處的位置，想留下爸爸背叛的證據吧。我聽說，如果能證明婚姻關係破裂跟對方外遇有關，就能要求撫慰金，能從爸爸和他的外遇對象那裡獲取一定的金額。媽媽之所以沒請徵信社處理，可能是因為錢的考量。不得已，只好自己一個人蒐集證據。
我把手貼在媽媽的手背上，給媽媽變得冰涼的手指帶來些許暖意。
「我去念爸爸幾句，讓他在分配資產時，對妳有利一些。就用這個方式來解決吧，至於阿姨的結婚資金，就一點一點慢慢還？」

夏天時理應已經解決的債務問題，在媽媽心中似乎還沒結束。因為理應是充當妹妹結婚資金的那筆錢，她沒辦法用完後當作沒事發生。雖然兩人關係不好，但是對媽媽來說，那終究是她唯一的重要妹妹。為了償還那一大筆錢，媽媽想盡辦法。最後她終於想出了一個方法，那就是從爸爸和他的外遇對象那裡收取撫慰金。這得犧牲自己多年來持續維持的夫妻關係，才有可能辦到，也是媽媽唯一能償還的辦法。

我的未來還有另一條路可選，那就是跟爸爸同住。我想像自己做好菜等爸爸回家，幫爸爸洗衣服，打電話給住在遠方的媽媽。要是爸爸再婚，我會很生硬地和新媽媽交談，慢慢與她建立關係。這也是一種未來，但我沒選擇走這條路。

「我和直人決定跟媽媽。」

十二月到來，在一次機會下，我和爸爸兩人單獨交談。從書房的窗戶可以望見飄雪的庭院，多虧有煤油暖爐，室內很溫暖。爸爸閉上眼，皺起眉頭。

「這是妳仔細思考後的決定嗎？」

「嗯。雖然猶豫很久，但這是我作的決定，沒有任何人強迫我。」

正因為這樣，作出將爸爸割捨的這個決定，讓我感到相當沉重。比較兩者並負起責任選擇其中一方，就代表同時也捨棄了另一方。

「原因是什麼？」

「有很多原因，但主因可能是結城小姐吧。」

我說出胸針的事。看到爸爸苦著一張臉，我心中有種感覺，她在義大利餐廳佩戴的胸針，看來果然是爸爸送的。

「媽也發現了，所以在離婚前，請你好好跟她道歉。還有，請以對媽有利的條件來分配資產，因為今後最辛苦的人是媽。」

她要以單親媽媽的身分養育兩個孩子。我想起媽媽望著國中校舍時的側臉，感到胸中一緊。媽媽、我、直人，應該有哭著痛罵爸爸的權利吧？但之所以沒這麼做，是因為早在爸爸有外遇之前，我們便已察覺父母的關係出現了裂痕。

媽媽為了請求撫慰金，勢必得強調是因為爸爸對她不忠，他們的夫妻關係才出現裂痕。要是給人他們原本就關係不好的印象，將會阻礙她的計畫。為了避免這種情況發生，媽媽似乎已做好準備。後來我從媽媽那裡聽說，她在第一次向爸爸提議離婚前，便已拍下能證明他們夫妻感情融洽的照片，也就是在我十四歲生日時拍下的那張夫妻合影。

「我真的很抱歉……」

爸爸最後頹然垂首。我和直人不在的時候，爸爸似乎已向媽媽道過歉。

雙方決定過年後正式離婚。十二月中我們仍是一家人，說來也真奇怪，我們仍和以前一樣生活。早上醒來，來到客廳，爸媽早已在那裡。爸爸已準備好要去公司，媽媽忙著準備早餐，直人遲遲不起床，於是我拍打房門叫他。這一如往常的光景，不知為何，仍舊持續著。

聖誕節當天，媽媽分切整模的蛋糕，把切好的蛋糕分到爸爸的盤子、我和直人的盤子，以及她自己的盤子上。大家都沒說話，就像肅穆地進行著某個儀式般，我們各自吃著蛋糕。我們都已發現，這是最後一次一家人聚在一起過聖誕夜了，所以我決定很珍惜地吃每一口，細細品味。

「對不起……」

媽媽說。她好像靜靜在哭，只見她眼眶泛紅。大概只有我知道媽媽這句話的含義，想必她是感到自責吧。媽媽的罪過，我沒跟任何人說，就連爸爸也沒說。

「沒關係的，媽。」

我沒責怪媽媽。她不過是刻意讓一艘快要沉沒的船就此沉沒罷了。

「就只是形式改變而已，我們還是一樣不會變的哦。」

一種乾涸的感傷。一個家庭就這樣走向結束。

搬家打包行李時，我找到許多張我和弟弟出生前，爸媽那段還很幸福的時光的照片。我凝望爸媽婚前的照片，覺得自己對他們兩人的認識，只局限於他們是我的爸爸和媽媽，但現在卻覺得他們是和我對等的個人。爸爸和媽媽有他們各自的人生，我也有我的人生，當然，直人今後也會有屬於他自己的人生。我們只是在這短暫的時間裡聚在一起，如今則像不安航向各自航道的旅人。對於曾經同船共渡的他們，我今後應該還是會抱持著這份堅定的愛，不會動搖。

兩張臉和表裡兩面

—— 乙一

解說

以人面瘡為主題的作品。對寫驚悚小說的人而言，人面瘡是很熟悉的題材。是出現在自己肉體中的他人，同時也是侵蝕自己的象徵，人面瘡的存在或許也蘊含著現代的問題。此外，這部小說同時提到了某新興宗教「二世」的問題。

（初刊載於《小說 Tripper》二〇二二年春季號）

1

開始的一瞬間，還留有模糊的記憶。就像從打盹中醒來，我就此降生在這世上。明明沒受過教育，但我打從一開始，就能用日語思考。懂得因數分解，也具備簡單的英語聽力。人們花很長的時間逐漸學會的各種概念、社會的存在方式、倫理觀念等，我出生後馬上便能理解。

我的身體有腦這樣的器官嗎？客觀來看，我的肉體就只有皮膚表面區區幾公分高的隆起。我的宿主是一位少女，她的皮膚變形，長成人臉的形狀。這就是我，我即是所謂的人面瘡。

根據這位宿主的說明，我誕生的部位，是少女左耳後方一處嚴重的傷口。

「當時我脫下內褲趴在地上，露出屁股。媽媽從後方一再地用鞋拔打我屁股，但打到一半，媽媽一時手滑，鞋拔脫手朝我飛來，打中了我。我耳朵後方皮開肉綻，鮮血直流。這不是媽媽的錯，是我的錯。因為我把重要的《聖經》弄丟了，所以才會得到這樣的報應。」

過了一段時間，細菌跑進傷口裡，開始化膿，流出膿液。少女不敢告訴大人們這件事，以手帕擦除黃色的膿液，一樣到高中上學。

她左耳後方的傷口開始散發惡臭，皮膚變得潮溼潰爛。接著變得又紅又腫，形成三個小洞，構成了雙眼和嘴巴。後來長出像鼻子般的突起，也有了臉頰和下巴的形狀。當傷口長出和人一樣的臉蛋後，原本皮膚腐爛的部位就此脫落，也不再散發惡臭。這就是我，人面瘡就此誕生。

自古以來，人們都說人面瘡算是怪病或是一種妖怪。像我這樣，因傷口的腫包而變成人臉的情況相當常見，在古書文獻中也時有記載。皮膚上長出人臉的腫包，往往都會被描寫成可怕之物，例如會開始發出獰笑或是呻吟聲。

擁有自我意識的皮膚病。

會侵蝕身體的他人。

人面瘡就是這樣的東西。

附帶一提，我是一張女人的臉蛋。直徑達數公分長的皮膚腫包，看起來就像皮膚上貼著一個小小的面具。

原本就只是兩個凹洞的眼睛，開始長出像眼球的渾圓器官，然後上面覆上薄薄一層皮膚。鼻子開出兩個小洞，微微有空氣流通。嘴巴雖然沒長牙齒，但可以動下巴，讓嘴巴開合。不過嘴巴深處有一層皮膜，無法進食。

「我之前總是用洗手間的鏡子和手持鏡確認耳後的腫包狀況。當妳長成人臉時，我害怕得不得了，但又沒人可以商量……」

少女用蓬亂的黑髮遮住她左耳後方的我，一樣過日子。她要是剪成超短髮，坐她後座的女生肯定會看得一清二楚。

根據古文獻記載，人面瘡當中，有的似乎會進食。以我的情況來說，我現在還不能自己進食，但可能以後會有辦法吧。目前我都是藉由宿主的肉體，與她一起共享營養。

「抱歉，讓妳擔心了。我只是個普通的人面瘡，很常見的一種皮膚腫包。」

我出聲與少女對話。

山田優。這是我宿主的名字。

一位十五歲的高一生。

「妳這樣哪算常見啊。」

我們是在她上高中後過了一陣子才開始交談。記得是五月連休結束的時候。之前我們都知道彼此的存在，但都不想和對方有瓜葛。她對於耳後方長出的怪異腫包感到害怕，但她萬萬沒想到腫包會有自己的意識。而我也一直保持沉默，假裝是個平凡的皮膚腫包。

那天的向晚時分，她站在高中校舍的屋頂上，我也因此可以看見四周。可能是視野共享吧，優能看到的景物，不知為何，我也看得到。

優一把握住屋頂外緣的柵欄，低頭俯視地面。她的心跳好急，發出撲通撲通的聲響，血流異常急速，令我大為吃驚。身為皮膚腫包的我，直接受她體溫和血壓變化的影響。

我無法掌握她的心境，更不可能解讀她腦中的思緒。但精神層面的不穩定，會顯現在身體上。當時的優明顯不太對勁。

她想跨越柵欄。

我發現她是想跳樓。

「等、等一下！」

我忍不住叫出聲來。那是我第一次清楚地發出聲音，連我自己也沒想到我能發出聲音。

優似乎嚇了一跳，就此停下動作環視四周。她已確認過，屋頂上除了她之外，沒有別人。

「妳想自殺嗎？請妳再好好想一想！」

我大喊道。

「誰？有誰在這嗎？」

她感到困惑不解。

「有！妳要是死了，我可傷腦筋啊！因為妳死了，我也會跟著死啊！」

我是人面瘡，宿主的皮膚變形成人臉的一種存在。一旦她的生命活動停止，血液也會停止流入我這個腫包裡，我將失去氧氣供應。她肉體的死亡，也意謂著我的死亡，所以我勢必得阻止她才行。

「拜託妳！不要死！」

「我、我知道了……」

她惴惴不安地離開柵欄。

「可是，妳是誰？妳在哪裡？」

「妳摸摸看妳左耳後方。我就在那裡。」

優伸手摸向黑髮內側。她的手指碰觸我的身體，壓了我一下。發現剛才說話的對象，竟然是自己耳朵後方的腫包後，優大為吃驚。

公開自己的存在，當然還是會感到不安。人面瘡令人覺得可怕，難以接受。我有這份自覺，知道自己不屬於這世間，所以我害怕她可能之後會馬上去皮膚科動切除手術。但我也是出於無奈，總比眼睜睜看她跳樓來得好。

然而，儘管我深感不安，優卻接納了我。「拜託，請不要將我切除！」可能是我的討饒奏效了吧。

「我仔細想過，妳也需要有一個名字。沒有名字的話，要稱呼妳很不方便吧。」

從學校返家後，她泡在浴缸裡，對我這樣說道。身體因熱水變得暖和後，血行變得順暢，身為腫包的我也會隨之活絡，感覺無比舒暢。

「妳的名字是小愛。」

她以手指輕撫我。

「為什麼是這個名字？」

「我常在想，日後要是養寵物的話，就要取這個名字。」

「還真隨便……」

但我很快就習慣她稱呼我小愛。不過話說回來，替皮膚腫包取名字，還跟它說話，她確實是個古怪的女孩。不管怎樣，我和優就此展開了新生活。

山田優與父母同住。獨棟房的二樓，有她個人的房間。書架上擺滿了少女漫畫，床上擺有玩偶。給人的印象，是再普通不過的女生房間了。由於房間裡沒有電視，所以和我交談成了她的娛樂。入夜後，抱著玩偶躺在床上的優，會跟我說她父母的事。

她的父親在東京的一家商業公司上班，是一位戴著眼鏡，身材微胖的男人。母親是家庭主婦，是個美人，看起來比實際年齡還年輕。她身材纖細，說話沉穩。

聽說她父母是在某個新興宗教的聚會中認識，現在仍是虔誠的信徒，假日都會帶優前去參加聚會。為了推廣教義，也會去拜訪其他人家。這稱作奉獻活動，主要向人們闡述神明的教義，或是發送教會發行的小冊子。據說參加這項活動能累積功德，當世界毀滅時，能被帶往人稱樂園的場所。

樂園是沒有痛苦的幸福之地。有各種動物在那裡生活，可以盡情地撫摸牠們。為了前往樂園，優從小就和大人同行，在鎮上四處傳教，不論是熱得連柏油路都幾乎融化的大熱天，還是冷澈肌骨的冬天，從不間斷。

「那可真辛苦啊。」

「那是爸媽為我著想才這麼做。當世界末日來臨時，我也能因此獲救。」

這種宗教思想是只要從小參與奉獻活動，就能累積許多功德。獲得許多功德的人，就能取得前往樂園的門票。我完全不相信這種教義，但優怎麼說，我都配合她。

對了，優他們一家人所信奉的宗教，有一種名為懲罰之鞭的儀式，鼓勵信徒用責打來教養孩子。《聖經》中記載「不鞭打孩子，是憎恨他；愛自己的孩子，便要勤於懲戒」，他們奉行不悖。

當聚會中有小孩哭鬧時，父母就會將孩子帶往別的房間，一再用鞭子或棍棒打屁股。當孩子邊哭邊喊我錯了的聲音，以及打屁股的聲響傳進會場，虔誠的大人們才會說一句「真是一對奉行教義的好父母」，對此心滿意足。而捨不得打孩子的父母，則會被周遭的人認定是「不奉行教義的壞父母」。

「被帶往其他房間後，一定得自己撩起裙子，脫下內褲，露出屁股才行。因為屁股會被看光，所以給爸爸打的時候，真的很難為情。」

「優，妳挨打的時候是用鞋拔對吧？」
促成我誕生契機的那個耳後傷口，是在她被打屁股時形成的。
「用什麼打屁股，好像也曾經有熱潮。」
「熱潮？」
「媽媽們之間展開研究，看用什麼東西打屁股，聲音會比較響亮。因為能發出響亮的聲響，比較能獲得教會裡長老們的認同。一度聽說用皮帶打不錯，許多媽媽們就一起買特別用來打孩子屁股的皮帶。好像有一陣子流行用塑膠水管，最近則是以鞋拔打人形成熱潮。」
優說得雲淡風輕。因為對她來說，這是生活日常。要是她拿著小鏡子照向她耳朵後面的我，應該會看到一個皺著眉頭的人面瘡吧。
「妳應該會希望他們別再打了吧。因為妳的身體，也算是我的身體。」
「不過，也多虧那樣，我才能遇見小愛妳啊。」
躺在床上聊天，說著說著，優很快就睡著了。她發出睡著的呼吸聲時，我在左耳後方暗自思考。我的眼前一片漆黑，一旦她閉上眼，我也什麼都看不見。
每當她翻身，我就會被壓向枕頭，但不覺得痛。雖然我的小鼻孔也會被壓扁，但我沒有難受的感覺。
雖然我和優的肉體相連，但我無法完全看穿她的心思。她平時生活都在想些什麼呢？她聊到自己被打屁股的事情時，那口吻就像在講別人的事一樣。她現在正作著什麼樣的夢呢？我想著這些事，也就此沉沉入睡。

優就讀的高中位於郊外，升學排名說好不好，說差也不差。她都搭公車上下學，在車上總是拿出文庫本來閱讀。她喜歡奇幻小說，大部分的零用錢都用來買書，不會把錢花在買衣服、和朋友一起出去玩、吃飯上。應該說，她根本就沒有朋友。

她個性內向，在學校時一句話也不說。同學們在教室裡開心談笑時，她不是坐在自己的位子上發呆，就是看書。充滿活力的下課時間，只有優的身邊空無一人。

大家似乎都躲著她，這不是我的錯覺。我感覺得出同學們都離她很遠，不想靠近她，簡直就像把她當成腫包看待。雖然身為腫包的我這樣說有點奇怪……

的確，和大家相比，優是顯得土氣了點。在班上的女同學當中，有人染髮，也有人化妝。與這些亮眼的女生相比，優的黑髮既沒光澤，又顯得毛躁，很難抹除土氣的印象。而且她常低著頭，所以更顯死氣沉沉。

「最好別靠近她，否則她會拉你信教哦。」

男同學說話的聲音傳來，話題似乎談到了優。同學們對她避而遠之的理由之一，好像就是信仰的問題。

「我從和她念同一所國中的人那裡聽說，她到許多人家裡按門鈴，四處邀人信教。」

雖說法律保障人們有信教的自由，但對於和自己不一樣的人類，這社會還是顯得器量狹小。

「不必放在心上，優。」

我在她耳後低語。

「嗯，謝謝妳。」

優以只有我才聽得見的沙啞聲音回答。

某天，體育課教劍道。在地上鋪榻榻米的道場裡，同學們一人拿著一把竹劍並排而站。優不能參加，只在一旁觀摩。因為教義的關係，禁止學習傷人的格鬥技，所以她今天不能上課，只能坐在劍道場的角落，心不在焉地等候這堂體育課上完。

同學們不時會轉頭偷瞄優，竊竊私語。要是她違背教義參加劍道的課程，會有什麼後果呢？我對此產生疑問，所以試著向她詢問。

「要是我那麼做的話，等世界毀滅時，就不能被帶往樂園了。」

「只因為參加了劍道？」

「我爸媽大概會很生氣。」

「話說回來，妳說世界毀滅，到底是什麼時候毀滅？」

「不清楚。不過，大家都很擔心這件事。」

「妳也相信嗎？」
「嗯……」
在父母的影響下，她也是一位信徒，但她心中的信仰有多深呢？搞不好她是為了與父母打好關係，維持目前的生活，才假裝成信仰虔誠的樣子。因為她要是謹守教義的話，至少就不會挨打。
「我要是陪同參加聚會或傳教，爸媽會很高興。我現在這樣就很滿足了，因為只要家人開心，我也覺得很幸福。」
同學們向體育老師學習動作，揮動竹劍。我們很小聲地說話，所以他們聽不見。
「而且我現在的情況比以前更好了。在小愛妳陪我聊天之前，我每天都很想死。」
「真是太好了，今後有什麼事都儘管找我商量吧。要是有什麼苦惱，就說出來。可別突然做出自殘的行為哦。」
我每天都期盼優能健健康康。我的生存本能叫我要這麼做。
雖然我只是個微不足道的皮膚小腫包，但我能提供她生活的協助，例如行程管理。我似乎記性不錯，就算沒寫在記事本或日曆上，她的行程我也一樣牢記不忘。例如星期幾前得寫好作業，幾點前得出門，我都會下達指示，催她行動。
優有點迷糊。以前常忘了寫學校的功課，或是忘了將應該帶到學校的課本放進書包裡。不過，自從我開始協助她之後，她就沒再鬧迷糊了。我是個工作能力強的腫包，皮膚上長著的什麼都擅長的腫包，感覺真像在念繞口令。

有時她讀書有不懂的地方，我也會教她。她遇到不會解的算數問題，我會偷偷給她提示，引導她解答。上課時老師說的話，我全部記了下來，所以只要有我幫忙，她期末考應該能拿到將近滿分的高分。但考試時教室裡鴉雀無聲，所以我沒辦法出聲告訴她答案。因為在一片悄靜的教室裡，我怕自己的聲音會被周遭的人聽見。

暑假時，優時而和父母出席聚會，時而為了奉獻活動挨家挨戶拜訪。一位同是信眾的大嬸，一週裡面總有幾次會到她家裡來跟優講解《聖經》。確認裡頭重要的部分優是否已能默背，並問優對上面的解釋有什麼意見。

我對信仰不感興趣，但因為我無法離開優的身體，不得已，只好被迫跟著學習。最後我對《聖經》也有了些許的了解。

尤其是《約伯記》裡的故事特別有趣，因為裡頭出現了皮膚病患者。《約伯記》的主角約伯是個有錢的大善人，但為了測試他的虔誠，他被剝奪了所有財產。不光如此，他從頭到腳，皮膚全覆滿了腫瘤。我最喜歡腫瘤大顯身手的故事了，這就像看到親人出現在電視上會特別興奮一樣。

我向優詢問後得知，在信眾當中，《約伯記》似乎特別受大家喜歡。這位約伯大叔儘管吃盡苦頭，但仍未失去對上帝的忠誠，他也許可說是大家的英雄。

閒來無事的日子，優會到圖書館借奇幻小說。她父母禁止她看戰爭題材的作品，所以她都避開用劍與魔法和怪物交戰的那類作品。而像一名日本人轉生為西洋十八世紀的邪惡大小姐，運用現代知識開拓領地的這類作品，她似乎就很喜歡。

附帶一提，我喜歡的書籍類型是推理小說。以前優在不經意下看過的一本推理小說短篇集，令我深感著迷。

「優，拜託！借林肯．萊姆的系列小說回來看吧！」

我是人面瘡，沒有能自由行動的手腳。如果有想看的書，只能拜託優幫忙。除了請她翻動頁面，讓我閱讀文章外，沒別的辦法。

「知道了、知道了啦，小愛。妳冷靜一點。妳說話這麼大聲，會被大家發現的。」

在圖書館裡，她為我借了好幾本推理小說，而裡頭傑佛瑞．迪佛大師所寫的林肯．萊姆系列特別棒。主角癱瘓無法起身，這個設定真不錯。無法行動的我不由自主地對他投射自己的情感。如果有人面瘡票選的推理小說獎，它一定會入選為第一名。

在圖書館裡借了好幾本書，書包變得沉甸甸。優得雙手抱著書包回去才行。

「前面紅燈哦，要小心。」

「真的耶。謝謝妳，小愛。」

「千萬不能被車撞。」

「嗯，因為可能無法輸血。」

他人的血液進入自己體內，有違教義。如果優遇上交通意外，醫生或許會請他父母同意輸血，但她的父母是虔誠的信徒，就算優會大量失血而死，他們也可能會拒絕輸血。

「要保重身體。」

「我明白。」

暑假結束，第二學期開始。曬黑許多的同學們，各自在教室裡的不同角落形成小圈子，暢談暑假的回憶。有人出外旅行，有人結伴去參觀煙火大會。優坐在自己的位子上靜靜地看書。

持續翻頁的優，是真的很投入故事中嗎？還是說，她只是假裝沒聽到大家的對話？我不知道。

來到九月中旬，教室裡發生了一起事件。

優就讀的那所高中，早上七點開校門。每到這個時間，社團晨練的學生們就會來到操場上開始活動。上午八點四十分左右，導師就會走進教室舉行班級時間，學生們一定得趕在那之前到校不可。

九月十六日，晴天。

這天，優最早到教室。之所以比平日更早出門，是因為她爸媽今天得早起，到住在遠方的親戚家拜訪。優也配合他們提前準備出門，她坐上比往常更早的公車，平時總是塞車的馬路變得順暢許多，因而比預期更早抵達學校。

空無一人的教室，感覺真舒服。我們一面聊天，一面從窗邊望著操場。

「這裡由我們包場呢。」

「平時總是有其他同學在，不能像這樣用正常的聲音和小愛聊天。」

她抵達教室的時間是七點二十分左右。過了一會兒，同學們都陸續到校，所以我和優的談話就此結束。優一如平時，坐進自己的座位，從書包裡拿書出來閱讀。

八點過後，班上約有一半的同學到校。當中有位叫橋村春菜的女生，她是班上最漂亮的美少女，一身晶瑩剔透的雪白肌膚。與優毛躁又沒光澤的頭髮相比，橋村同學的頭髮亮澤又柔順，光線一照向她，就會像天使一樣，沿著她渾圓的頭型形成一道光圈。

這位天使般的橋村同學坐進自己的座位，隔了幾分鐘後，發出一聲尖叫。

教室裡的眾人都轉頭望向她。

橋村同學的波士頓包落在她腳下，那是個圓筒形的波士頓包，大小剛好可以夾在腋下。以耐水性的素材製作，外觀為藍色，上頭印有英文字母的ＬＯＧＯ。拉鍊打開，掉在她腳下。

「為什麼……？」

她顫抖著向後退，那張漂亮的臉蛋因恐懼而緊繃。她的眼睛緊盯著波士頓包。

「有血！」

有人大喊。

從掉落地上的波士頓包打開的拉鍊處，朝地面滴落點點的紅黑色液體。確實是血沒錯。教室裡一陣譁然，大家都圍在橋村同學的座位四周。其他班級的學生聽聞騷動，也紛紛站在走廊上往教室裡窺望。導師趕來向學生詢問經過。

「是貓！有隻貓……！」

一名檢查波士頓包的男學生加以說明。

「有隻死貓被放在橋村同學的包包裡！」

波士頓包就擱置在教室地板上，導師檢查後皺起眉頭。裡頭隱約可以看到一個黝黑的毛團，因為那半凝固的血液，使得貓毛看起來硬邦邦。幾名女學生感到噁心作嘔，衝出教室，應該是要衝去廁所嘔吐吧。橋村同學在好友的攙扶下，坐在教室角落。

從眾人的對話中聽來的消息得知，波士頓包是橋村同學的。教室的課桌設計兩側都可以掛包包，而那個出狀況的波士頓包，聽說平時都是掛在課桌旁。

橋村同學到校後，在搬動課桌時，發現掛在一旁的波士頓包重量不太一樣。她檢查裡頭的東西後，赫然發現是一隻渾身是血的死貓。

被塞進包包裡的貓，是在學校附近常看到的一隻黑貓。得知這件事後，優也倒抽一口冷氣，我也和她一樣震驚。

那隻貓死了？

我們都認識那隻貓。

因為沒戴項圈，所以應該是野貓。牠長得又瘦又小，有一雙綠色的眼珠。牠愛親近人，連對在教室裡人人避而遠之的優，牠也都會毫不生疏地靠近，任她撫摸。

「小黑……」

「小黑怎麼會……」

有幾名女學生哭了。看來，大家都替黑貓取名為小黑。之後從大家的對話中得知，小黑這名字還是橋村同學取的。她特別疼愛小黑。

導師將波士頓包連同小黑的屍體一起從教室帶走。沾在地板上的血漬，被幾名好心的男同學用抹布擦除了。但教室裡的騷動仍未平息，有人哭泣，有人生氣，各種反應皆有。

「會是誰幹的呢？」

我悄聲朝優耳後低語。

「是某個人做的嗎？做這麼過分的事？」

「那是當然。因為有人這麼做，才會出現這樣的狀況。」

「但對方為什麼要這麼做？」

「不知道。」

橋村同學在好友的簇擁下走出教室，應該是要去保健室休息吧。她臉上血色盡失，臉色慘白。

今天早上的班級時間比平時晚了一點舉行。那個出狀況的波士頓包似乎暫時由教職員室保管，導師一臉嚴肅地說明道：

「我與校長討論過，或許會報警，請警方來調查。關於這件事，如果有誰知道什麼消息，請舉個手。」

沒人舉手。

幾名學生視線投向橋村同學的座位。她的座位是靠窗那一排從後面數過來第二個，如果是平時，在窗外射進的陽光下，可以看見她宛如天使般的模樣，但現在只有空著沒人坐的椅子。

上午的課堂結束，進入午休時間後，傳來不平靜的對話。

「你覺得會是誰幹的？」

「應該是最早到教室的人吧？」

「犯人是在沒人看到的情況下，把死貓放進包包裡的。所以他比大家都還早到校，才能犯下這種惡行。」
「今天早上最早到教室的人是誰？」
大家開始找犯人。他們向同學打聽的結果，得知今天早上是優最早進教室。他們的交談聲傳來。
「犯人該不會是山田吧？」
下午開始上課時，這樣的猜疑已在班上蔓延開來。雖然沒人直接向優逼問，但從班上的氣氛感覺得出來，她已被當成是殺貓的嫌犯。面對那沉重的視線，優只能低著頭。

隔天上學時，優頻頻嘆氣。
「真不想去。」
後來不知道貓的屍體怎麼處理，可有幫牠造墓？我一面替優打氣，一面想著這件事。
雖然已過了一晚，但教室裡還是殘留著不平靜的氣氛。老師不予理會，繼續上課，但看到被貓血弄髒的地板，也就是橋村同學座位底下那一帶，還是會忍不住感到在意。雖然她已回到自己的座位上課，但一直都氣色不佳，休息時間也都愁眉不展。
「是山田幹的。那傢伙陰森森的，不就可能做出殺貓這種事嗎？」

「別說了，她會聽到的。」

優繼續坐在自己的位子上看書。她應該聽得到大家說話的聲音，但她毫無反應，繼續翻動頁面。

我感到忿忿不平。優才沒做呢！別亂扣帽子！如果我不是人面瘡，而是一般人的話，就會站起身，撲過去一把揪住他們。我比誰都清楚，優是無辜的。因為我一直和她在一起。

上課時，有一團紙球飛來，打中優的頭。她將滾落腳下的紙球打開來看，只見上面以潦草的字跡寫著「殺貓兇手！」。優不發一語地望著那張紙，接著環視四周，想確認是誰丟的。同學們不是望著黑板，就是低頭看課本，但感覺得出來，大家都刻意不與優的目光交會。

回家的路上，優坐在學校附近的疏洪道上，望著夕陽。天空染成了粉紅色，美不勝收。遛狗的人和慢跑的人從旁經過，現在是夏秋交界的季節。

「好久沒這樣了，有想死的衝動。」

優開口道。

「是嗎，妳想死啊。」

「嗯，抱歉，小愛。」

「不過，這樣我可就傷腦筋了。因為妳要是死了，我也會死。優，我們一起試著來證明妳的清白吧？要讓班上同學知道，那件事不是妳幹的！」

「沒用的。」

「得找出犯人。那個殺貓兇手應該是橋村同學身邊的人，我們一起揪出那個傢伙吧。」

如果不現在就採取行動，優將會一直背負著殺貓兇手的汙名。我從她左耳後方如此主張。

「妳也不能原諒對吧？竟然殺了那麼可愛的貓。那傢伙平安無事地過日子，而什麼也沒做的妳卻被大家責怪，這世界根本就反了嘛。我們要為小黑報仇！而且妳要是被當作殺貓兇手，妳爸媽又相信這種說法的話，妳猜會怎樣？」

我感受到優內心的動搖。她最害怕的，就是趴在地上露出屁股，讓父母用鞋拔打。她的父母有可能不相信自己的女兒，而選擇相信傳言。她們會將殺貓的行為解釋成是跑進女兒體內的撒旦所為，為了趕出撒旦，要用鞋拔狠狠地打。我能想像這樣的下場。

撒旦是什麼？應該是像惡魔般的角色吧。雖然我不是很清楚，但她的父母和其他信眾都深信有撒旦的存在。每當發生這樣的壞事，就全都會歸咎成是撒旦所為。

「我、我知道了……我會試著揪出兇手……」

她不太情願地同意了我的建議。

黃昏的天空拉出好長一道飛機雲。

她剛才說了好想死，但我不會讓她這麼做。讓她活下去，就是讓我自己活命。因為我是人面瘡。

2

九月十八日。教室裡沒人跟優說話，這和平時一樣，不過同學們的目光比以前更加嚴峻、冰冷。優被懷疑是犯人，只因為發現貓屍那天，她最早到教室。不該只因為這樣就定罪吧？

優散發出一股陰沉的氣場。那些開朗的同學所在的地方，就像青春電影般色彩鮮豔，但只有優坐的座位四周，呈現出日本恐怖片的氛圍。不了解優為人的同學們，對她有所誤解，認定她是可怕人物，殺貓不眨眼。我實在很想對他們說，優是個會抱著玩偶入睡，很普通的女孩。

「先問問看橋村同學怎麼說吧。」

我從優的左耳後方低語。

「不行啦。因為她可是橋村同學啊。」

橋村同學是位階最高的美少女。對優來說，不是隨便就能搭話的對象。

優斜眼偷瞄橋村同學所在的方向，那位像天使般的女孩跟其他班跑來找她玩的朋友在一起。她現在的表情還是一樣無精打采，不過這也難怪。

「為了破案，妳如果不找她問話，將會沒完沒了。」

她疼愛的貓被殺害了。

屍體被塞進她的波士頓包裡。

不可能和她無關。

但每到休息時間，橋村同學身邊總是有人，優一直找不到機會向她搭話。如果是放學後呢？我們就此等到這天所有課堂結束。

班級時間結束後，同學們不約而同站起身，開始準備回家。

「去追橋村同學吧。」

「嗯。」

橋村同學和幾名朋友走出教室。優與她保持一小段距離，走在她身後。離開校舍後，橋村同學與朋友道別，自己一個人走。她沒朝校門走，而是走到校舍後面。

這所高中校園深處的這一帶，樹叢茂密，宛如一座小森林。橋村同學消失在樹叢深處，她來這種地方做什麼？

「妳到過這一帶嗎？」

「不，第一次來。」

由於落葉覆滿地面，走起來容易打滑。她小心翼翼地朝橋村同學追去。

走過樹叢間的小路後，終於來到這所高中校園的邊緣。土地的邊界設有生鏽的柵欄。

有一部分柵欄損毀了，只有那裡周邊的樹木顯得稀疏，就像一座小廣場。綠色的雜草覆滿地面，綻放出點點的白色小花。

柵欄旁有一處隆起的土堆，相當於一個水桶的分量。地上擺了寵物用的盤子，一旁還附上鮮花。

「山田同學。」

在這聲叫喚下，優肩頭一震。理應是她在跟蹤的橋村同學，不知何時竟繞到背後。她朝優投去提防的視線，想必是她發現自己被跟蹤了，所以躲在樹叢後，讓優先走，然後繞到她背後。

「……！」

優大為慌亂，說不出話來。

橋村同學從優身上移開視線，蹲在土堆前，雙手合十。沉默數秒後，她站起身，轉頭面向優。

她的表情很沉痛，長長的睫毛在她眼中留下暗影。才高一的年紀，就感覺得到大人的成熟韻味。不過，我才出生沒幾個月，不該有這樣的感想。

「是我請老師在這裡替小黑造一座墳的。我平時都是在這裡餵牠吃飯，牠總是在我腳邊磨蹭，很可愛。」

「橋村同學，那個，我……」

「山田同學，大家都說小黑是妳殺的。這是真的嗎？」

「不是！」

優難得大聲回應。

橋村同學對優的聲音感到吃驚，瞪大眼睛。

「我、我沒有。我才不會殺害小黑呢……」

「真的不是妳做的？」

「真的不是。」

「我知道了，我相信妳。」

橋村同學瞇起眼睛，以溫柔的表情望著優。真教人意外，原本以為她也會和其他人一樣懷疑優。

「呃，為什麼……」

「其實我看過妳和小黑的互動。記得是暑假前吧，地點在學校附近的巷弄裡，我躲在一旁看。在學校外面遇到和自己不太熟的同學時，不是都會有點尷尬嗎？所以我才沒叫妳。我還清楚記得當時的情形，山田同學，妳那時候叫了小黑對吧？我沒在教室裡聽過妳的聲音，所以當時心想，原來妳的聲音是這樣啊。」

我感覺到優的體溫上升。這是她害羞時的反應。

每次在路邊遇到那隻黑貓，優就會停下腳步，想要摸牠，還會一邊對牠說：

「小貓咪，到我這邊來——」

「山田同學妳在叫喚貓咪時，感覺跟在教室的時候很不一樣。妳臉上還掛著笑容。我當時心想，原來妳的聲音這麼可愛啊。」

「唔唔……」

優以像要哭出來似的聲音發出呻吟。

「妳當時的身影，與殺貓兇手的形象實在搭不起來，所以我認為殺死小黑的兇手另有其人。我也跟班上的朋友算是提過吧，說兇手可能不是山田同學，但沒人相信我。」

橋村同學嘆了口氣，靠向柵欄。柵欄靠近地面的地方損毀，形成一個可供貓咪穿越的小洞。我暗自猜想，小黑一定就是利用它進出這所高中的校園。

「山田同學，我相信妳沒做。」

她接著聊起跟小黑的回憶。她是在上高中後遇見小黑，和牠變成好朋友的。定期都會在這裡餵牠吃飯和點心。小黑在她腳邊磨蹭時，只要搔牠下巴，牠就會覺得很舒服，發出咕嚕咕嚕的聲音。心情沮喪時，牠總能帶來慰藉。

實際與橋村同學聊過後，明白她是如假包換的天使。就近細看後發現，她的肌膚像瓷器一樣光滑，完全沒斑點，與患有怪異皮膚病的優大不相同。她沒受謠言所惑，全憑自己的價值觀來判斷事物，選擇相信優。我對她的好感度迅速提升，幾乎都快衝破天際了。

經這麼一提才想到，以前曾在教室裡聽過這麼一個傳聞。

那是橋村同學小學時的事。當時教室裡養了文鳥，她看養在鳥籠裡的文鳥可憐，為了讓牠們自由，而放牠們飛向空中。那時候她還假裝成是不小心讓文鳥飛走的。

振翅飛向遼闊世界的文鳥。

送走牠的橋村同學。

這始終都只是傳聞，不知道是否真有其事。也許是她散發的聖潔氣息，讓這種編造出來的故事在同學間散播開來。

附帶一提，養在鳥籠裡的鳥，往往不懂得如何覓食，而且野外天敵也多，所以逃走的鳥大多是死路一條。放鳥籠裡的鳥兒逃走，其實是錯誤的行為。

「我也要祭拜一下。」

優如此說道，在小黑的墳前蹲下身，雙手合十。

這地面下埋著黑貓的屍體，那隻被某個人殺害的可憐黑貓。光是想像便覺得心痛，雖然身為人面瘡的我沒有心。

「大家都在說，山田同學妳加入了某個宗教。妳向動物的墳墓祭拜沒關係嗎？」

「長老在聚會中說過，我們只要各自依照《聖經》訓練的良心去行動就行了。」

「長老……」

橋村同學微微後退，不過優不以為意。

「不過，也有很多人堅持不參加其他宗教的喪禮。」

「山田同學，妳真的有點怪耶。」

「是、是嗎？」

兩人並肩靠向柵欄聊了起來。小蝴蝶在花草上盤旋。

「可以問妳幾個問題嗎？」

優略顯緊張地問道。

「橋村同學，妳是否曾遭人憎恨呢？」

「遭人憎恨？沒印象耶……」

就她的表情來看，似乎真的不知道。我試著回想她在教室裡的情形，但只會浮現她深受大家喜愛的畫面。

「妳最後一次看到小黑是什麼時候？」

「前一天的下午。下午三點不是有短暫的下課時間嗎？我跑到這裡餵牠吃點心。」

橋村同學望著墳墓。

「小黑是怎樣被……被殺害的？妳看過牠的傷口嗎？」

「我不清楚。不過，感覺不像是刺傷。雖然包包裡有很多血，所以覺得是有哪裡受了傷……當時沒仔細調查死因，就埋進這裡。現在才覺得，應該讓獸醫檢查才對。不過，牠的樣子也不像是被車撞得支離破碎，所以不是有人發現車禍死亡的小黑，而特地帶來給我。」

我以只有優聽得見的輕細聲音，在她耳邊說道：

「問她有誰知道她和這隻貓的關係……」

橋村同學一時露出詫異的表情，也許是她隱約聽到我的聲音。不過她沒追問，可能她當是自己聽錯了。

「有多少人知道妳和小黑的關係呢？」優說。

犯人是知道橋村同學很疼愛小黑的人。如果知道這件事的人不多，就能大幅縮減嫌疑犯的範圍。

「班上的女生幾乎都知道吧。知道這地方的女生也不少，而且我不在的時候，她們好像也會來。她們會各自買自己喜歡的貓咪點心來這裡餵小黑。」

真遺憾，看來很難縮小範圍。

我試著在腦中整理資訊。

9／15　15：00　橋村同學來看小黑，並餵牠吃點心。
9／16　07：20　優到學校。小黑已經被殺害，放進包包裡。

換言之，小黑被殺害，是在九月十五日下午三點到隔天早上七點二十分這段時間。如果有其他目擊情報，應該就能縮小可疑人選的範圍。

優抵達教室後，小黑的屍體才被放進包包裡，有沒有這個可能性呢？

一定不可能。教室裡有好幾名同學在場，如果那麼做，不可能沒人發現。小黑的屍體滿是鮮血，如果要塞進包包裡，雙手一定會沾滿鮮血。在教室裡有人、容易引起注意的這個時候，不可能那樣做。

有沒有可能是事先另外準備一個同樣種類的波士頓包，在其他地方塞進屍體後，在教室裡偷偷掉包？如果只是將包包掉包，應該能在不引人注意的情況下辦到吧？

「妳問她包包的事。現在包包在哪裡？」

我小聲地低語。

「請問之前裝小黑的包包，現在在哪裡？」

「丟掉了，連同裡面的毛巾和筆記本。因為沾著小黑的血，已經不能用了。」

據她所言，包包裡原本就放了一些東西，研判小黑的屍體是直接塞在上頭。包包裡的東西沒有哪裡不一樣，這表示包包沒被掉包。

此外，橋村同學的波士頓包是她國中時代的學姊給她的，是某運動品牌的復刻版，聽說現在已經買不到了。它用的是具有防水功能的布料，所以小黑裝在裡頭，血不會往外滲。如果是一般的布面，血應該會滴落地面，馬上就會被人發現。

不過，那個出狀況的包包已經被丟掉，實在很遺憾。要是仔細調查，或許能找出某個線索。

透過優向橋村同學確認後，得知包包裡除了裝有小黑的屍體，以及原本就放在裡頭的東西外，沒有其他可疑的東西，例如也沒有發現用來搬運小黑屍體的塑膠袋。

「對了，警察那邊……」

優如此低語道。導師說過，他可能會找警方談這件事。最後警方展開調查了嗎？

「我在保健室休息時，警方來過，但就只是簡單問幾句話就走了。他們會觀察情況，學校方面好像也不想把事情鬧大，教務主任還向警方低頭拜託，請他們不要把這件事傳出去……」

可能是因為實際遭傷害的不是人類，而是野貓，警方似乎不會認真展開搜查。他們只說，如果日後還有什麼狀況，再跟我們聯絡。

不知不覺間，天空已轉為晚霞的赤紅。柵欄的網狀黑影，落在小黑長眠的墳墓上。遠方應該是吹奏樂社團在練習吧，微微傳來銅管樂器的樂音。

橋村同學靜靜注視著優。優感到畏縮，橋村同學接著道：

「山田同學，妳要不要把頭髮剪短啊？要是妳不遮住眼睛，換個清爽的髮型，應該會給人不同的印象。」

「不，我這樣……就行了。這樣就行……」

優低下頭，讓劉海遮住眼睛。

「可是我覺得妳很適合短髮耶。」

「我……不能剪短髮。」

優按住覆在左耳上的毛躁黑髮。那是覆蓋住我這個人面瘡的頭髮，她應該是在表明，為了保護我，她不能剪髮。優，抱歉，我暗自在心裡這麼想。

「真可惜。」

橋村同學嘆了口氣。

位階最高的天使與位階最底層的優，兩人站在一起聊天的光景，一定很罕見。其他同學要是看到這一幕，想必很驚訝。

「九月十五日放學後，最後留在教室裡的人是誰呢？」

優重振精神，提出問題。這是事前想向橋村同學詢問的問題之一。我們事先討論過，決定出幾個提問事項。

小黑被殺害後，放進包包裡，是幾點的事呢？為了縮小可能的範圍，我們想問她最後留在教室裡的人是誰。

「這件事交給我，我會去調查。」

「咦，真的可以嗎？」

她也願意協助我們調查？

「山田同學，妳想查出是誰殺害小黑嗎？所以才會像剛才那樣問我許多問題對吧？既然這樣，也算我一份。因為我也想找出殺害小黑的傢伙，痛扁他一頓。」

橋村同學露出冷酷的眼神說道。優後退一步，與她保持距離。橋村同學臉上布滿殺氣，與她平時的形象落差極大。她發現優像小動物一樣發抖，轉為對她嫣然一笑。

回到校舍附近後，在橋村同學的提議下，兩人互留聯絡方式。優也有手機，但她似乎沒和人交換過電子信箱。她動作生疏地輸入橋村同學的資料後，與她道別。

想必她很高興吧。在回家的公車上，優朝手機螢幕上顯示的橋村同學的電子信箱凝望良久。

星期天下午。

優被叫去一家位在高中附近的家庭餐廳，坐進靠窗的座位。她肩膀緊繃，全身散發緊張的氣息。幾乎都可以聽見她內心傳出的聲音，不斷喊著「怎麼會變成這樣」。

店內坐滿了人，相當熱鬧。橋村同學坐在優隔壁，正低頭看菜單。她穿著一件漂亮的連身洋裝，活像是從雜誌裡走出來的美少女模特兒。

這四人座的包廂，正面坐著兩位沒和優說過話的同學。

一位是頂著一頭短髮，個性活潑的田徑社員小野寺照美同學。她的打扮是顏色鮮豔、方便行動的街頭時尚穿搭。

另一位戴著銀框眼鏡的，是班長神倉京同學。她穿著一件講究有型的襯衫搭裙子，皆是高級的上等布料。

優極為怕生，而且不知為何，小野寺同學一直盯著優瞧。優承受不了她給的壓力，低著頭，餐桌底下的手指一直靜不下來。身為人面瘡的我只能靜觀情勢發展。

幾個小時前，橋村同學主動聯絡，突然找優出去。

「是關於那起事件，下午方便見個面嗎？」

她似乎已查出發現黑貓屍體的前一天，也就是九月十五日放學後，最後留在教室裡的人是誰。橋村同學說，雖然不清楚這能否成為線索，但還是一起來聽聽看怎麼說吧，就此向優提出邀約。

來到指定的地點一看，橋村同學、小野寺同學、神倉同學，全在那兒。小野寺同學一見到優，馬上皺起眉頭。

「為什麼山田會來？」

「她是單方面被當作這起事件嫌犯的受害者。為了洗刷自己的嫌疑，她一直在找尋真正的犯人，而我也決定幫她的忙。」

橋村同學如此說明後，神倉同學以平淡的口吻回應。

「橋村同學和山田同學……真是意外的組合呢。」

神倉同學是個情感不太顯露在外、個性沉穩的女生。

優難為情地低頭致意。站在她們三人面前，更加突顯優這身便服的土氣。優穿的這套樸素的運動服滿是脫線，這副模樣就像只有她一個人遠從數十年前的日本穿越時空來到現代一樣。平時大家都穿制服，所以沒注意到這樣的差異。

四人走進家庭餐廳，坐進包廂，照人數點了飲料吧暢飲，一直坐到現在。

優很感興趣地環視店內。

「家庭餐廳有這麼稀奇嗎？」

橋村同學問。

「因為我很少來。」

優如此回答。以前從店門前走過時，優總是隔著玻璃望向裡面快樂用餐的人們。她應該是很想哪天也到店裡光顧吧。

「為什麼妳能正常地和山田說話？不就是她殺死小黑的嗎？」

小野寺同學一副無法接受的模樣，瞪視著優。優怯生生地搖著頭。

「不、不是我……！」

「小野寺同學，妳為什麼覺得山田同學是犯人呢？只因為發現小黑屍體的早上，她最早到教室嗎？」橋村同學說。

「這也是原因之一。還有，她不是邪教組織的嗎？」

邪教，指的也就是狂熱宗教團體。在一般人的印象中，指的是反社會的宗教團體。看來小野寺同學的心中，對優所屬的宗教團體存有偏見。過去被視為邪教的新興宗教團體曾在日本引發嚴重的事件，展開無差別殺人。她也許是對此存有強烈的印象吧。

「那是偏見吧。」

橋村同學露出很傷腦筋的神情。

「我不想聊宗教。或者應該說，我不感興趣。」

神倉同學以吸管喝著果汁。

「那我們來談正題吧。我想問的是十五日放學後的事，關於那天是誰最後留在教室裡，我已試著問過每個人。結果有人提到小野寺同學和神倉同學妳們兩人的名字，妳們當時在一起嗎？」

面對橋村同學的詢問，先開口回答的是銀框眼鏡的神倉同學。

「不，我們算是擦身而過。記得一開始是我在教室裡處理事情，後來忙完準備回家時，小野寺同學走進教室。」

九月十五日下午五點左右，神倉同學在導師的請託下，在教室裡製作講義。她因為班長的身分，時常接受委託處理雜務。一開始處理時，教室裡還有其他幾名同學也在，但過了三十分鐘後，大家都回去了，只剩她一人。

「我一直都待在教室裡工作。有其他班上的同學站在走廊上聊天，所以只要問他們就會知道。而我忙完工作正準備回家時，小野寺同學正好結束田徑社的活動，走進教室。當時好像是六點十分左右吧，外頭已經天黑了。」

優取出筆記本和筆，將她說的話記下。

橋村同學向她們兩人提問，抽絲剝繭。

「小野寺同學，妳記得當時的事嗎？」

「大致記得。我那時候心想，當班長竟然得忙到這麼晚，還真是辛苦。」

「因為我家住得近，所以還好，反正很快就能回到家。我家就位在學校後面，所以我也常看到牠。」

神倉同學說的牠，應該就是小黑吧。

「我和小野寺同學打聲招呼後，就離開教室。」

「小野寺同學，妳回教室做什麼？」

「我有東西忘了拿。我在田徑社的社辦換回制服後才發現，我得還朋友的一樣東西竟然忘在教室裡了。」

「妳忘了什麼東西？」

小野寺同學顯得有點難以啟齒，但最後還是說了。她回教室拿的，是某個男性偶像團體的寫真集。她確認神倉同學離開後，將寫真集放進書包裡，便馬上離開教室。

「妳喜歡那個偶像團體啊。」橋村同學說。

「我超愛的。對了，在我之後沒人進教室嗎？」

「目前沒問到其他名字。只要沒有目擊者，犯人就有可能偷偷潛入教室。因為校門好像是一直開到晚上九點。」

「是誰說出我和小野寺同學的名字？」神倉同學提問。

「是矢島同學說的，她說看到妳們兩人先後走出校舍。」

「矢島信子？」

「對。」

這位同學給人的印象有點可怕，不容易親近。聽說她曾經因為偷竊和抽菸而接受輔導。不過，橋村同學竟然也和矢島同學有往來，她的人脈之廣，令人吃驚。
「妳們兩人在教室的時候，我的包包掛在課桌旁邊嗎？」橋村同學問。
「不清楚。應該有吧。」神倉同學說。
「我沒看，因為我向來不注意這種事。不過等等，搞不好……」
小野寺同學話說到一半，突然拿出手機，操作起手機畫面。她在螢幕上顯示出一張像是在教室裡拍攝的照片，拿給橋村同學看。優在一旁窺望手機畫面。
「這是那天拍的。」
照片的構圖，是擺著一本男性偶像團體寫真集的桌子。由於是採斜上方拍攝的角度，所以其他人的座位也拍進了背景中。
「是什麼時間拍攝的？」
「我在走出教室前，傳訊息給朋友，順便傳了這張照片。」
在背景中最靠邊的位置，可以看見橋村同學的座位。波士頓包就掛在課桌旁，這表示不是有人偷偷將她的包包帶回家，而是一整晚都留在教室裡。
「謝謝妳，小野寺同學。」
「不客氣。不過，山田一句話也沒說耶。妳在這裡有意義嗎？」
小野寺同學一副很受不了的模樣，對優這樣說道。
「說、說得也是……我也這麼認為……」

優聲若蚊蚋地說道，低下頭去。

後來她們一直閒聊，也沒談到什麼特別有用的消息。橋村同學和神倉同學有許多共同的朋友，兩人閒話家常，談到某某某好像念某所高中這類的話題。神倉同學在幾年前搬來這裡之前，與橋村同學一直都屬於同一個校區。

小野寺同學很熟悉藝人的新聞，講了各種八卦。但一談到電視的話題，優便插不上話，只能默默聆聽。不過話說回來，就算談其他話題，優一樣也沒開口。

閒聊過後，離開家庭餐廳，優和三人道別。

「要不要一起去唱卡拉ＯＫ？」

橋村同學開口邀約，但優加以婉拒。

與其他人道別後，優獨自走向往住家方向的公車站牌。橋村同學、小野寺同學、神倉同學，似乎是朝站前的鬧街走去。

「為什麼不跟她們一起去呢？」

在回家的公車上，我向她詢問。車內空空蕩蕩，而且優的四周都沒坐人，所以不必擔心我的聲音會被人聽見。

「我很怕在眾人面前唱歌。」

「優，妳真傻。如果和人一起去卡拉ＯＫ，或許就能結交新朋友啊。」

「絕對不可能啦。我沒辦法唱卡拉ＯＫ，我光想像就快吐了。」

她手摀著嘴，似乎真的覺得很不舒服。由於我寄宿在她的肉體上，所以能從她的血壓和脈搏變化來掌握此事。

「不過，還是很感謝橋村同學。雖然不知道得到的消息能否幫助破案，但至少明白放學後教室裡是怎樣的情形。」

「嗯，如果只有我一個人的話，沒辦法像她那樣問出情報來。」

她望著窗外，眼前是郊外遼闊的寒冬景致。公車駛過河上的大橋，往住宅區前進。天空灰濛濛一片，彷彿隨時都會飄雨的灰雲遮蔽了太陽，明明是大白天，但路燈已亮起。優的臉映照在公車車窗上。

「有一次我和媽媽為了奉獻活動，一起到街上去。」

優像是突然想起往事，開始娓娓道來。

「馬路中央有隻被車輾死的狗。在夏天的炎熱天氣下，媽媽撐著陽傘。那隻狗的屍體發出惡臭，然後我問媽媽，狗狗是否也能去樂園。」

根據優的父母所信奉的教義，世界末日來臨時，信仰神明者會被帶往樂園，能永遠在那裡過著幸福的日子。

「妳媽怎麼回答？」

「她說狗沒辦法去樂園。為了前往樂園，好像必須細讀《聖經》，擁有堅定的信仰。」

「而狗沒辦法讀《聖經》。」

上帝可真壞心。

在寫給信眾的孩子們看的繪本中，有像是樂園示意圖的頁面，描繪了人們在滿是綠意的山丘上幸福歡笑的模樣。那裡百花齊放，人們和許多動物一起玩樂，例如鹿、獅子、大象、鳥兒。

如果她媽媽說的話屬實，那畫裡的動物們又是從哪裡帶來的？是一直棲息在樂園裡的動物嗎？

「不過，教義中提到『上帝告訴人們要照顧動物，禁止虐待動物』、『上帝命令侍奉祂的人們，要疼愛動物』，所以媽媽都身體力行。」

「怎樣身體力行？」

「她把陽傘交給我，輕輕地用雙手抱起那腐爛的狗屍，把牠擺到陰涼處。媽媽應該是心想，要是將牠擱置在馬路中央不管，會被其他車輛輾過吧。媽媽洗好手後，打電話到市公所，問他們該怎麼處理才好。過了一會兒，保健所的人前來。這段時間我和媽媽一直陪在那隻狗旁邊。因為很臭，我跟媽媽說，我到對面去好不好。但媽媽她一直待在狗的身邊，用溫柔的聲音對牠說，很痛對吧，已經沒事了。」

「那隻狗一定很感激她吧。」

優的母親是個很善良的人。雖然會用鞋拔打優的屁股，但那只是遵從教義，活在別人認定的價值觀當中。

「一般人就算看到有狗的屍體躺在地上，也都會視而不見。那天媽媽的表現真是太偉大了，雖然她可能只是因為想去樂園才那麼做的……」

「說得也是。」

是因為對狗的憐憫和溫柔，才採取那樣的行動嗎？還是說，這只是藉由忠誠地遵守教義，累積點數，好前往樂園？這點值得探討。

如果是前者，那她母親心中有著真正的愛；如果是後者，則是為了自己好才採取行動。

「我也不清楚。不過，結果是哪一個可能都不重要。因為發生過這樣的事，在我心中留下了回憶，這點最重要。」

公車停在站牌，有人走上車。在有可能會聽到我們說話聲音的範圍內，有乘客就座。我們就此沉默，望著窗外的景色。

優是二世。當父母信奉某個宗教時，會從小就給予孩子宗教方面的教育，讓他們成為信徒。在父母的影響下成為信徒的孩子，人稱二世。

優會和父母一起出席聚會，也會參加奉獻活動。如果她心中有信仰，相信教義，不可能會做出傷害小黑的行為。因為「上帝命令侍奉祂的人們，要疼愛動物」。

在住宅區下了公車，走了一小段路後，天空開始落下小雨。我對她說：

「你們班的人都誤會了。擁有信仰的妳，明明應該是最不可能有嫌疑的人啊。」
因為教義中寫著「要疼愛動物」，所以她不可能會傷害動物。
「不過，大家會誤會也是沒辦法的事。」
「為什麼？」
「妳看嘛，在耶穌犧牲之前，人們不是都將動物的生命獻給神明，當作是贖罪的供品嗎？在《舊約聖經》裡有許多這樣的小故事，所以班上的同學應該是把小黑的犧牲解釋成是供品，認為我是想要贖罪吧。」
「不，應該不是這樣吧。」
我不認為同學是因為這樣才懷疑優，因為那不就要有《聖經》方面的知識了嗎？
「妳想多了。」「是嗎？」我們邊走邊這樣對話，抵達家門。慶幸的是，我們在真正降下大雨前抵達。
「我回來了。」
「妳去哪裡了？」
「今天一樣去圖書館。」
優和媽媽只簡短交談了幾句。她沒說出自己和同學一起去家庭餐廳的事，媽媽聽了想必也不會有好臉色。
不是信徒的普通孩子，稱作「世俗之子」。父母告訴優，沒必要和「世俗之子」太過親近。

這點我實在看不下去。優好不容易認識一群像朋友般的同學，為什麼非得這樣偷偷摸摸的。信仰真的這麼重要？乾脆別信好了，那會怎樣？我暗自想著此事。

3

站前的購物中心裡，有個樓層擺滿了夾娃娃機。裡頭播放著熱鬧的音樂，許多情侶在那裡約會。

每一臺夾娃娃機裡都裝滿了大量的玩偶和點心獎品。我當然就不用說了，就連優似乎也是第一次來這種地方。每次看到她感興趣的夾娃娃機，她總會駐足凝望。

「優，橋村同學要走遠了。」

「嗯。」

我在耳後出聲叫喚，優急忙朝橋村同學背後追去。看她走在這個樓層，那熟門熟路的模樣，我猜她應該很常來。在這個樓層的男生們頻頻偷瞄她，她的容貌不管去到哪兒，都很顯眼。

「矢島同學、涼宮同學，讓妳們久等了。」

橋村同學來到這樓層的某個區域後，停下腳步。她的視線前方，有兩個正在玩夾娃娃機的女孩。是班上的同學，矢島信子和涼宮砂良。

矢島同學是所謂的太妹。染著一頭金髮，修出一道細眉。上課時老師指責她態度惡劣，將她趕出教室，可說是家常便飯。

而涼宮同學則是所謂的辣妹。一身亮眼的打扮，化妝當然是少不了的，耳朵上還戴了耳環，耳環上嵌了粉紅色的寶石。梳整得像公主般華麗的頭髮，染成明亮的顏色，而且還是波浪捲。

「啊——差一點就能夾到的說——」

涼宮同學的夾娃娃機鎖定的是一隻動漫模型。夾爪巧妙地夾起了包裝，卻在半途滑落。她很不耐煩地朝機臺踢了一腳。

「涼宮，妳冷靜一點。這樣店家會不准妳來的。妳來啦，橋村。那位是誰？」

矢島同學撥起頭髮說道。她的視線投向緊跟在橋村同學身後的優，露出詫異的表情。

「是我們班的山田啊。妳忘啦？她最近得到一個殺貓兇手的綽號。」

涼宮同學在一旁說明道。

「殺貓兇手山田？就是妳殺了小黑嗎？」

優搖頭。雖然想否認，但似乎是因為怕她們兩人，而發不出聲音。身為優身上的人面瘡，我都就近觀察她的生活，所以我明白，優向來很怕染髮的人。

優的父母每次看到染金髮或褐髮的年輕人，就會向她進行機會教育，「他們是被撒旦影響的『世俗之子』」、「妳可不能變成那樣哦。因為以後世界末日來臨時，他們會被毀滅」。或許是因為這個緣故，優在無意識中將她們這種類型的人看作是撒旦那邊的人，而心生畏懼。

「山田同學殺害小黑這件事，純粹只是謠言。妳們可不能相信啊。」

天使橋村同學向她們兩人說明。真感謝她。

店內的音樂和機臺發出的聲響無比吵鬧，所以她們決定移往一處安靜的場所。來到這樓層的角落後，發現玻璃牆面那邊有張長椅。橋村同學要矢島同學和涼宮同學坐進長椅，自己則是倚著玻璃牆面。微微傳來喧鬧聲，但已不會讓人感到在意。

「那件事是真的嗎？」

橋村同學率先開口道。

「是真的。涼宮說她親眼看到，所以我才跟妳聯絡。」

矢島同學的聲音很沙啞。同學間傳聞，她可能是因為抽菸喝酒才變成這種嗓音。

「涼宮同學，那天晚上妳有看到小黑？」

「嗯，晚上九點左右吧。在學校附近的巷弄裡看到的。」

涼宮同學打開化妝盒，一邊抹護唇膏，一邊應道。來這裡就是為了聽她怎麼說，優取出筆記本和筆，站著抄寫。

「要從哪邊開始說好呢？」涼宮同學問。

「那天，涼宮和我一起離開教室。學校放學是四點半左右，在輕音樂社的學姊邀約下，我們一直都待在社辦裡。」矢島同學說。

「對、對。五點四十分左右，我的朋友打電話給我，所以我先走。後來一直在家庭餐廳裡聊天，待到晚上九點左右才回家。」

「妳是在那之後看到小黑的嗎？」

「是我離開家庭餐廳，跨上自行車的時候。我騎車上下學，當時小黑出現在學校後方的巷弄裡，在路燈下伸懶腰。我一叫牠，牠就轉頭望向我，微微叫了一聲，所以我不可能看錯……那是我最後一次看到小黑。」

涼宮同學收起化妝盒，朝優瞄了一眼。

「我一開始聽說殺害小黑的人是山田時，差點失控抓狂。」

優感到畏怯，向後退去，與涼宮同學坐的長椅拉開距離。她躲向附近的觀葉植物後方。

「妳發現小黑的地點，請再說詳細一點。」

「就在學校旁的巷弄。那裡不是有個郵筒嗎？就在那附近的路燈下。」

這麼說來，小黑是在晚上九點後遭到殺害的囉？有人殺了小黑，將屍體搬進校舍內，偷偷放進橋村同學的波士頓包裡，這個可能性相當高。

犯案時間是什麼時候？

我一面聽她們說，一面思考。最早到校的優被人懷疑，但校門是早上七點開放。優到校的時間是早上七點二十分左右，也就是說，如果是開校門後的這二十分鐘的時間裡，犯人能在沒人目擊的情況下，將小黑的屍體放進波士頓包裡……

對犯人來說，深夜潛入教室裡，似乎才能從容地處理這項工作。

「矢島同學，妳離開輕音樂社的社辦後，就馬上回家了嗎？」

「我六點時離開社辦，之後一直在校門口和學姊們站著聊天。」

說最後留在教室裡的人可能是小野寺同學和神倉同學，向橋村同學透露這項消息的人，就是矢島同學。可能是她在校門口時，目睹她們兩人先後離開學校。

「對了，其實我有個獨家消息哦。」

矢島同學彈響手指，露出輕蔑的笑容。

「消息？」

橋村同學納悶地側著頭。

「我有位叔叔在保全公司上班，當時他好像碰巧到我們學校進行定期巡視。知道什麼是定期巡視嗎？就是所謂的巡邏啦。他深夜開車到學校，持手電筒在校舍裡巡邏一圈後便離開。我們學校與保全公司簽訂合約，在教職員室或電腦教室等地方裝設了防盜感應器，不過，感應器無法涵蓋的範圍相當多，所以才要去那些地方巡邏。」

「是矢島同學妳叔叔負責啊？」

「對。而不久前，警察跟我叔叔任職的那家保全公司聯絡。警方問道，九月十五日深夜，那家和你們簽約的高中，有沒有發生什麼怪事？」

警察可能是在調查有沒有人在深夜時潛入校舍，將貓屍塞進橋村同學包包裡的可能性，才會向保全公司詢問。

「警方好像把情況告訴了我叔叔，說有人將貓屍放進學生的包包裡。我叔叔知道是自己姪女班上發生的事，嚇了一跳，打電話給我。其實就算是跟親人講工作上的事，也算是違反契約，但他和我一樣，不在乎這種事。接下來要講的是重點。我叔叔深夜十二點去巡邏時，好像聽到了。」

「聽到什麼？」

「貓叫聲。他在巡視校舍時，好像有聽到一聲『喵』。他當時心想，可能是有隻貓混進來了吧。最後他沒找到那隻貓，所以也就沒處理，但他在巡邏紀錄上寫下這件事。」

深夜十二點，在校舍裡聽到貓的叫聲……

這是怎麼回事？

那個時候小黑還活著，是在天明前那段時間被殺，然後塞進包包裡？這表示兇手是在校舍裡殺害小黑的？

「這是真的嗎？」

橋村同學投以猜疑的目光。

「我叔叔沒理由說謊吧？他好像也跟警察報告了這件事，所以妳可以去確認是不是真的。」

「若真是這樣，那表示犯人帶著小黑，躲在暗處？」

在一旁聆聽的涼宮同學，以略顯害怕的表情說道。

「這很難說。如果是這樣的話，我叔叔有可能會和犯人撞個正著。學生在深夜潛入學校的情形好像出奇得多，例如偷考卷試題，或是想擅自竄改成績單，也常有畢業生潛入學校惡作劇。」

眾人盡皆沉默。不遠處傳來的夾娃娃機熱鬧音樂，以及人們玩樂時發出的笑聲，這時顯得特別鮮明。隔著玻璃看到的站前風景，已微帶橘色。

「我說完了，還有什麼想問的嗎？」

「山田同學，妳有沒有什麼想問的？」

橋村同學望著優問道。

「啊，我……」

突然被問了問題，優顯得舉止怪異。她似乎腦中一片空白，我悄聲在她耳後低語。

「他是在校舍幾樓聽到貓叫聲的？」

優直接照著我的提問發問。

矢島同學回答：

「他說在二樓，但正確的地點就不清楚了。」

高中的校舍是四層樓。優他們一年級的教室在二樓，位於東南邊的走廊盡頭處。在同樣的二樓聽到貓叫聲，表示那很有可能是小黑的叫聲。

「還有其他問題嗎？」

矢島同學望著優，優以怯縮的模樣搖了搖頭。看來，這場詢問調查就此結束了。

「謝謝兩位，感謝妳們的幫忙。」

橋村同學向兩人行了一禮，優也跟她一樣低頭鞠躬。矢島同學和涼宮同學一同離開這個滿是夾娃娃機的樓層，橋村同學略顯倦容地坐向長椅。

「小黑死亡的時間，是十六日零時到天明這段時間是吧……愈來愈搞不懂了，到底是怎麼一回事啊。山田同學，妳怎麼看？」

「啊，是。我覺得她們兩位都很出色。」

「……她們是這樣的人嗎？」

「涼宮同學很時尚，整個人很亮眼。矢島同學則是感覺很帥氣。」

「說得也是啦。別看涼宮同學那樣，她其實是個動漫宅女，唱卡拉ＯＫ時，也都是唱卡通歌曲。剛才她玩夾娃娃機，不是都鎖定動漫模型嗎？至於矢島同學則是龐克搖滾迷，她好像很喜歡聽那種類型的音樂。山田同學，妳呢？妳都聽哪種音樂？」

「我都沒聽……」

「教義禁止聽音樂嗎？」

「音樂可以聽，但我媽跟我說，喜歡偶像明星就如同是崇拜偶像，所以不行。」

「真辛苦……對了，我們來玩夾娃娃機吧。我請妳玩。」

優感到躊躇，我在她耳後低語：

「去吧，好好享受一下。」

在這種場所和「世俗之子」一起玩，是被禁止的行為。這會被視為墮落，父母也都威脅她，說這樣以後會無法前往樂園。但我希望優墮落，就算會違反教義，還是希望她能和朋友共度歡樂時光。

「今天就破例忘掉教義吧，不會有事的。」

聽我這樣說，她點了點頭。

「我、我有零用錢。我、我自己出錢……！」

在橋村同學的帶領下，優走在這個滿是夾娃娃機的樓層。歡樂的時間到來，她好像是生平第一次玩夾娃娃機。投入硬幣，操控按鈕，在自己想要的位置停住夾爪。夾爪降下，夾起獎品，準備送往掉落口。但夾爪毫無握力可言，很想叫它多堅持一會兒，獎品一下子就掉下來了。我懂了，這機器原本就是這樣的設計，但還是會覺得很不甘心，而沉迷其中。

嗡的一聲，夾爪降下，一把夾住獎品。

接著夾爪發出嗡的聲響，開始上升。

望著夾爪的動作，我突然靈光一閃，出現一個念頭。但在我明白那是什麼之前，那念頭的碎片便從我的思考中滑落，消失無蹤。到底是想到了什麼呢？

「啊……！夾、夾到了……！我夾到了！」

優取得獎品，忍不住大叫起來。

是個散發銀光的星形胸針。這不是常見的星形，而是像聖誕樹的裝飾品一樣，一顆外表多刺的星星。不是塑膠製的便宜貨，是沉甸甸的金屬製品。想必不會是真正的銀製品，但還是散發著美麗的光輝。

橋村同學也替優感到高興。

「挺厲害的嘛，山田同學！」

「這個，我會當作寶物……！」

優發自內心露出開懷的笑容。

橋村同學身邊一直都有許多同學環繞，在教室裡幾乎沒機會和她說話。對她來說，優可能只是眾多朋友當中的一個。班上喜歡她的男同學似乎不少，例如近藤同學、米原同學、鈴木同學……個個都長相俊俏，頗受女生歡迎。上課時，他們會偷瞄橋村同學坐的位子。我透過優的視野掌握了這一切，但優對這種感情的事似乎不感興趣，對於班上誰喜歡誰這類的消息，她一概不知。

「優，妳沒有喜歡的男生嗎？」

「沒有，而且爸媽希望我將來和有同樣信仰的對象結婚。」

「怎麼突然就談到結婚的話題啊。」

「話說回來，我也不可能認識男生……」

我從沒看過優在教室裡跟男生互動的場面。異性當中，她能處之泰然的就只有她爸爸，特別是在年紀相近的男生面前，她總會臉紅，似乎連話都說不出來。她會脈搏加快，對心臟造成負擔，所以我也不想勉強她。

而且，要是優有了戀人，那可就麻煩了。要瞞著不讓戀人知道我的存在，根本就不可能。當戀人撫摸優的頭髮時，用來掩飾我的頭髮遮蔽將就此被掀開，我恐怕會和對方四目交接。像人面瘡這種會講話的皮膚腫包，對方絕對無法接受。應該會對優說，妳這樣很可怕，最好把它拿掉，向她提出這類的忠告。

「優，一輩子都自己一個人生活，不和人結婚，這也是一種選擇。」

「嗯，我明白，我感覺我以後就會這樣。」

九月底時，優十六歲的生日到來，但父母既沒準備生日蛋糕，沒準備禮物，晚餐也吃得很普通。似乎是因為信仰的關係，禁止慶祝生日。

「替人慶祝生日也不可以。以前幼稚園辦慶生會時，只有我在別的教室和老師一起玩。」

優生日那天晚上，她躺在房間床上，望著天花板。她的父母已經入睡。

「連我說句祝賀的話也不行嗎？我可以唱生日快樂歌嗎？」

「不行啦。因為這違反教義，以後會去不了樂園。」

「那麼，我們來想想那起事件吧。小黑是在哪裡遭到殺害的呢？」

「深夜在校舍內聽到貓叫聲，這表示牠當時在校舍內的某處吧？」

「我腦中第一個浮現的可能性，是犯人和小黑一起躲在校舍內，在保全公司的人深夜巡邏後殺了小黑，將它塞進包包裡。」

「還有其他可能嗎？」

「在深夜時，事先將小黑關在校舍內的某處，犯人便回家，這種可能性也不是沒有。一早校門開了之後，犯人火速衝進校舍，殺了小黑，塞進橋村同學的包包裡。對方可以在妳到達學校之前，完美地完成這項作業。」

優緊緊抱住擺在床上的玩偶。

「小黑……真可憐……」

「不過還真奇怪，屍體一直在滴血，而且鮮血都滲進了貓毛裡。在動手殺害的場所，應該多少會殘留一些鮮血和貓毛才對，但校舍裡卻都沒發現這樣的地方。」

校舍外我們也調查過。高中的占地內、周邊的巷弄，到處都沒有動物遭到殺害的痕跡。橋村同學向朋友們打聽，四處蒐集資訊，但還是沒有結果。完全看不出是在哪裡遭到殺害的。

小黑會不會是在意料之外的地方被殺害的呢？所以不在搜尋範圍內。但這意料之外的地方又是哪裡？我們該去哪兒找呢？唉，我要是林肯・萊姆就好了，這樣我就能藉由一丁點線索來鎖定行兇的地點。

說著說著，優合上了眼皮。

「要蓋棉被，別感冒了。」

「好……」

她裹在棉被裡，閉上眼睛。視野變成一片漆黑，不久，連我也感到睡意來襲。生日快樂。我在心中默禱。雖然沒人祝賀，但就由我來為她的生日獻上祝福吧。

休息時間的高中走廊總是熱鬧非凡，男學生們邊跑邊叫喊，挨老師訓斥。優上完女生廁所返回，走在走廊上時，有人跟她搭話。

「山田，找到犯人了嗎？」

是一頭短髮，給人活潑印象的小野寺同學。

班長神倉同學也在她身旁。

「找到什麼新證據了嗎？」

她捧著上課要用的講義。是之前偶然在家庭餐廳裡聽她們談話的二人組。

優不習慣有人突然跟她搭話，因為在學校裡，她都是以沒人會跟她搭話為前提在生活。優一時沒作好心理準備，結巴起來。

「啊，呃……我……」

殺貓事件的搜查完全觸礁。在查不出犯人的情況下，時間不斷流逝。小黑是在哪裡遭到殺害的呢？屍體又是如何搬進教室？是在什麼時機下放進波士頓包？這一切都還沒搞清楚。

明明喜歡看推理小說，卻派不上用場，我自己也有這樣的自覺。我一直唆使優要替小黑報仇，卻搞成這副德行，我替自己覺得丟臉。

「妳和橋村同學在調查這起事件對吧？」

「對，可是什麼都查不出來。」

「殺害小黑的人，真的不是妳嗎？」

「不是我！」

「妳不是邪教徒嗎？不是會拿貓當活祭品，舉行奇怪的儀式嗎？」

「我不會那麼做……的確，在《舊約聖經》裡針對人們為了贖罪而獻上活祭品的這種習慣，有特別的描述……」

說來也奇怪，優只要談到《聖經》，說起話來就流暢許多。我心不在焉地聽著她們的對話，同時思考自己的存在意義。我是出現在優皮膚上的人面瘡，是棲息在身體某個部位上的東西。但她陷入困境時，我卻派不上用場，這樣我不就跟普通的皮膚病沒兩樣了嗎！就算被切除也是沒辦法的事，我只是個徒有人臉形狀的腫包！唉——啊，真可悲。

不過，小野寺同學對新興宗教似乎仍存有偏見。每次一提到邪教，她臉上就會浮現嘲笑的表情，而優好像都沒發現。

「啊，對了。聽說涼宮同學在十五日那天晚上有看到小黑。」

「哦，在哪裡看到？」

「聽說是在學校後方的小路，好像是郵筒附近……」

優向小野寺同學說明。

……嗯？

這時我覺得有哪裡不太對勁。

我共同享有優的視野，以此看世界，這時我發現視野角落的神倉同學，表情顯得很僵硬。

她銀框眼鏡底下的視線游移。

她感到慌亂嗎？為什麼？

「這麼說來，晚上的時候小黑還活著。」

「還有，保全公司的人在深夜時好像也有聽到貓叫聲……」

小野寺同學與優仍繼續交談。這段時間，我一直注意站在視野角落的神倉同學，她顯得很浮躁。

「這表示深夜時，小黑還在校舍裡？也許是小黑的鬼魂發出的叫聲呢，喊著『我好恨啊～』」

小野寺同學發出可怕的聲音。

優就只是面無表情地望著她。

「……山田，妳不怕鬼嗎？」

「我不相信有鬼。鬼魂的存在，是出於『靈魂不滅』這種違背《聖經》的想法，違反我們的教義。」

「啊？有點噁心耶。」

「不行啦，小野寺同學，別說這種話。」

神倉同學這時加入對話。她剛才的疏離感已經消失，恢復成平常的模式。

鈴聲響起，告知休息時間已結束，走廊上的學生們陸續返回教室。優她們也結束交談，離開現場。

上課時，優很認真地將老師寫在黑板上的文章抄在筆記本上。若不這麼做，準備考試時可就傷腦筋了。沒有朋友的優，找不到人可以借筆記來影印。

優的視野在黑板與筆記本之間來回。神倉同學的座位不時會映入視野角落，我的注意力都放在她身上。

休息時間我看到她的表情起了變化，那是什麼原因呢？自從優講出涼宮同學說的話之後，神倉同學就看起來顯得有點慌亂……

放學後，優收拾好書包走出教室時，我試著向她提議。

「要不要去涼宮同學目擊小黑的那條巷弄看看？」

「好啊。」

優如此應道，轉頭望向橋村同學。橋村同學似乎要和她同一個圈子的朋友們一起回家，圈子裡也有男生，我猜想，他們接下來可能是要一起去打保齡球或是唱卡拉OK吧。

「今天我們單獨行動吧。」我說。

「要是能發現什麼線索就好了。」

我們走出校門，沿著高中校地外緣走。現已是秋高氣爽的時節，秋風鑽進優毛躁的長髮內，輕撫著我這個長在她耳後髮際處的人面瘡。

這所高中位於住宅區外郊，占地外側有一區是雜樹林，另一區則與住宅區緊鄰。緊鄰住宅區的占地邊界設有圍牆和鐵柵欄，巷弄沿著占地一路延伸。涼宮同學說她在十五日晚上目擊小黑的那處學校後方巷弄，應該就是這條路。

前方可以看見一個紅色郵筒，這附近只有這裡有郵筒。

「涼宮同學是在十五日晚上九點左右，騎自行車經過這條巷弄，發現了小黑對吧。」

我出聲加以確認。

我們抵達那處關鍵的場所，沒什麼特別之處。現在時間天色還很亮，所以路燈尚未亮起，但想像得出小黑在此逗留的模樣。

這裡看得到高中的校舍。沿著道路一路延伸的柵欄對面，是一大片操場，架起很高的綠色網子，應該是為了防止棒球社的球飛向住宅區所作的考量吧。

「有什麼在意的地方嗎？」

優問。

「還好，就很普通的景色……等等！」

在離郵筒不遠的地方，路肩的柏油路面有一部分被刮除，改鋪上鐵板。旁邊圍著工地常見的立杆，因此路寬變窄許多。

「我們去那邊看看，那處像在施工的地方。」

「好。」
優回答，就此前往。我感到一陣心神不寧，雖然身為人面瘡的我根本沒有心臟。
面對巷弄的圍牆上，掛著一塊看板。
「瓦斯管線配置工程公告」
期間：9／14至10／1
施工時間：19點以後
施工時禁止通行。
替代道路請參照以下地圖。
造成不便，敬請見諒。
巷弄的柏油路被刨除，應該是為了配置埋在地底下的瓦斯管線吧。根據看板的說明，這工程似乎會持續數日。
「這事妳怎麼看？」
我詢問優的意見。
施工期間是九月十四日到十月一日，今天也算是在施工期間內，但工程都在夜間進行，所以現在似乎可以通行。但之後工程車會前來，等太陽下山後，這條巷弄應該就會禁止通行吧。

「意思是晚上這裡無法通行？」

「如果相信這塊看板內容的話。這麼一來，涼宮同學說的話又是怎麼回事呢？」

工程是從九月十四日開始。涼宮同學應該沒辦法在十五日晚上行經這條路，親眼目擊小黑。話說回來，明明附近在施工，卻說小黑當時悠哉地伸著懶腰，這也難以想像。挖開柏油、刨除路面，應該會很吵才對，一般的貓早逃走了吧？

難道涼宮同學說謊？

神倉同學發現了這件事？

神倉同學說她家就在高中附近。所以夜間路面施工的事，她應該也知道吧？所以她才會在聽了涼宮同學的話之後感到慌亂，視線游移。

不過，為什麼神倉同學沒當場指出這點？她應該已想到涼宮同學有可能說謊，卻假裝沒發現，這是為什麼？

難道神倉同學與涼宮同學這兩人之間有什麼關聯？若真是這樣的話……我們可能終於掌握住殺貓兇手的線索了。

4

優還沒天亮就醒來了。打開窗戶後，看得出東方已漸露魚肚白，空氣中透著清冷。

在洗手間洗臉時，優會順便連位於左耳後方的我這個人面瘡一起洗。

「好冷！」

我因水的冰涼而忍不住叫出聲。她很仔細地清洗我這個有人臉形狀的腫包，並幫我把水擦乾淨。

「謝謝妳，清爽多了。」

「不客氣，小愛。」

優穿好衣服，正在吃烤好的吐司時，媽媽也起床了。

「妳今天可真早啊。」

「嗯，我想在沒人的教室裡預習。」

她說謊。今天有件事，得先趕在早上的班級時間前完成，因此才得提早去學校。

「我出門囉。」

向這才起床的爸爸問候完畢，優走出家門。她今天拎的不是平時的包包，而是另外一個手提袋。裡頭裝的是園藝用的鏟子和工作手套，是她昨晚事先準備的。

公車車窗外是清早的街景，這天是個萬里無雲的晴天。公車駛過河上的橋，進入高中所在的地區。雖是平時看慣的風景，但可能是晨光角度不同的緣故，略感新鮮。

「緊張嗎？」

我問優。

「有一點，橋村同學可能會因此討厭我……」

「妳已徵求過她的同意，不會有事的。」

在睡覺前，優和橋村同學通過電話，已向她說明今天接下來要做的事。橋村同學很驚訝，但姑且還是徵得了她的同意。

橋村同學已等在校門前，她的制服外披了一件薄開襟羊毛衫。看得出她一見優下車走來，她那天使般的臉龐便略顯緊繃。

「早安，山田同學。」

「早安。」

「真的要做？」

「對。我還是想先確認一下……」

「我會怕，所以我在後面看可以嗎？」

「我知道了。」

雖然這時間校門還沒開，但已有幾名早起的學生在校門前等候，應該是要晨練的運動社團的學生吧。早上七點整，有老師前來打開校門。

優和橋村同學不發一語地邁步穿過校門。她們不是走向校舍，而是繞了一大圈，來到學校占地的外圍。兩人的目的地是小黑的墳墓。她們接下來打算刨開地面，檢查葬在這裡的小黑屍體。

提議應該要查明小黑真正死因的人是我。黑貓身上哪裡受傷，幾乎都沒確認，就這樣入土下葬。聽橋村同學說，屍體好像沒有利刃刺傷的傷勢，但我想進一步了解受傷的詳細情形。

看有沒有被勒住脖子的痕跡。

有沒有哪個部位留下遭毆打的痕跡。

胃裡的東西我也很好奇。之前問過橋村同學，知道小黑的女生有幾位，她當時回答道：

「班上的女生幾乎都知道吧。知道這地方的女生也不少，而且我不在的時候，她們好像也會來。她們會各自買自己喜歡的貓咪點心來這裡餵小黑。」

也許調查小黑肚裡殘留的食物，就能鎖定小黑最後見到的人是誰。要檢查成分或許沒那麼簡單，但要是點心餅乾沒被消化，遺留了下來，不就能成為線索嗎？

當然了，前提是得一切順利。像這樣掘出屍體，最後結果可能什麼也查不出。不過，比起什麼都不做，還是值得一試。

校園占地深處的角落裡，有個樹木生長茂密的區域。優和橋村同學踩在積了厚厚一層落葉的地面上，往深處走去。

不久，來到一處花草叢生的空間，是橋村同學常在休息時間和小黑嬉戲的地方。這裡有用來表示校園占地與外面分界的生鏽柵欄、土堆隆起的地面、已沒再使用的寵物用盤子，這是小黑的墓。

兩人停下腳步。優從手提袋裡取出工作手套戴上，拿起園藝用的鏟子，緊緊握住。

「山田同學，看到屍體妳不害怕嗎？」

橋村同學問。

「會怕，但我應該可以。」

「這樣啊……妳真勇敢。」

優將鏟子刺進埋葬小黑的那處地面。朝露在植物的表面閃閃生輝，清新冷冽的空氣中，翻土的聲響持續傳來。

我隱約有個預感，涼宮同學與神倉同學兩人或許是殺害小黑的犯人，這件事我只跟優說。因為還沒有確切的證據，所以還不該跟橋村同學說。

在自己家中泡澡時，我和優交換意見。在熱水的包覆下，體溫上升，血流加速。身為人面瘡的我也全身暖烘烘的，說不出的暢快。

「涼宮同學說謊，她大概有什麼意圖。」

「她說謊的理由是什麼？」

「她故意扯謊，說她在十五日晚上九點看到小黑，這對她應該會有什麼好處。例如藉由隱瞞事實，讓人分不清真相，或是不讓自己引來別人的懷疑。」

「如果涼宮同學真的是犯人的話。」

「不過她犯了個疏失，她不知道夜間施工的事。」

我想起涼宮同學玩夾娃娃機的模樣。髮型、化妝、飾件，各方面都很亮眼，一位很時尚的女生，與土氣的優可說是截然不同的類型。

「也就是說，在那個時間，小黑可能已經裝在波士頓包裡。犯人是在更早的時間下手行兇，她為了讓我們疏忽這個真相，而刻意撒謊。說得更明白一點，那是十五日放學後發生的事件。獨自留在教室裡的神倉同學如果是共犯，就有可能辦到。」

「是怎麼做的？小黑是在哪裡被殺害的？」

優的肩膀以下整個泡進水中，向我問道。身為人面瘡的我位於她的左耳後方，所以剛好貼近水面的位置。

殺害的地點，這是問題所在。到處都沒發現有殺害動物的痕跡，不論是校舍裡、高中的占地、周邊的巷弄，都沒發現有小黑身上的鮮血滴落的場所。不過，答案可能很簡單。

「殺害的地點就在橋村同學的波士頓包裡。小黑是在包包裡被殺害的。」

我將九月十五日當天的時序做了一番整理。

16：30　涼宮同學和矢島同學一起去輕音樂社的社辦。
17：00　神倉同學受導師的委託，在教室裡辦事。
17：30　教室裡的其他學生都回家了，剩神倉同學一人。
17：40　涼宮同學接到朋友打來的電話，走出輕音樂社的社辦。
18：10　小野寺同學走進教室。神倉同學剛好離開，與她擦身而過。

從下午五點三十分到六點十分這段時間，神倉同學都獨自在教室裡。她應該就是在這段時間犯案的。

「神倉同學說她沒離開過教室半步。」

「嗯，好像是這樣沒錯。」

神倉同學聲稱，走廊上有其他班上的同學在，只要問他們應該就會明白這是事實。可能真像她所說，她並未離開教室。但還是有可能犯案。

「當神倉同學自己一個人在教室時，她把橋村同學掛在桌上的波士頓包從教室窗戶丟出去。人在一樓地面上的涼宮同學接住它，前往小黑所在的地方。」

涼宮同學在輕音樂社的社辦時，打電話給她的人或許就是神倉同學。她來到校舍旁，等候神倉同學丟波士頓包下來。接住後，涼宮同學接著前往校園占地的角落，也就是橋村同學常和小黑玩的地方。如果小黑沒在那兒的話，計畫可能會就此中止，但不幸的是，小黑就在那兒。

我不知道小黑和涼宮同學有多熟。小黑可能像平時一樣挨近她吧，或者是她拿點心給小黑吃，吸引牠的注意。

「我推測是涼宮同學抱起小黑，直接塞進波士頓包裡，然後拉上拉鍊，將小黑關在包包裡，然後從包包外用力踩踏。」

「咦?!」

「為了不留下鞋印，她可能是擦拭過鞋底後才踩踏。地面上不是長滿了草嗎？也許她為了不讓包包被泥土弄髒，而在草地上踩踏。小黑的身軀，隔著包包的布面被壓扁……」

肯定有好幾根骨頭碎裂了。那布料防水，就算內臟被壓扁，鮮血湧出，也不會滲出包包外。橋村同學的波士頓包就是命案現場，同時也是用來運送屍體的容器。

「涼宮同學抱著裝有小黑的波士頓包回到校舍下，而等在教室裡的神倉同學，則是從二樓窗戶取回那個包包。」

「怎麼取？」

「就像夾娃娃機啊。垂下一條像釣魚線般又細又堅韌的繩索，請涼宮同學將前端綁在包包上。如果仔細檢查窗邊的話，或許還留有痕跡。」

「這麼做不會太顯眼嗎？」

「那時已經日落，快六點的時候太陽就下山了，夜晚來臨，她在犯案時，教室裡或許已經亮燈。外牆四周都在一片黑暗中，神倉同學和涼宮同學就趁著昏暗，將包包拉上二樓教室，沒讓任何人瞧見。」

前幾天在那滿是夾娃娃機的樓層，我突然靈光一閃。當時我想到的靈感，可能就是這個。

「後來神倉同學將包包掛到橋村同學的桌子旁，一切就結束了，再來她只要若無其事地走出教室即可。她正準備離開教室時，剛好小野寺同學走進來，我想，那應該是事先沒料到的意外。要是小野寺同學再早一點出現的話，應該就會撞見那場可疑的行動了。」

身體愈來愈熱。泡太久了，也差不多該從浴缸起身了。

「不過，還是有沒搞懂的地方。那深夜聽到的貓叫聲是怎麼回事？」

矢島同學那位在保全公司上班的叔叔，在校舍巡邏時聽到貓叫聲。如果那不是鬼魂的叫聲……

「牠那時候還活著。」

我說出這句話時，優倒抽一口氣。

小黑並沒有馬上死亡。涼宮同學和神倉同學應該都以為小黑已無法動彈，身體變得冰冷。小野寺同學在教室的時候，小黑可能已經昏厥，所以沒發出叫聲。但應該是過了一會兒後醒來，用盡最後僅剩的力量發出叫聲吧。深夜的校舍裡傳來的就是牠的聲音，牠肯定又痛又難受，接下來黑貓就此悄悄地在波士頓包裡永遠長眠。

刺向地面的園藝用鏟子，逐漸挖出大洞。蹲著作業的優伸手拭汗，橋村同學在後方與她保持一段距離，望著她進行這項作業。

「要換手嗎？」

橋村同學問。

「不用，沒關係。」

優搖了搖頭。她只帶了一把鏟子來，所以無法兩人同時作業。

「啊……」

優停下手中的動作。當鏟子鏟起一把泥土時，從洞底露出某個破破爛爛的塊體。優將鏟子擱向腳邊，開始用戴著工作手套的雙手撥開泥土。

「看到小黑了嗎？」

「……對。找到了，是小黑的遺體。」

小黑的身體完全顯露在清冷的早晨空氣中。可能因為乾燥，水分流失，小黑失去原本的厚度，變得很扁平。看起來不像貓，反倒像一件揉成一團的衣服，在戶外擱置了好幾週，然後被從上面壓扁。因為沾滿泥巴，所以看起來更像了。

「唔唔……」

橋村同學摀著嘴，別過臉去。

「小黑，對不起哦。」

優如此說道，雙手合十，閉上雙眼，沉默了數秒。接著她開始伸手摸，檢查小黑的身體。她這樣的意志力，令我吃驚。

她一一握住小黑乾癟的腳，確認骨頭的狀況，她的動作沒半點躊躇。主張要檢查小黑屍體的，確實是我，但我萬萬沒想到優能像這樣以平常心去完成任務。

我也和橋村同學一樣，如果可以，很想別過臉去，不看小黑的屍體。因為那是腐爛的屍體，要伸手去摸，實在辦不到。

「牠全身的骨頭都折斷了……」

優以沉痛的聲音說道。

我們想確認的是小黑的死因。如果我的推理沒錯，涼宮同學應該是將小黑放進波士頓包裡，讓牠在裡頭喪命。她可能是在包包裡勒牠脖子，或是用刀刺牠，但我覺得應該是直接隔著包包的布面將牠踩死。這是最簡單的做法，也不會弄髒其他地方。

「連肋骨也斷了……好過分……一定很痛……」

有多處骨折，與我的猜想一致。

優站起身，做了個深呼吸，接著從包包裡拿出一把剪布用的大剪刀。橋村同學看了，出言問道：

「妳接下來要幹嘛？」

「剪開牠的肚子，看牠胃裡的東西。」

見優回答得如此平淡，橋村同學的表情為之一僵，那表情就像是看到了外星人。

優再次蹲下身，拈起小黑的腹部，以剪刀前端剪出一個小孔。

「對不起哦，小黑。很快就結束了哦。」

優以溫柔的聲音說道，用戴著工作手套的左手輕撫小黑的頭。那隻臉變得跟破抹布一樣的黑貓，已沒有以前那可愛的外貌，只能用奇形怪狀來形容，但優還是無限憐愛地跟牠說話。

「小黑，我最喜歡你了。你很努力地走完了你的一生，你很棒……我一叫你，你就會過來……因為就只有你會理我，我很高興……我真的很喜歡你……」

剪刀刀刃插進那處皮膚的小孔剪開。可能是因為充分乾燥過的緣故，雖然散發出一股怪異的臭味，但算不上強烈的惡臭。優以戴著手套的手指伸進小黑腹部的皮膚切口，將洞撐大。腐爛發黑的內臟，輕輕一碰便四散開來。優找尋牠的胃，但這些變色的內臟就像被擠壓過似的，全緊黏在一起，看不出哪個是她要找的部位。

「看來是沒辦法找了。」

我說出心中的感想。如果不是專家，要再進一步調查實在有困難。

雖然推理出涼宮同學和神倉同學可能是犯人，卻苦無任何證據。

涼宮同學將小黑放進包包裡殺害時，應該是用某種點心來引起牠的注意，吸引牠過來。如果能從小黑的胃裡找到她平時攜帶的貓咪點心的話，或許就能加以證明……

橋村同學往後退到看不到小黑的位置，一臉畏怯地望著優，那模樣幾乎都快要哭了。

「妳還要找嗎……？」

鳥兒飛過一早清澈的天空，傳出陣陣鳥囀。雖然班級時間還沒開始，但這時候已陸續有同學走進教室。我們也該重新將小黑埋好，離開這裡了。

「優，就做到這吧。」

「嗯，我知道了。」

能確認屍體的狀況，也算是有收穫了。

優最後隔著工作手套撫摸小黑的頭，正準備覆土時，在她視野的角落發現有個東西反射晨光，閃閃生輝。

「等等，有個東西……！」

「咦？」

因為我這句話，優就此停手。

「妳看，在脖子那一帶。」

雖然貓毛已脫落不少，但還是有許多部位的貓毛仍黏在皮膚上。那東西就位在因血液變乾而凝固的體毛之間，似乎是優在摸牠頭的時候，小黑脖子的角度改變，碰巧折射陽光。

優拈起那個東西。那是大小剛好可以放在手指上的小顆粒，像寶石一樣有多面切割的玻璃製品。雖然血液凝固黏在上頭，但以手套擦一下就乾淨了。呈透明的水藍色，在微微的腐臭中，它反射陽光，綻放光輝，令優看得直眨眼。

在教室窗邊檢查後，從靠近黑板的窗緣外找到線狀的痕跡。水泥外推的部分，有個像是用細繩摩擦過，把灰塵都擦除的痕跡。優和橋村同學以手機拍照，當作一項證據。

兩人討論後，針對這起事件整理出一份報告書，帶往教職員室提交給導師。報告書上寫到犯人們在九月十五日採取了怎樣的行動。

犯人是涼宮同學和神倉同學兩人的可能性很高。優將我的推理告訴橋村同學，她之所以會接受，是因為緊黏在小黑屍體上的東西，是涼宮同學的東西。

那反射陽光的水藍色顆粒，橋村同學知道它是什麼。優讓她看那個東西後，她馬上取出手機，出示涼宮同學在社群網站上貼出的自拍照。

「這是九月十五日上午她貼出的照片……」

擺出漂亮姿勢的涼宮同學，耳朵上貼著透明的水藍色顆粒。那切割得像寶石一樣的飾品，和從小黑屍體上發現的東西一模一樣。不會有錯。切割的角度、每一面的形狀，全都一致。

根據橋村同學的說法，那東西好像叫做耳環貼紙，是以黏性貼紙貼在耳朵上的飾品。

「她常在耳朵上貼這種東西。因為校規禁止戴耳環，這種東西則可以馬上拆下。」之前在那個夾娃娃機樓層與涼宮同學見面時，看到她耳朵上的飾品，滿心以為她戴耳環。不過，那其實只是用貼紙黏上去的。

據我推測，涼宮同學在犯案時，或許小黑極力抵抗，不想進波士頓包裡。涼宮同學想將極力反抗的小黑往裡塞，一時動作太激烈，耳環貼紙就此從耳朵上脫落吧。她沒發現那耳環貼紙黏在小黑身上，就這樣拉上波士頓包的拉鍊。

這個物證能成為涼宮同學與殺害黑貓的事件有關的證據。我們心裡這麼想。黏在小黑遺體上的水藍色耳環貼紙照片，與涼宮同學貼著同樣的耳環貼紙在社群網站上貼出的照片，也一併都附在事件報告書中。

但導師卻不認同。

導師很信賴班長神倉同學。涼宮同學姑且不論，神倉同學應該也是殺貓的共犯——對於我這個推理，導師嗤之以鼻，這件事就此被擋下。我們的報告書被駁回，優和橋村同學被趕出教職員室。

但橋村同學很強悍。

「不能指望老師。這件事我會想辦法，接下來包在我身上。山田同學，真的很謝謝妳。」

在教職員室外的走廊上，橋村同學這樣說道。很高興她還是和以前一樣對待優，因為當時她看到葬在土裡的小黑被掘出，整個人臉色都變了，所以我原本還很擔心她再也不想和優目光交會呢。

「妳不會覺得我很噁心嗎？」

優惴惴不安地問道。

「的確，妳可以處之泰然地做那種事，我很驚訝。我馬上明白，妳遠比我想像的還要怪，但我同時也發現自己有多冷酷無情。小黑在世時，我明明是那麼疼愛牠，但牠化為屍體後，面對腐爛的小黑，我卻一點都不想看，只覺得噁心。其他人大概也是這樣，但只有妳不一樣。不管小黑處在什麼狀態下，妳對待牠的方式都沒變，用溫柔的聲音跟牠說話。所以我覺得妳很不簡單，而且確定妳是個值得信任的人。」

橋村同學伸出手，似乎想和優握手。但優好像不懂她這個動作的意思，愣在原地。

「她要和妳握手。」

我如此低語後，優這才急忙握住她的手。

幾天後開始有人傳聞，黑貓殺害事件的犯人是涼宮同學和神倉同學，她們兩人被迫對這件事作出對應。似乎是朋友眾多的橋村同學，拿事件報告書給她親近的人看的結果。

如果我的推理完全搞錯方向的話會怎樣？

要是涼宮同學和神倉同學是無辜的，那該怎麼辦？

我感到不安。雖然找到了像是證據的東西，但真相也可能另有其他。

附帶一提，涼宮同學和神倉同學兩人的形象完全相反。涼宮同學感覺很會玩樂，神倉同學則是戴著銀框眼鏡的模範生。截然不同的兩人，過去在教室裡不曾有過親暱的模樣，在學校裡也沒任何接觸。

不過，自從傳聞散播開來後，便傳出目擊情報，說她們兩人曾在站前的咖啡廳同桌不知道在討論些什麼。好像是隔壁班的學生碰巧看見，這麼一來，可信度又增加了幾分。大家開始想像，她們當時可能是在討論殺害黑貓的計畫。

此外，也有消息傳出，有位涼宮同學單戀的男生對橋村同學懷有愛意。如果這是真的，涼宮同學就有了刻意惡整橋村同學的動機。應該是她的嫉妒心強烈膨脹，到非得讓橋村同學傷心才高興的地步吧。但真相只有當事人才知道。

不過話說回來，神倉同學的動機又是什麼呢？

此事一直是個謎。

秋去冬來時，涼宮同學和神倉同學都沒來學校了。導師說，她們兩人都提出了退學申請。

「我在電話裡聽她們說過了，神倉和涼宮都承認殺貓的事。兩人還都哭著說，給同學們添麻煩了，真的很對不起。」

那一刻，這起事件才算真正破案。

但優卻不顯一絲喜悅，想必是沒想到她們兩人竟然都選擇退學吧。雖說這麼做是為了洗刷自己的嫌疑，但此事嚴重影響了這兩人的人生，優似乎覺得自己有一份責任在。

有好一段時間，教室裡聊的全是她們兩人的話題。

「告訴妳一件小學時發生的事吧。」

放學後，優在疏洪道上與橋村同學見面。橋村同學找她出來，說有話要跟她說。

微風吹拂，浮雲在空中飄動。那是晚霞出現前的時刻，天空的顏色還很淡。

橋村同學和優並肩而行，說出那段故事。

「當時我們班飼養文鳥。負責照顧動物的學生們會清掃鳥籠、餵飼料，很疼愛牠們。但我因為想讓文鳥自由，而放牠們從鳥籠飛走。我覺得牠們一直被關著很可憐。我假裝成是不小心讓牠們逃走的，當時我滿心以為自己做了一件好事。」

橋村同學手裡握著一張信紙，是神倉同學寄到她家中的一封信。

信中提到，我們所寫的事件相關報告書，似乎有一部分有誤。我的推理認為是涼宮同學從波士頓包上將小黑活活踩死，但其實涼宮同學沒那麼做，她就只是扮演搬運者的角色。小黑似乎是在活著的狀態下被拉上教室。

實際把腳踏上裝有小黑的包包，用體重將牠壓死的，是神倉同學。因為小黑是在教室裡被殺害的。

「我以前太自我陶醉了。我心想，將文鳥從鳥籠中解放的我，是多善良的女孩啊……後來我才知道，養在鳥籠裡的鳥，在外面的世界都活不久。不是沒有食物衰弱而死，就是被烏鴉或貓攻擊而死。將牠們從鳥籠中放走的行為，就如同是殺了牠們。就連法律上也有罰則，我的行徑等同是殺害的行為。因為老師沒刻意說班上細心照料的文鳥可能會像那樣喪命，所以我有一陣子也都誤會，以為自己做的是對的事……不過，負責照顧動物的同學應該知道。因為他們很疼愛文鳥，也很認真閱讀飼育相關的書籍。每天都是負責照顧動物的同學照料，就像在照顧自己的孩子一樣，但我卻……」

神倉同學以前和橋村同學屬於同一個學區。據信中所言，在教室裡養文鳥的小學時代，兩人曾是同學。

「在收到信之前，我一直都忘了。以前我放走的文鳥，原來一直都是神倉同學在照顧。她是負責照顧動物的同學，她發現了我做的事。一個自我陶醉，搞錯狀況的女孩，滿心以為自己做了好事，而害死了文鳥。」

這就是神倉同學的動機。

神倉同學以前用心養育的文鳥，被橋村同學奪走了生命。

幾年後，橋村同學湊巧也就讀同一所高中，兩人在教室裡相逢。

神倉同學認為這是復仇的好機會。為了讓橋村同學嘗到她以前感受過的痛苦，她擬定了這項計畫。

讓她自己的心愛之物遭到殺害。

讓她感受到和自己一樣的痛苦和失落感。

「……小黑是因為我過去所做的事，才被殺害。」

橋村同學停下腳步，凝望著河流。陽光照向她那曲線漂亮的臉頰，美得炫目。

優沒插話，一直靜靜聆聽。

信中提到神倉同學向涼宮同學提出殺貓計畫的經過。涼宮同學對橋村同學充滿嫉妒，因而參與計畫。不過，要奪走小黑性命一事，她感到躊躇，所以最後她只扮演搬運者的角色。這樣她當然不會有意見，剝奪生命的罪過，勢必得由自己來承擔，神倉同學有這樣的自覺。

信的最後，是對小黑謝罪的一段話。提到她對於自己為了復仇而殺害小黑，深感後悔。

「她的所為萬萬不可原諒。不過，我想先就文鳥的事跟她道歉。」

橋村同學的眼角浮現淚珠。

已死的動物們……像文鳥、黑貓、優在奉獻活動中看到的狗，全都能上天國嗎？就算是天國，也不是優的教義所提倡的樂園。話說回來，我並非真的相信有這樣的地方，不過，我期望牠們的靈魂能在一處安寧之地安穩地過日子。

5

星期天，優坐上母親開的車，出外從事奉獻活動。爸爸因為假日要上班，所以沒和她們一起行動。不能參加這個招攬信眾的重要活動，爸爸深感遺憾。

在停車場停好車後，她們帶著要在當地發送的小冊子，在小鎮上不斷地行走。已是寒風刺骨的季節，優和媽媽呼出雪白的氣息。

大部分情況都是站在門外，對方沒聽她們把話說完，就趕她們走。她們向屋主知會一聲後，將小冊子放進信箱裡，就此離去。

一位神情柔和的太太打開大門。一得知她們是來傳教，眼神馬上轉為冰冷，開始痛罵優和她媽媽。
一位表情嚴肅的大叔打開大門。得知她們是來傳教後，以客氣的口吻說「我沒興趣」，拒絕了她們。大叔看優的眼神，參雜了憐憫的情感。
「在進行奉獻活動時，應該不想遇上同屆的學生吧？」
我很小聲地對優說道，不讓媽媽聽見。
「曾在鎮上碰巧遇見，非常尷尬。那是一種知道絕不能跟對方打招呼的氣氛，所以我們都沒看對方。」
殺害黑貓事件發生至今已過了兩個半月。鎮上洋溢著聖誕氣氛，走在住宅街上，可以看到好幾戶人家在大門擺出聖誕樹當裝飾。然而，優他們家所信奉的教義，並不認同聖誕節。不管世人再怎麼歡騰，山田家還是一如平時。優不曾裝飾過聖誕樹，也不曾收過聖誕禮物。
將印有《聖經》名言的小冊子放進信箱後，優和媽媽走在巷弄裡，嘆了口氣。她不知道已嘆過幾次氣，看來她心裡還有留戀。
聽說這次橋村同學聚集了朋友要辦一場聖誕派對。優也受邀，但她打電話說，自己因為宗教因素無法參加。
「聖誕派對都做些什麼？交換禮物嗎？偷偷去怎麼樣？一定不會被發現的。」
優搖頭。

自從殺害黑貓的事件破案後，優在班上的人際關係起了變化。雖然聊天對象沒增加，但至少沒再受到不合理的冷眼對待。這起事件的破案者，是行事低調的山田優——好在有橋村同學向外散播這個消息。她給大家看的事件報告書上，也寫到製作者是優。優就此從殺害黑貓的嫌犯搖身一變，成為查出真相的人物，眾人皆對她刮目相看。

等等，破案的人是我耶。都沒人誇獎我，實在不合理——我可不會這樣嘔氣，反而還覺得驕傲。只要優能被大家接納，對我來說就是最棒的勳章。

橋村同學一直都很擔心優，怕她在教室裡會有疏離感。小野寺同學每次在走廊上與優擦身而過時，都會向她問候。就連矢島同學也是，在鎮上偶遇時，還向優要手機號碼。

「山田，以後要是在鎮上被誰纏上，就跟我聯絡。我會馬上趕來救妳。」

手機的聯絡人登記了第二個人的聯絡資料，優似乎相當開心。

她已不再說「好想死」。

想起我第一次開口跟她說話的那天。優原本想從校舍的屋頂往下跳。就算活著，也沒什麼可期待的好事。想必她是這樣的心境吧。她一直感受到強烈的孤獨，所以才會一時發作，想採取那樣的行動。要不是我阻止她，她恐怕已經整個人倒栽蔥墜地而死了，帶著我這個人面瘡一起上路。

我是人面瘡。讓我這位宿主活命，也就是讓我自己活命。
但我常在想。
我到底是什麼？
是附身在優身上的靈魂嗎？
是優的祖先犯下什麼深重的罪孽而被詛咒，後代子孫優的身上才會出現人面瘡嗎？
還是說，我是優的第二人格？
最後一個猜測似乎最有可能。因為她感受到強烈的孤獨感，到了想尋死的地步，為了保護自己的心靈，部分的精神因而分裂，就此創造出新的人格，這也不無可能吧？她被父母用鞋拔打屁股時，內心陷入背離的狀態，就此分割出兩個精神。
雖然我認為她左耳後方長出的皮膚腫包，就是我這個人面瘡，但或許實情並非如此。根本沒有人面瘡的存在，我是優無意識下創造出來的另一個人格。我過去都以為自己是發出聲音在說話，但其實我的聲音只會傳進她的腦中，有沒有這樣的可能性呢？
「優，妳認為我是什麼？」
我向優提問。
「咦？妳是人面瘡啊，不是嗎？」

她以媽媽聽不見的音量回答我。至少她沒懷疑過我是人面瘡，甚至覺得有點受不了我，認為我怎麼現在還問這種問題。她果然是個怪人，可說是打著燈籠都找不到了，竟然能接受人面瘡。

和媽媽走了幾個小時後，這場奉獻活動就此結束。

「妳這麼努力，日後一定能上樂園。等去了樂園後，我們大家再一起好好享樂吧。」

「嗯。」

我們回到停車場，坐上車。

途中順道去了趟超市，和媽媽一起買了晚餐的食材。店內播放著聖誕歌曲，花車販售名為「聖誕靴」的零食混合包，這是只有這個時期才會販售的商品。優從來沒買過，她很羨慕地看著一旁的小小孩向媽媽吵著要買，拿起聖誕靴放進購物籃裡。

店內有聖誕樹的擺飾。結束購物後，優和媽媽抱著購物袋準備離開時，媽媽抬頭望著聖誕樹，皺著眉頭說：

「優，妳看那個。樹的頂端不是有個星星裝飾嗎？那個叫伯利恆之星，是惡魔之星哦。」

「惡魔之星？」

「教會的長老說過。世人都說那是表示耶穌誕生的聖星，但其實不然。那顆星星是撒旦準備的星星，用來向大希律王通知耶穌誕生的消息，結果大希律王殘殺所有兩歲以下的男童。所以那是應該避而遠之的星星。」

優抬頭望向裝飾在聖誕樹頂端的星星。它那多刺的形狀，就像是磨尖了角的金平糖。一般人對星星外形的印象，應該是五角形的五芒星吧。但伯利恆之星的尖角比五芒星更多，感覺比五芒星還要漂亮。

「裝飾在樹上的是立體形狀，所以可能看不太出來，但如果換成是平面，都會畫成八芒星，所以妳也要多多留意。」

媽媽說完這句話後，便朝店門口走去。

優最後轉頭，朝聖誕樹上閃閃生輝的伯利恆之星又望了一眼，接著朝媽媽身後追去。

返家後，優洗手漱口，走進自己的房間。她關上房間，確認媽媽不會進房間後，取出收在書桌抽屜深處的那個寶貝胸針。

這是先前和橋村同學一起調查殺害黑貓事件時，玩夾娃娃機得到的獎品。一個沉甸甸的漂亮銀色飾品，呈星星形狀。細數它尖角的數目後，得知一共是八個。

「八芒星，這是伯利恆之星。」

聽我這麼說，優不發一語地點了點頭。

從流進我體內的血流、體溫、呼吸、心跳的變化，感覺得出她的緊張、困惑、混亂、不安。多種情感支配著她。

當初得到的時候還不知道，這個胸針在優所信奉的教義中，似乎是惡魔之星。沒被媽媽發現真是幸運，要是媽媽知道優持有惡魔之星的胸針，也許又會用鞋拔打她屁股。

「怎麼辦？要丟嗎？」

「小愛，妳覺得我該怎麼做？」

「我其實不希望妳丟耶。優，丟掉它實在太奇怪了。這是妳很珍惜的回憶對吧？妳就偷偷藏好它吧，應該也會有比教義更重要的東西吧。」

我低語道。

她就像得到了勇氣般，點了點頭。

「我不想丟，今後我得小心藏好才行。」

優用手帕將胸針包好，雙手緊緊握住。她在房間裡來回走動，和我討論藏在哪裡才不會被媽媽發現。

最後決定藏在天花板後面。天花板有一塊板子鬆脫，她站在椅子上踮腳，悄悄將包在手帕裡的胸針藏進天花板後面。

「這樣就沒問題了。」

「再來只能祈禱別被發現了。」

我是人面瘡，是優的皮膚長出的腫包。雖然和她一起共享她所看到的一切，但無法共享她的內心。她的想法和感覺，我只能推測。

所以她心中的信仰有多深，連我也不清楚。就算謹守教義，但這樣算是信仰虔誠的行動嗎？還是說，這完全出於無奈，只是配合父母的價值觀呢？我不知道。

她將寶貝胸針藏起來，表示她出於自己的意志去違反教義，根本不相信有什麼上帝。她憑自己的意志，一腳踏進了這樣的世界觀。

如果她有堅定的信仰，又豈會如此小心翼翼地將那惡魔之星外形的胸針藏起來。她應該會遵從教義，馬上將它丟棄才對。

比起信仰，她更重視友情。她選擇與橋村同學的回憶，我對這樣的結果很滿意。遲早有一天，她一定會和父母開戰。為了貫徹自己的生活方式，勢必得否定父母的生活方式，成為一個大人。到時候或許會斷絕親子關係，或許會被視為是嚴重的背叛行為，優的人格會受到否定，判斷她是被撒旦附身。撒旦？對哦，撒旦是吧……

我當時便發現了自己的真實身分。

優在玩夾娃娃機時，我在她耳後低語，希望她能違反教義。我希望她墮落，就像在伊甸園教唆夏娃的蛇一樣。

她的信仰、她父母崇信的教義，過去我完全不相信，但現在情況逐漸改變。也許我是為了阻礙她的信仰，才誕生在這世上……

最近我慢慢長出牙齒了。優拿著小鏡子，確認我這個長在她左耳後方的人面瘡，這才發現這件事。眼窩的凹洞裡長著像眼球般的東西，這和之前一樣，不過覆在表面的那層薄膜似乎已經打開，我現在已經能眨眼。我似乎愈來愈像人臉了。

以前在嘴巴深處有一層皮膚的薄膜，無法像古文獻中登場的人面瘡一樣進食，但現在我嘴裡的薄膜消失了。雖然現在只能吃流質食物，但優沾在手指上的果醬，我已能用舌頭舔著吃。

我攝取的營養跑哪裡去了？我食道的那根細管，是與優體內的食道相連嗎？雖然有許多疑問，但這也意味著我正以人面瘡的方式持續成長。

優隔著鏡子凝望長在她耳後的我，我已能用自己的眼珠看這個世界。我與她四目交接，露出微笑。

「妳長得很美呢，小愛。」

「謝謝。」

我長出牙齒的嘴巴一張一合，發出聲音。

我是人面瘡。

是個侵蝕身體的外人。

一個依附著她的人生，悄聲低語的存在。

今後我一樣會為她加油打氣。一旦她遭遇困難，我會全力給予協助，給她建議。也許我的存在，只會阻礙她的信仰，但我是真心期望她能過著健全的人生。什麼樂園，我根本就不稀罕。我只想在眼前的世界裡，繼續活下去。

□集滿4個印花贈品（二款任選其一）：

A：【推理謎】LOGO皮質燙銀典藏書套一個
（黑色，25開本適用，限量1000個）

B：【推理謎】吉祥物『獨角獸』圖案皮質燙金典藏書套一個
（咖啡色，25開本適用，限量1000個）

□集滿8個印花贈品（二款任選其一）：

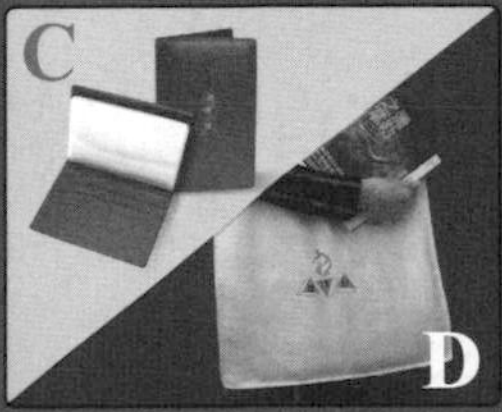

C：【推理謎】LOGO皮質燙金證件名片夾一個
（紅色，11.5cm x 8.6cm，限量500個）

D：【推理謎】吉祥物『獨角獸』圖案環保購物袋一個
（米色，不織布材質，41.5cm x 38.6cm，限量1000個）

□集滿12個印花贈品（二款任選其一）：

E：【推理謎】LOGO不鏽鋼繩鑰匙圈一個
（限量500個）

F：【推理謎】吉祥物『獨角獸』圖案馬克杯一個
（白色，320cc容量，限量500個）

謎人俱樂部會不定期推出最新限量贈品提供兌換，
請密切注意活動官網和粉絲專頁。

?

【注意事項】
◎本活動僅限台灣地區讀者參加。
◎贈品兌換期限自即日起至2023年12月31日止（以郵戳為憑）。
◎贈品圖片僅供參考，所有贈品應以實物為準。
◎所有贈品數量有限，送完為止。如讀者欲兌換的贈品已送完，皇冠文化集團有權直接改換其他贈品，不另徵求同意和通知。贈品存量將定期在【謎人俱樂部】活動官網上公佈，請讀者在兌換前先行查閱或直接致電：（02）27168888分機114、303讀者服務部確認。
◎皇冠文化集團保留修改或取消謎人俱樂部活動辦法的權利。辦法如有更動，將隨時在【謎人俱樂部】活動官網上公佈。

國家圖書館出版品預行編目資料

來自沉船，帶著愛 / 乙一・中田永一・山白朝子 著；安達寬高 作品解說；高詹燦 譯. -- 初版. -- 臺北市：皇冠, 2023. 08
面; 公分. --(皇冠叢書；第5110種)(乙一作品集；10)
譯自：沈みかけの船より、愛をこめて 幻夢コレクション

ISBN 978-957-33-4045-4(平裝)

861.57　　112010721

皇冠叢書第5110種
乙一作品集｜10

來自沉船，帶著愛

沈みかけの船より、愛をこめて
幻夢コレクション

作　　者—乙一・中田永一・山白朝子
作品解說—安達寬高
譯　　者—高詹燦
發 行 人—平　雲
出版發行—皇冠文化出版有限公司
臺北市敦化北路120巷50號
電話◎02-27168888
郵撥帳號◎15261516號
皇冠出版社(香港)有限公司
香港銅鑼灣道180號百樂商業中心
19字樓1903室
電話◎2529-1778　傳真◎2527-0904
總 編 輯—許婷婷
責任編輯—蔡承歡
美術設計—嚴昱琳
行銷企劃—薛晴方
著作完成日期—2022年
初版一刷日期—2023年8月

法律顧問—王惠光律師

讀者服務傳真專線◎02-27150507
電腦編號◎533010
ISBN◎978-957-33-4045-4
Printed in Taiwan
本書定價◎新臺幣480元/港幣160元

謎人俱樂部贈品兌換卡

我要選擇以下贈品（須符合印花數量）：☐A ☐B ☐C ☐D ☐E ☐F

1	2	3	4
5	6	7	8
9	10	11	12

【個人資料蒐集、利用及處理同意條款】

您所填寫的個人資料，依個人資料保護法之規定，皇冠文化集團將對您的個人資料予以保密，並採取必要之安全措施以免資料外洩。您對於您的個人資料可隨時查詢、補充、更正，並得要求將您的個人資料刪除或停止使用。

本人同意皇冠文化集團得使用以下本人之個人資料建立該集團旗下各事業單位之讀者資料庫，做為寄送出版或活動相關資訊、相關廣告，以及與本人連繫之用。本人並同意皇冠文化集團可依據本人之個人資料做成讀者統計資料，在不涉及揭露本人之個人資料下，皇冠文化集團可就該統計資料進行合法地使用以及公布。

☐同意　☐不同意

我的基本資料

姓名：＿＿＿＿＿＿＿＿

出生：＿＿＿＿年＿＿＿＿月＿＿＿＿日　性別：☐男 ☐女

職業：☐學生 ☐軍公教 ☐工 ☐商 ☐服務業

☐家管 ☐自由業 ☐其他＿＿＿＿＿＿＿＿

地址：☐☐☐☐☐＿＿＿＿＿＿＿＿

電話：（家）＿＿＿＿＿＿＿＿（公司）＿＿＿＿＿＿＿＿

手機：＿＿＿＿＿＿＿＿

e-mail：＿＿＿＿＿＿＿＿

我對【乙一作品集】系列的建議：

寄件人：

地址：□□□□□□

北區郵政管理局登
記證北台字1648號
免貼郵票
〔限國內讀者使用〕

105020

台北市敦化北路120巷50號

皇冠文化出版有限公司 收